# 古典とケーキ

梶村啓二
*Keiji Kajimura*

甘い再読　愉悦の読書案内

平凡社

# 古典とケーキ✣目次

写真　著者
装幀　広瀬開（FEZ）

# 古典とケーキ

「好きな本と言うのは
好きなプディングとおなじで説明のしようがありません」
E・M・フォースター

# ことのはじまり

## すれっからしと古典

新しいものよりも、かつて読んだ本、そのなかでとりわけ「好きな本」を何年かぶりに、ものによっては何十年も経《へ》てもう一度引っ張り出して読む。そんなことがだんだんと増えてきた。中学生のとき以来という作品も少なくない。四度目、五度目というものもある。新しい流れにアンテナを張り続けていないわけではない。だが、ある日、そのアンテナがどこか義務感に駆られたものになっていることに気づく。新しいものに興味が薄らいでいる。典型的な老化といってしまえば、みもふたもないが、一見新しさを誇るものも、人生半ばを過ぎた人間の目から見るとどこか既視感を逃れられなくなるのだ。

世間では、そんな人間を「すれっからし」と呼ぶ。

繰り返し読みたくなるというだけで、すくなくとも本人にとってその本の時間消費価値は保証されている。持ち時間の残量が気になり始めた人間の無意識の吝嗇《りんしょく》がそうさせるのかもしれない。そう思うとなんだかなさけない気持ちになってくるが、加藤周一さんの『読書術』（一九六二）によると（孫引きで恐縮です）アラン（エミール＝オーギュスト・シャルティエ　一八六八〜一九五一）はこんなことを言っているらしい。

「繰り返し読むことのできないような小説ならば、はじめから読む必要がない」

これも、みもふたもない。だが、時間を返せというアランの憤慨はすこしわかる気がする。

繰り返し読む「好きな本」、愛読書とは、つまり当人にとっての「古典」を意味する。多くの場合、それは時間を超えて人類が読み継いできた文学史上の古典と重なる。ということで、人生半ばを過ぎ、気がつけば、古典ばかり読んでいる。というか二度目、三度目の読み返しをしている。後ろ向きじゃなかろうか、いいんだろうかこんなんで、といぶかりながら。だが、同時に、これは自分だけではないはずだ、同輩はひそかに多いに違いない、と自分を慰めながら。

イタロ・カルヴィーノ（一九二三〜八五）が評論集『なぜ古典を読むのか』（須賀敦子訳）で冒頭、「古典とは、ふつう、人がそれについて、『いま、読み返しているのですが』とはいっても、『いま、読んでいるところです』とはあまりいわない本である」と古典を定義している。いやはや、苦笑するしかありませんです、はい。有名なその本をまだ読んでいないと告白するのが恥ずかしい大人たちの小さな嘘をやさしく微苦笑でつつむ、秀逸な定義である。

さらに彼は、「ある古典を壮年または老年になってからはじめて読むのは、比類ない（中略）愉しみをもたらす（中略）。おとなになってから読むと、若いときにくらべて、より多くの細部や話の段階を味わうことができる（はずだ）」と救いの手をさしのべる。

カルヴィーノは、時を経た再読を勧め、「たとえ本はむかしのままでも（中略）、読むほうは確実に変化しているし、そのときの出会いは、まったくあたらしい出来事なのだから」「古典とはいつまでも意味の伝達を止めることがない本である」と定義する。

一時の流行は時に洗い流される。時間は最も公平な批評家だ。逆に、生まれたときには流行に無視されたものも、時間を味方につけてしだいに真の姿を現してくる。それが古典の底力である。

どれくらい過去のものが古典なのか、というのは人さまざまだ。

すくなくとも近世以前、なかには中世以前の時代に限定する方もおられるかもしれない。かつての人文主義者《ユマニスト》や英国のパブリックスクールのように、古代ギリシャ、ローマの聖賢の時代の著作に原文で触れなければ意味がないとする考え方もあるだろう。だが、自分にとっては、近現代も含めて、著者がすでにこの世を去った後も新たな世代に途切れることなく読み続けられているものはすべて古典である。去る者日々に疎《うと》し。忘却の壁を越える、それだけで敬意を払うに値する。「芸術作品の価値を測るのにただ一つ問題になるのは、『後世まで残るか』ということだけである」とジョージ・オーウェル（一九〇三～五〇）は言いきった（「チャールズ・ディケンズ」*Charles Dickens* 一九四〇。小野寺健訳）。

知のカノン（正典）を信奉する向きからは、ゆるい、と叱られそうだが、突きつめると自分にとって古典の唯一の条件は、著者がすでに世を去っていること、これだけかもしれない。小林秀雄（一九〇二～八三）が『無常といふ事』（一九四六）のなかで言うように「死んだ人ははっきりしてくる」のである。

若いときは、当然のことながら読むものすべてが初めて触れるものばかりだった。思えば好奇心にあふれていたそのころも、流行の新作に気を取られながらも、結局選んでいたのはほとんどその意味（死者の著書という意味）での古典だった。

古典の後ろには過去の膨大な読者の読みが守護霊のように堆積している。著者とともに同時代の読者、その後の世代の読者たちもすでにこの世にない。守護霊たちがまた読み返したがっている。われわれは何世代にもわたる何百万という守護霊に背を押され、導かれ、彼らと一緒に読み返しているのかもしれない。「古典とは、初めて読むときも、ほんとうは読み返しているのだ」（カルヴィーノ）。ひとり古典を読むとき、ひとはむしろ独りではなくなる。なるほど、そういうことだったのか。

## 読みと演奏

ところで、古典を読むことと楽器を演奏する行為はどこか似ている。過去のテキストを現在の視点で読みなおすことと楽譜を読みとって音に再現する行為が、ともにそのまま再創造の行為でもあるからだ。

古典は万人を揺らす普遍的ななにごとかを持っている。だが、普遍的であるからこそ、かえって古典は共通の印象をこえて読み手それぞれの解釈を誘発する、という性格を持つ。古典は誰もが知るものでありながら、「自分にはどう読んでもこう読めてしまう」という個性的作品としてそれぞれの読み手のなかに生まれなおすのだ。

クラシック音楽では、同じ楽譜からまったく異なる演奏が生まれる。かつて、グレン・グールドの斬新なバッハ演奏に驚きや賛辞と同時に非難がわき起こった。指揮者バーンスタインはグールドとブラームスのピアノ協奏曲を協演する前にホールの聴衆に向かって「俺は彼のピアノのスピード解釈には反対だ。今日は従うけどドね」とわざわざ笑顔でスピーチしてから指揮をした。

よく知られるように、指揮者が代わると、シンフォニーはまったく別の響きを持った物語に変貌する。意図的に楽曲をゆがめて自己主張してやろうとしているわけではない。楽譜を真摯に読みこめば読みこむほど当人にはどうしてもそう読めてきてしまう、そう聞こえてきてしまうのだ。徹底的に読みなおすことが無意識のうちに再創造行為になる。それが古典を読む楽しみの、じつは大きな領域をしめているのではないだろうか。

古典とは楽譜である。読みこみと再創造を誘発する。長い時を経たがゆえによけいな流行思潮や時代風俗が洗い流され、素地と骨格がクリアに見える。素顔が見える。そのことが、作品が作者の意識と無意識のはざまで生み出された深いプロセスに読み手を参加させ、脱線させ、発見と創造の喜びを与える。

「読みと再創造」の誘発力は、単に保管されるアンティーク（骨董）に終わるものと、繰り返し再生され生きなおされるクラシック（古典）の違いのポイントのようだ。

## E・M・フォースターと愛読書とプディング

ここである問題が発生する。（問題、なのか？）

古典はおおむね読破に骨が折れる。

読書に疲れるとお茶を飲みたくなる。

するとと、甘いものが食べたくなる。

いったん甘いものが頭に浮かぶと、もうそれ以上読み進めることはできない。椅子から立ち上がって、焼き菓子の類《たぐ》いを探し、家の中をウロウロする。いてもたってもいられない。必要に迫られる感覚である。

幸い、まだランゲルハンス島に起因する悩みは免れている。そのせいではなさそうだ。この、読書時に甘味を求める現象の感情的、生理的欲求発生のメカニズムは生理学的にクリアに解析されているのかもしれない。が、自分にはよくわからないし、わかったところでどうなるものでもない。ただ、こころとからだ（おそらく疲れた脳）が手を繋いで、駄々っ子のように甘い菓子を強く欲しているのだ。こんなとき駄々っ子に与えるのは、じつは何でもいい。職人の手による和生菓子や生ケーキがあれば申し分ないが、日持ちするパウンドケーキ、マフィン、パイ、ビスケットなどの焼き菓子、何もなければクラッカーにジャムだけという手もある。これら幅広い甘味類を、仮に「ケーキ」と総称しておこう。

古典とケーキ。これははたして自分だけの現象だろうか?

英国の作家エドワード・モーガン・フォースター（一八七九〜一九七〇）が愛読書についてエッセイを書き残している。

『民主主義に万歳二唱』に収められた「私の書斎で」（一九四九）のなかで、シェイクスピア、ギボン、ジェイン・オースティンをどの部屋にも置いておきたい愛読書としつつ、印象的なひとことを記している。

「好きな本と言うのは好きなプディングとおなじで説明のしようがありません」（小野寺健訳）

家庭の数だけ種類があるといわれるさまざまなプディングは英国の素朴な、古代的な風韻さえある伝統的な焼き菓子である。フォースターの言葉は、愛読書＝古典と長い間食べ継がれてきた焼き菓子の同質性、さきがたい親和性をさりげなく示唆しているのではなかろうか。そして、それを求めるこころの説明しがたさも。

古典もケーキもともに必需品ではないが、こころにとっては欠かせない。どうも古典と焼き菓子などケーキ類の組み合わせには、生理的欲求以外のその「なにごとか」があるようだ。

長い間、この「読書→甘いもの」というしつけの悪い犬じみた欲求パターンを告白できないでいた。なぜ、そうなるのか、なぜ素直に告白できないのか、自分でも理由がわからないまま黙って首をひねっていた。まさに「好きな本と好きなプディングはおなじで説明のしようがない」のである。

読書に倦《う》んだおっさんが本を脇に抱えたままケーキを求めて家の中を徘徊する。そんな哀れ催す「スイーツ」な自分をどこか恥じていたのかもしれない。むろん家人に黙ってこっそり甘いものを探しだし、書斎にこそこそ持ちだしてなんとか事なきを得ていたのだが。

なべてケーキ類は甘い。

ものによっては成分の三分の一が砂糖という場合もある。だが、こんにち、糖質はドラッグなみの有害物質あつかいに変わった。うしろめたさの一因にはこれもありそうだ。

中世以前まで、アラブ世界では砂糖は医薬品だった。万能の医薬品として処方されていたという。

その守備範囲はペストから生理不順までと幅広い。それが現代では一八〇度評価が逆転する。過剰な糖質は生活習慣病、老化、認知症など諸悪の根源とされる。英国では清涼飲料などの加工食品にかける砂糖税まで登場した。砂糖税導入は欧州、アジア諸国に広がっている。国民の健康維持を目的に糖質排除に政治までが動いている。糖質を無自覚に摂取する者は愚者あつかいである。古典とケーキなんて言っている場合ではないのだ。

だが、あるとき、そんなうしろめたい自分を解放してくれる出来事があった。

## クロアチアでの出会い

出会いは偶然だった。

クロアチア、ザグレブでの出来事だ。

市庁舎からほど近いところに老舗《しにせ》のケーキ屋がある。ガイドブックの小さなコラムに一見の価値ありとあった。行きたい、と連れが言う。青い路面電車が通行人すれすれに行き交う広いメインストリートに面した一角にその店はあった。間口は広いが、ぼんやりしていると通り過ぎてしまうほど目立たない。だが、ザグレブ市民でその店の名を知らぬ者はないとも聞いた。

入ると薄暗い冷蔵ショーケースにずらりと何十種類ものケーキが並んでいる。種類の多さもさることながら、ワンカットの大きさにも驚く。盛り上げられたクリームの量にも。

無造作なのだ。デコレーションはしてあっても大柄素朴。最初からすこし崩れていたりする。今風にパティスリーとか、コンディトライとか呼ぶより、「菓子舗《かしほ》」と呼びたくなる。日本でいうと茶事専用の菓子司《つかさ》ではなく、普段使いの餅屋というところか。

クロアチアを含む旧ユーゴスラビアは十九世紀までハプスブルク家オーストリア・ハンガリー帝国の版図《はんと》のなかにあった。菓子作りもウィーン流だと言われる。だが、ウィーン菓子の精密な工芸品的緊張感のようなものはなく、どこかおおらかだ。

売り場の奥のスペースに小さなテーブルと椅子が密集するように置かれ、その場でケースから選んだケーキとお茶を楽しめるようにもなっている。

ほぼ満席だ。

そして、座っているのは……。

おっさんばかりだった。

もちろん女性客もいる。だが八割がたが男だ。クロアチアは長身の国である。女性で一七五センチ、男性では一八五センチが平均身長と聞いた。老いも若きも、長身の男たちが背を曲げて

ケーキを黙々と食べている。ひとり客がほとんどだ。おしゃべりは聞こえない。みな一様に片手には新聞や書籍がある。店の裏の丘には国会や政府機関が集中している。スーツ姿の役人や議会関係者らしき男たちは大きな手に小さなフォークを握り、一口ごとに宙《そら》を睨《にら》み、黙ってケーキを口に運んでいる。高揚した様子もなく、含羞《がんしゅう》もない。淡々とひとときの空白をおのれに注入する日常の一コマ。

長年の曇天が晴れていくような解放感を味わった。

「そうか、ケーキ、ひとりで食べていいんだ。おっさんでも……」

むろん、自分も冷静を装いつつ、冷蔵ケースのなかの、白いクリームの上に赤いサクランボの載った黒いケーキを指差した（後で調べると、シュヴァルツヴェルダー・キルシュトルテという名の伝統菓子らしい）。群れなす男の患者をさばく看護師のような、白衣を着た店員の若い女性に小皿に載せてもらい、店の奥へ席を探しに行った。静かなおっさんたちの森へ。

## 自分で作ってこそ

その後、こんなこともあった。

ヨーロッパの男たちはごく普通に自分で焼き菓子を焼く。

家族のために。そして、自分のために。当たり前すぎて彼らはわざわざ言挙げしない。南イングランドの古都に日本人女性パートナーと住むリヴァプール出身の知人のアパートに遊びに行ったとき、いま、何もないんだと言った彼は目分量で素材を合わせ、目の前であっという間にオーツビスケットを焼いてみせた。冷蔵庫に賞味期限近いオートミールが余っていたらしい。たちまちオーヴンから甘い香りが立ち上る。オーヴンの焼き時間の目盛を調整しながら涼しい顔で言う。「わるい、お茶、淹《い》れてくれる？」

自分で作ってこそ見えてくる世界がある。

ありあわせなのだ。

古くから家庭に伝わってきた焼き菓子は、特別に用意する素材は基本的にはない。甘いものでお茶が飲みたいなと思ったとき、さっとありあわせで作る。バター、砂糖、卵、小麦粉、重曹の五素材があれば、思い立ったら三十分でできる。日本で言えば米、みそのような感覚であろう。古代的なまでにシンプルだ。焼き菓子は日常の暮らしのなかに生まれた。その日の知人のキッチンでの出来事は、そのことを教えられたちょっとした事件だった。

ザグレブのケーキ屋の寡黙なおっさんたちやビスケットを焼く知人のことを思い出しているうちに、ふと思い立った。

そうだ、自分で食べる焼き菓子は自分で焼けばいいのだ。

もう恥ずかしがることはない。ありあわせの素材だけで、炎と親しむ。市販品に入っているよけいな添加物や香料はそもそも普通の家庭では持ち合わせないのもかえって好都合だ。古典を本棚から引き出す前に焼いておけば、むなしく家の中を徘徊する必要もない。そのときの古典の内容と気分が合致するタイプの菓子を用意できれば、なおさら言うことはない。

多忙な時間の隙間に、古典を読み返す時間を見つけ、読み疲れれば自分で焼いておいた焼き菓子でお茶を飲む。おこぼれにあずかる家人に、あきれられつつ「お菓子買わなくて済むわ」と感謝されるおまけまでつく。日常に訪れるつかの間の祝祭として、これ以上おっさん魂を満たすものはないのではなかろうか。ザグレブの孤独な男たちの、ケーキを食べながら放心したように宙を睨む顔がいまも眼に浮かぶ。

古典を読みなおす行為と焼き菓子を自分で焼いてみる行為は限りなく近い。数えきれない人々に読み継がれてきた古典の長い歴史と、古来、数えきれない人々に繰り返し焼かれ食べられてきた伝承焼き菓子は同等のパワーを持っている。古典を読むと焼き菓子が食べたくなる、焼きたくなる。これは必然の道理だったのだ。と、都合よく言い訳しておこう。

お茶を淹れよう。

愛する古典とお茶と焼き菓子さえあれば。

あとはもう何もいらない。そう思えてくる。

そんなこんなで、いつしかおっさんの古典とケーキの日々が始まった。

# 1 夏目漱石『文鳥』といちごジャム

## 漱石『文鳥』を読む――おっさんのひとりとしての漱石

漱石を読むといちごジャムが舐《な》めたくなる。

漱石はジャムの大量消費者だった。明治期、ジャムはまだ高価な輸入品だった。毎月の消費金額は一般勤労者の月収に近かったという。それでも毎日舐め続けた。

近寄りがたい文豪のパブリックイメージから離れてみたい。則天去私のモラルコンパスとしてのイメージから離れてみたい。ひとりの「おっさん」としての漱石を感じ取ってみたいと思う。それも、ジャムの買い置きを切らすと落ち着かなくなり、家族に不機嫌に当たり散らしたかもしれない甘味依存者のひとりとして。ザグレブのケーキ屋のコーヒーテーブルで、宙を見つめながら黙然とケーキを食べていたおっさんたちのひとりとして。

そんな、等身大の人間としての漱石が感じ取れる作品のひとつが『文鳥』（一九〇八）だ。『文鳥』を読みなおした（『文鳥・夢十夜』新潮文庫）。

小品である。『吾輩は猫である』『坊っちゃん』『それから』『こころ』といった著名な長編に比べると無名に近い。だが、漱石作品の中で最も好きな作品というひともいる。

自分もそのひとりだ。

## そっけなさと繊細さ

文体がそっけない。

「十月早稲田に移る。伽藍《がらん》の様な書斎に只一人、片附けた顔を頬杖で支えていると、三重吉《みえきち》が来て、鳥を御飼いなさいと云う」

冒頭、一人称の語り手「自分」が語り出す。他者に読ませるつもりのない日記のように言葉が節約されている。

「飼ってもいいと答えた。然《しか》し念の為だから、何を飼うのかねと聞いたら、文鳥ですという返事であった」

「三重吉」は小説を書いているという設定になっている。鈴木三重吉（一八八二〜一九三六　漱石門下の一人、作家、のちに児童雑誌『赤い鳥』を主宰）を思わせる実在の人物が出てくるので、これは日記か身辺雑記かと思って読み進めると、しだいに読者は違う場所に連れていかれる。三重吉は「明朗な鈍感さ」を戯画化したキャラクターとしてあきらかに小説的に加工されている。これはあくまで仮構されたフィクション、小説なのだ。

「じゃ買ってくれたまえと頼んだ。ところが三重吉は是非御飼いなさいと、同じようなことを繰り返している」

飄々とした調子の良い会話がある。だが、ほんとうは話が通じ合っていない。かろやかにすれちがう言葉がやりとりされる。

導入部のそっけないほどの文体とすれちがう会話の行間からにじみ出てくるものは、孤独の感触である。他者との本質的な意思疎通の不可能の感触。交流すればするほど深まる孤独。だが、この断絶と孤独は暗くはない。どこか滑稽味を帯びる孤独なのだ。

ひとはわかり合えない。だが、むだな期待はしない。そしてほがらかにやりすごす。

落語のようにすれちがう会話の調子だけで、語り手が疎通の不可能と孤独を、世に生きる限り避けがたいものとしてとうの昔に諦念している感触が伝わってくる。引きこもっているわけではない。交際を愛し、社会的人間関係を明るく穏便に営みながら、無意識のうちにどこかあきらめている。洗い顔のようにさっぱりした孤独。この感覚は、まさに世の男たちがあえて言挙げせぬ大人の「おっさん」の感覚であろう。

「三重吉は度々《たびたび》来る。よく女の話などをして帰って行く。文鳥と籠の講釈は全く出ない」

文鳥を買う金を三重吉に渡したが、それ以降文鳥の話は出ず、一向に持ってくる気配がない。語り手も黙っている。

とはいえ、語り手は悟りきっているわけでもない。

「そのうち霜が降り出した。自分は毎日伽藍の様な書斎に、寒い顔を片附けてみたり、取乱してみたり、頬杖をついたり已《や》めたりして暮らしていた。戸は二重に締め切った。火鉢に炭ばかり継いでいる。文鳥は遂《つい》に忘れた」

ひとことの心情説明もない。ぎりぎりまで切りつめられた言葉で状況と行動を描写するだけだ。だが、寺院の建築配置を指す「伽藍」というワンワードだけで喚起するひと気のない書斎の風景と、それが暗示する隙間だらけの空間が広がる孤独な内面の風景の鮮やかさはどうだろう。「寒い顔」「片附け」「取乱す」「頬杖」という語彙が伝えるなにごとか。語り手の内奥に居座り続ける冬の曇天のような灰色の塊《かたまり》がある。どうにも動かせないその重みが最小限の単語を連打するミニマルなパッセージからしみ出てくる。

普通、切りつめすぎると情報が不足し、何も伝わらない。だが『文鳥』では、切りつめれば切りつめるほど多くのことが語られている。足りないからこそにじみ出る。再読、まずそのことにあらためて驚き、賛嘆のため息をついた。

自然ににじみ出たわけではない。

文章に繊細周到な彫琢《ちょうたく》が加えられなければこのようなことは起こらない。

漱石の簡潔な文体からは、習熟した外国語である英語詩、英語散文、さらには漢詩、漢文の原文リズムがスポンジケーキに浸透した見えないブランデーのように立ち上る。

が、それ以上に聞こえてくるのは落語の語りの響きだ。噺家《はなしか》の身体から発せられるそぎ落とされた言葉の洒脱なリズムが聞こえてくる。『文鳥』の導入部の数ページの文の語尾の要所を、こころみに「です、ます、ございます、いたします」に変えて朗読してみる。完全に落語になる（だまされたと思って一度試みられることをお勧めします。たちまち眼前に百五十年前の寄席の空間が広がります）。

漱石（一八六七〜一九一六）は徳川江戸文明の残響のなかに生きた世代のひとりだった。落語を愛し、寄席に通い、三代目柳家小さんを絶賛した。

落語の笑いの根底には「明るく乾いた諦念」がある。『文鳥』の冒頭に漂う湿度の低い孤独、かろやかな諦念。それがにおい立つ秘密はどうもそのへんにありそうだ。

## 恋のはじまり

やがて文鳥が語り手の家にやってくる。

初冬が訪れた頃、ようやく文鳥と籠を抱えて三重吉が門下生のひとり小宮豊隆と威勢よくやってくる。約束は忘れていなかった。世話の仕方をあれこれ講釈し、にぎやかに騒いで帰っていった。

語り手と文鳥は二人きりで残される。

これ以降、小説の調子はがらりと変わる。簡潔な文章は、繊細細密な描写となり、別の高みに上っていく。

「何だか寒そうだ」

三重吉の講釈を聴きながら初めて文鳥の姿を見た瞬間の第一印象がこう記されている。簡潔をきわめた外見描写である。白い文鳥の飾り気のない清潔感あふれる姿をひとことで表現しつくす卓抜な表現だ。だが、同時に語り手の人柄、一見ぶっきらぼうだがじつは高い共感能力を秘めた、思いやりあふれる温かい人格をひとことで伝える言葉でもある。

文鳥は一羽きりである。群れる仲間も持たず、白い身体ひとつで凜《りん》と立っている。そういえば、語り手もひとり「寒い顔」をして文鳥の到着を黙って待っていた。

その日は鳥の入った籠を寒さ除《よ》けの箱に入れ縁側に置いて寝てしまう。翌朝、八時過ぎまで床の中でぐずぐずしていた。餌をやらねばという義務感に背を押されようやく箱を開け、文鳥を暗闇から解放する。

「顔を洗う序《ついで》を以て、冷たい縁を素足で踏みながら、箱の蓋を取って鳥籠を明海《あかるみ》へ出した。文鳥は眼をぱちつかせている。もっと早く起きたかったろうと思ったら気の毒になった」

そして、文鳥の姿を初めて間近に見る。

「文鳥の眼は真黒である。瞼《まぶた》の周囲《まわり》に細い淡紅色《ときいろ》の絹糸を縫い付けたような筋が入っている。眼をぱちつかせる度に絹糸が急に寄って一本になる。と思うと又丸くなる。籠を箱から出すや否や、文鳥は白い首を一寸《ちよつと》傾《かた》ぶけながらこの黒い眼を移して始めて自分の顔を見た。そうしてちちと鳴いた」

交錯する視線。語り手は呆然と文鳥の黒い瞳と見つめ合い、自分の内奥に何が起こったのかわからず立ちすくんでいる。三重吉も、家族もいない。文鳥はひとり、「自分」もひとり。二人きりだ。雷光の不意打ちのような恋のはじまりである。恋に落ちた瞬間の、胸の奥に空中放電の閃光《せんこう》が走る身体感覚が、文鳥の姿の淡々とした細密描写のなかからしっかりと伝わってくる。

美しい細密描写は続く。

「足を見ると如何《いか》にも華奢《きやしや》に出来ている。細長い薄紅《うすくれない》の端に真珠を削ったような爪が着いて、手ごろな留り木を甘く抱え込んでいる」「しきりに首を左右に傾ける。傾けかけた首を不図持ち直して、心持前へ伸《の》したかと思ったら、白い羽根が又ちらりと動いた。文鳥の足は向こうの留り木の真中あたりに具合よく落ちた。ちちと鳴く。そうして遠くから自分の顔を覗き込んだ」

またもや見つめ合う。「真珠を削ったような」爪、留り木を「甘く抱え」る……あのー、もしもし、漱石先生？　いきなり、めろめろである。対面して三十秒もたたないのに語り手は魂を持っていかれてしまった。読んでいるこちらまでどきどきして赤面してしまうほどだ。

全部書き写したくなる。見つめる喜びと見つめられる喜びがひたひたと伝わってくる。文鳥の細密な外面描写からあぶり出しのように浮かび上がってくるのは文鳥の可憐な姿以上に、それを見つめる語り手の内奥に秘めた深い孤独だ。語り手は文鳥を見つめていると同時に、文鳥にじっと見つめられている自分を強く感じている。深い孤独を抱える自分を正面から深い関心を持って見つめてくれる存在が突然彼の前に現れたのだ。語り手は文鳥からの視線を孤独にしみ込む慈雨《じう》のように感じ取っている。

恋は秘めた孤独が生む。

孤独と孤独の出会い。人生に意味の光を与える出会いの奇跡の瞬間が朝の光のなかにとらえられている。

## 文学史上、最も美しい恋人の描写

まだ、顔も洗っていない。語り手「自分」は風呂場に行って顔を洗う。いつもの朝の洗顔なのだが、動揺を抑える行為のように見えてしまう。むろんそんな心理説明はひとこともない。ただ淡々と行動を記述するのみだ。この辺りの記述も本当にそっけがない。だが、そっけがなければないほど、かえって語り手がなにごとかを強く抑制している感触が伝わってくるのだ。

何を書かないか、隠すかが慎重に選別され、制御されている。書かないことほど、大きな残響となって読者の内側に響きを残す。芸術としての優れた小説の持つパラドックスの見本がここにある。

洗顔を終え、台所へ廻って粟の餌を入れた餌壺《えつぼ》と水を一杯持って書斎の縁側に戻る。籠の戸を片方の手でふさぎながら開け、苦労して餌と水を籠の中に入れようとする。

「大きな手をそろそろ籠の中へ入れた。すると文鳥は急に羽搏《はばたき》を始めた。細く削った竹の目から暖かいむく毛が、白く飛ぶ程に翼を鳴らした。自分は急に自分の大きな手が厭《いや》になった」

急に大きな手が厭になる。胸衝《つ》かれるひとことだ。ふいに襲われるこの困惑、自己嫌悪は恋する男だけが知る感覚だろう。苦しい恋を経験した男たちは皆知っている哀しみだ。大きな手か、あーもうだめですね、もうもどれない、と思いながら読者の男たちは恋に落ちていく語り手の行方を追うことになる。

縁側に文鳥のいる生活が始まる。

語り手の生活は孤独である。「自分」は、日課として小説を書く。

「飯と飯の間は大抵机に向かって筆を握っていた。静かな時は自分で紙の上を走るペンの音を聞くことが出来た。伽藍の様な書斎へは誰も這入って来ない習慣であった。筆の音に淋しさという意味を感じた朝も昼も晩もあった」

朝も昼も晩も淋しい。ほんとうに孤独だ。そこに縁側から千代千代と二声鳴く声が聞こえる。静寂の中に二声だけ。それが孤独な語り手の凍えた耳にどれほど温かく響いただろう。

ここから、文学史上最も美しい（と筆者が勝手に思っている）恋人の描写が始まる。

「筆を擱《お》いて、そっと出てみると、文鳥は自分の方を向いたまま、留り木の上から、のめりそうに白い胸を突き出して、高く千代と云った」

小さな恋人は語り手との再会に欣喜し、白い胸を突き出し、喜びの叫びをあげる。もういけない。

「自分は又籠の傍へしゃがんだ。文鳥は膨らんだ首を二三度竪横《たてよこ》に向け直した。やがて一団《ひとかたまり》の白い体がぽいと留り木の上を抜け出した。と思うと奇麗な足の爪が半分程餌壺の縁から後ろへ出た。

（中略）なんだか淡雪の精の様な気がした」

淡雪の精。語り手は完全にやられてしまっている。うっとりである。

文鳥は餌壺の真中に嘴を落とし、粟をついばみ始める。美貌の描写はとまらない。

「嘴《くちばし》の色を見ると紫を薄く混ぜた紅の様である。その紅が次第に流れて、粟をつつく口尖《くちさき》の辺《あたり》は白い。象牙を半透明にした白さである」

語り手は黙ってその姿を見つめ、嘴を上げて嚙み砕き呑みこむ微かな音に耳を澄ます。そして、その音を聞きながらこんな幻視をする。

「菫《すみれ》程な小さい人が、黄金《こがね》の槌《つち》で瑪瑙《めのう》の碁石でもつづけ様《ざま》に敲《たた》いている様な気がする」

簡潔に抑制されながらも、夢幻的、官能的な描写は恋人たちだけの空間に読者を連れ去っていく。

恋人を描写する文章として、これ以上美しい散文を筆者は知らない。

## 記憶と抑圧

語り手は書斎に戻り、執筆の仕事を続ける。

「自分はそっと書斎へ帰って淋しくペンを紙の上に走らしていた。縁側では文鳥がちちと鳴く。折々は千代千代とも鳴く。外では木枯らしが吹いていた」

二人でおこもり。本当に幸せそうだ。

夜になると、寒さ除けに籠を箱にしまってやる。月が出ている。「文鳥は箱の中でことりともしなかった」。静かな夜が二人をつつむ。

翌朝、朝の光のなかに文鳥を解放してやる。「籠が明るい所へ出るや否や、いきなり目をしばたたいて、心持首《こころもち》をすくめて、自分の顔を見た」。

またもや交錯する視線。そのとき、唐突に、つぎの言葉が挿入される。

「昔し美しい女を知っていた」

語り手に記憶の閃光が走る。

何の前触れもなく始まるこのフラッシュバックは、いま読んでも大胆なモンタージュである。きわめて映像的な手法だ。そして美しい。現代のメキシコ出身の映画作家アレハンドロ・ゴンサレス・イニャリトゥ監督なみの鮮やかさだ。

『文鳥』が書かれたのは一九〇八年。ジョルジュ・メリエスによる世界初の劇映画『月世界旅行』が公開されたのは一九〇二年である。当時、まだ映画は創生期で本格的な劇映画はなく、商業的な興行システムは世界的にも確立していない。漱石が『文鳥』を書いた時点でニューメディアである映画の影響を受けていたかどうかは定かではないが、日常的に目にできるものではなかった。

アメリカのD・W・グリフィスが本格的セット撮影と編集技術を使った『国民の創生』を公開するのは一九一五年。ソヴィエト連邦のセルゲイ・エイゼンシュテインの手でモンタージュ理論が実践されるのは一九二五年『戦艦ポチョムキン』を待たなければならない。漱石ははるか以前にその前衛を歩んでいた。

「この女が机に凭《もた》れて何か考えている所を、後《うしろ》から、そっと行って、紫の帯上げの房《ふさ》になった先を、長く垂らして、頸筋《くびすじ》の細いあたりを、上から撫《な》で廻したら、女はものう気に後ろを向いた」

胸が痛くなるような記憶の風景。こういう子供っぽいいたずらを、不器用な男は無意識の愛の告白として行う。いたずらする本人も自分の愛をはっきりとは自覚していない。多くの男は少年時代に好きな少女に対して行ったこの手のいじらしいいたずらの記憶を、ある種のつらさを伴って胸の奥にしまっている。できれば思い出したくない、男らしくない恥ずかしい思い出として。

帯揚げは女性の着物の袋帯と着物の間に挟む絹の薄布だ。女性専用の和服の装身具である。よほど親しい身近な関係でなければ、それで首を撫でるということはできない。女と語り手の関係は一切説明されない。だが、この小道具ひとつで女と語り手の関係がきわめて近しいものであることは端的に示唆されている。

「その時女の眉は心持八の字に寄っていた。それで目尻と口元には笑《わらい》が萌《きざ》していた。同時に恰好《かっこう》の好《よ》い頸を肩まですくめていた。文鳥が自分を見たとき、自分は不図この女の事を思い出した」

親密さと若々しいエロスがにおい立つ、ぞくりとする描写だ。それに続いて、甘苦しい思い出を断ち切るようにこう記される。「この女は今嫁に行った。自分が紫の帯上でいたずらをしたのは縁談の極《きま》った二三日後《あと》である」。

記憶のフラッシュはここで唐突に切断される。

語り手が漱石だとすると、執筆のこのとき四十一歳。ときは明治、女性の婚姻は早い。二十歳前に結婚することも珍しくなかった。となると、二十年以上前の記憶である。遠い。だが、片付くこともない記憶。それを湖底に沈めて人は生きていく。

文章はなにごともなかったように、文鳥の餌と水の世話の描写にもどる。

抑制しているのではない。言葉にならないだけなのだ。

## 喪失感

文鳥の餌と飲み水の世話をしながら小説を書く生活が続く。

やがて「家のもの」も文鳥の世話をするようになるが、「それでも縁側へ出る時は、必ず籠の前へ立留って文鳥の様子を見た」。

淡々と世話をするなか、ときおり、不意に過去が蘇る。

朝、蒲団の中で起き抜けの煙草をふかしながら文鳥の姿を考えるとき、煙の中に「首をすくめた、目を細くした、しかも心持眉を寄せた昔の女の顔が一寸見えた」り、文鳥が首を伸ばして籠の外を下から覗く無邪気な姿を見るとき、「昔紫の帯上で悪戯をした女は襟《えり》の長い、脊《せい》のすらりとした、一寸首を曲げて人を見る癖があった」ことを思い出す。

語り手は文鳥をもっと慣れさせようとする。

だが、人差し指の先にパン粉をつけてじかに餌を与えようとしても決して文鳥は近づかない。指を「無遠慮につきこんでみると」籠の中を逃げ回られる。

小さな水入に胸をつけて行水をする文鳥の可憐さに見とれたあげく、文鳥の上から如雨露《じょうろ》で水をシャワーのようにかけてしまう。足と胸しか行水できない文鳥に存分な行水をさせてやりたいという愛なのか、いたずらなのか判然としない。親切にしては武骨で荒っぽいと言わざるを得ない。

シャワーに驚き眼をぱちぱちさせる文鳥を見ていると、また記憶のフラッシュが起こる。

「昔紫の帯上でいたずらをした女が、座敷で仕事をしていた時、裏二階から懐中鏡《ふところかがみ》で女の顔へ春の光線を反射させて楽しんだことがある。女は薄紅《うすあか》くなった頬を上げて、繊《ほそ》い手を額の前に翳《かざ》しながら、不思議そうに瞬《まばたき》をした」

愛する女との距離を縮められない不器用な若い男の姿を、はからずも語り手は文鳥とのあいだで数十年ぶりに再演していた。

手鏡から放たれる光のイメージははかなく、美しい。揺らめく光は無言歌のように秘めた思いを響かせる。時間をかけて封印した記憶の蓋《ふた》の隙間から漏れ出る光。光は一瞬闇を照らし、吸い込まれるように闇に消える。長く見つめ続けるにはその光はあまりに鮮やかで、目に痛い。それらはすべて失われた遠い時間の中の光だ。

遠い過去に起きた喪失の残像が長く残る。繰り返し蘇る記憶の光によって「昔紫の帯上でいたずらをした女」と文鳥がこれ以降完全なダブルイメージとなり、その運命が暗示されていく。

## 鳥籠のメタファー

「日《ひ》数《かず》が経つにしたがって文鳥は善く囀《さえず》る。然《しか》し能《よ》く忘れられる」

語り手は急ぐ小説の仕事を抱え、餌を与えるのを忘れ、寒い夜も箱にしまってやることを忘れがちになる。愛がなくなったわけではない。身過ぎ世過ぎに忙殺されているだけだ。夜、執筆の仕事を優先しているうちに猫に襲われた文鳥に肝《きも》を冷やす。罪滅ぼしのように普段以上にたっぷり餌をやったり、元気がなくなり鳴かなくなった文鳥がふたたび鳴く声を聞いて、籠に駆けつけ、気が気でなく、書きかけの手紙を破り捨てて世話に専念したりする。

しかし、やはり忘れる。仕事と世事が押し寄せ、時間を占拠する。三重吉と「例の件」で手紙をやりとりしたり、会って相談に乗ったり忙しい。その間に事件が起こる。

かけがえのないものが、日常の多忙にまぎれ、なおざりにされていく。失われてはじめてそのかけがえのなさに気づくが、そのときはもう手遅れなのだ。避けがたい人生の真実だ。

三重吉の「例の件」とは何か。

「いくら当人が承知だって、そんなところへ嫁に遣るのは行末よくあるまい、まだ子供だから何処へでも行けと云われる所へ行く気になるんだろう。一旦行けば無暗《むやみ》に出られるものじゃない。世の中には満足しながら不幸に陥《おちい》って行く者が沢山ある」

この三重吉の「例の件」は、そのまま文鳥の運命と重なり、おそらくは「昔紫の帯上でいたずらをした女」の運命と重なる。幾度か鮮やかにフラッシュバックされた美しい女の甘美な記憶は、取り返しのつかないなにごとかの悔恨の記憶であることが暗示される。

ふたたび「例の件」を片付けに出掛け、午後三時に帰宅すると、縁側の籠の中で文鳥は死んでいた。

餌壺と、水壺は空だった。

「自分は籠の傍《わき》に立って、じっと文鳥を見守った。黒い眼を眠《ねぶ》っている。瞼《まぶた》の色は薄蒼《うすあお》く変った」

籠を両手に持って書斎に入り、「十畳の真中へ鳥籠を卸して、その前へかしこまって」籠から文鳥を出す。

「文鳥を握ってみた。柔らかい羽根は冷え切っている。／拳《こぶし》を籠から引き出して、握った手を開けると、文鳥は静《しずか》に掌《てのひら》の上にある。自分は手を開けたまま、しばらく死んだ鳥を見詰めていた。それから、そっと座布団の上に卸した」

語り手は悲しいとも、悔しいとも書かない。慎重に胸の内の嵐を避けるように、ただ、淡々と行動を記すのみだ。

死んではじめて鳥は籠から出ることができた。語り手は文鳥が生きている間はその身体に指一本触れることはできなかった。彼女を掌につつむには彼女は死ぬ必要があった。「一旦行けば無暗に出られるものじゃない。世の中には満足しながら不幸に陥って行く者が沢山ある」。

がらんとした書斎の真中でひとり正座し、空の籠と死んだ鳥と向かい合っている映像が眼に浮かぶ。鳥籠が人生のメタファーであることがその孤独な映像のなかにようやく浮かび上がってくる。

死ぬことによってしか出ることのできないなにごとかとして。

小説は冒頭からそっけないほどの淡々とした文体をくずさなかった。筆致は淡々としていたのではない。暴れ出そうとするものを渾身の力で抑え込んでいただけなのだ。抑えれば抑えるほど暴れ出そうとするものの大きさが気圧のように読者を圧する。

突然、それは爆発する。

## 日常の勝利と不機嫌

「そうして、烈しく手を鳴らした」

この静寂からの突然の転換は、今風に言うと「キレた」ということになるだろう。

「十六になる小女《こおんな》が、はいと云って敷居際《しきいぎわ》に手をつかえる。自分はいきなり布団《ふとん》の上にある文鳥を握って、小女の前へ抛《ほう》り出した」

文鳥の死体を投げつける。予想もしない、語り手のこの暴力的な行為は読者を不意打ちする。衝撃的な転換だ。

語り手は荒れ狂う。

「自分は、餌を遣らないから、とうとう死んでしまったと云いながら、下女の顔を睥《にら》めつけた。下女はそれでも黙っている」。くるりと机に向き直って、筆をとるや三重吉にはがきを書きだす。

『『家人《うちのもの》が餌を遣らないものだから、文鳥はとうとう死んでしまった。たのみもせぬものを籠へ入れて、しかも餌を遣る義務さえ尽さないのは残酷の至りだ』と云う文句であった。

自分は、これを投函《だ》して来い、そうしてその鳥をそっちへ持って行けと下女に云った。下女は、どこへ持って参りますかと聞き返した。どこへでも勝手に持って行けと怒鳴りつけたら、驚いて台所の方へ持って行った」

もう、めちゃくちゃである。自分の不注意を棚に上げてキレまくり、当たり散らす。

語り手は内心を一切語らない。だが、人のせいにしないとやりきれない悔恨、自己嫌悪、いや世界嫌悪が語り手を荒れ狂わせているのだ。「たのみもせぬものを籠へ入れて」という言葉は、「たのみもせぬものをこの世に生を受けさせて」という世界嫌悪の言葉にも聞こえてくる。

存在論的な悲しみと怒り。生きるために社会を作り上げ、息苦しいしがらみと断念のなかで生きざるを得ない人間存在そのものへの悲しみと怒りが語り手の胸を破る。籠の中の文鳥と、「帯上でいたずらした美しい女」の運命、それをどうすることもできず見ているしかなかった。なぜ気づかなかったのか、なぜ行動できなかったのか、なんと自分は愚かで無力なのか。そして、なぜこんな世界でしか自分たちは生きていけないのか。無念と後悔が波のように押し寄せる。

思えば、自分自身も籠の中の文鳥と大差はないのだ。巨大な籠の中で生きている。文鳥も、美しい女も、自分自身も救うこともできず、ただ籠の中で生きていかざるを得ない自分の非力と卑怯とそれを強いるこの世のすべてが憎い。語り手は泣き叫ぶ駄々っ子のように荒れ狂う。

語り手の狂気の発作が、読み手の誰もが胸の奥底に埋葬している深い哀しみの記憶を揺さぶる。

だが、いくら荒れ狂っても、日常はびくともしない。

植木屋の声と、娘の筆子が無邪気に書いた鳥の墓標と、三重吉の素《す》っ頓狂《とんきょう》な返事の手紙が語り手に日常の勝利を告げる。まるで最初から文鳥などいなかったかのような日常がすでに始まっている。語り手はひとり不機嫌に押し黙る。

## どこにも持っていきようのないものが生むもの

どこにも持っていきようのないものが物語を生む。仮構することでしか排出できない現実がある。抑制し、隠すことでしか存在をあぶり出せないことがある。

『文鳥』には、三重吉、豊隆という実在の門下生の名が出てくる。現実をそのまま描いた体験談と思いがちだ。エッセイとも私小説ともつかない記述のスタイルがさらに読者側に素朴な体験談観を誘う。「昔し美しい女を知っていた」と「自分」が思い出す美しい女とは誰か。研究という名のモデル探し、作者の私生活の覗き見を誘いがちなスタイルだ。E・M・フォースターは文学研究を「研究と言う名の真面目くさったゴシップにすぎない」と皮肉った（「無名ということ」一九二五）。

詩、小説、戯曲、絵画、彫刻、音楽。あらゆる芸術の創造のもとに個人の記憶がある。経験を発酵元として持たない芸術はない。だがあくまで発酵の糠床《ぬかどこ》である。日常雑記のような姿をしながらも、この作品には精密に仮構されたフィクションだけが持つ結晶度の高さがある。

『文鳥』は、現実とフィクションが交錯し、高圧のもとで炭素からダイヤモンドが生まれるように、硬度と純度の高い物語が生まれる原風景を見るようでスリリングである。時代の風俗は明治とともに去るものであり、当座の流行風俗を描いただけのものは読まれなくなる可能性が高い。結晶度の高さが時代風俗を超えるものを生んだ。

古典の誕生である。

ジャンルに整理できない、分類不能の小説だ。

だが、古今東西の恋愛小説から一本だけを選べと言われたら、躊躇なくこれを選ぶ。自分にとっては、『文鳥』は恋愛小説の最高峰である。

巨峰が連なる漱石作品すべてのなかで一本だけ選べと言われたとしても、悩みながらもやはりこの『文鳥』を選ぶかもしれない。

## ジャムを煮る

ジャムでも舐めないとやりきれない。

漱石はきっとそう思った。

いちごジャムを煮ることにしよう。

手の込んだケーキではない。果実と砂糖だけだ。しかし、自然の力は人知を超える。一度自分でいちごのジャムを作ってしまうと、市販のジャムでは物足りなくなる。それほど出来たての香りの豊潤さと明るい赤色の鮮やかさ、透明感は魔術的である。

ハウスものが主流となり、いつのまにか冬がいちごの旬になったかのようだが、それは消費歳時の都合に合わせているにすぎない。五月ごろ、旬の露地物の小粒のものが安く出回るときがある。ほんの二、三日で店頭から消えてしまう幻のような本来の自然のいちごだ。緑のヘタをナイフで丁寧に取り、いちごの半分の重量のグラニュー糖をまぶし、寸胴鍋《ずんどうなべ》の蓋をして一晩置く。

翌朝、すでにむせるようないちごの芳香がキッチンに漂っている。寸胴鍋の蓋を開けるといちごから鮮紅色の水が上がり、きらきら輝いている。くらくらするほどの香りだ。

あとは煮るだけ。雲のような細かい泡が立ち上る。吹きこぼれないようにアクを掬《すく》い取りながら十分ほど煮る。煮すぎないのが肝心だ。絞ったレモン汁を入れて火を止める。

熱いうちに煮沸消毒した空き瓶に入れ、蓋をしめ、ふたたび瓶ごと湯につけて加熱し空気抜き処理をする。一年は常温で保存可能だ。

艶めく赤が輝いている。出来たてを舐める。果実に秘められた魔力にただ驚くばかりである。

## トーストとジャムと漱石

英文学者、漱石は英国嫌いだった。

英国留学中の差別、疎外、孤独、ポンド高による貧窮、身体的劣等感がそうさせた。

しかし、帰国後、毎朝の朝食は火鉢で焼いたトーストとジャムと紅茶になった。『猫』の苦沙弥《くしゃみ》先生の姿はそのまま漱石の姿であると言われる。

輸入された缶詰のいちごジャムを缶から直接スプーンで舐めた。

その消費量は尋常ではなく、ひと月に十缶近く舐めてしまうというものだった。

ジャムにとどまらず、まんじゅう、羊羹《ようかん》、アイスクリーム、あらゆる甘いものを好み、切らすことはなかった。胃病で入院し、死線をさまよったにもかかわらず、病室にアイスクリーム製造器を持ち込ませた。

そんなありさまだから糖尿病からも逃れられなかったようだ。こういう私生活のスタイルまで事細かに伝えられてしまうのも文豪の宿命か。ここまでくると、甘いものは別腹というより本腹である。

おそらく甘味は漱石にとって精神的生命維持装置だった。

こころの避難所。

おそらくそれで命を縮めた。

だが、ジャムがなければ書けなかったのは間違いない。

後世の読者はジャムに感謝しなければならない。

甘味は漱石にとって精神的生命維持装置だった。

# 2 シェイクスピア『マクベス』とショートブレッド

## ショートは短いにあらず

シェイクスピアを読んでいると、ショートブレッドでお茶を飲みたくなった。

short《ショート》は形容詞で、もろい、崩れやすい、サクサクほろほろした状態を指す。バター、砂糖、粉を焼き固めただけのシンプル極まりない厚手のビスケットだ。バター成分が半分近くを占めるどっしりした食感。スコットランドに中世から伝わり、悲劇の女王メアリー・ステュアートが愛したと伝わる。

和菓子でいえば米粉と砂糖だけの「らくがん（落雁）」、琉球伝統菓子の「ちんすこう（金楚糕）」に近いかもしれない。この系統の菓子のルーツは西～中央アジアともいわれている。元《げん》、明《みん》を経て東の果て日本へ至り、アラブ世界からヨーロッパを経て西の果てのスコットランドに至った。

濃厚かつサクサクした食感が楽しめる反面、つなぎが油分しかないため「固める力」が弱く、すぐばらばらになる。分厚く焼かれるのは、もろく崩れやすいからだ。

一見がっちりして丈夫そうだが、生来、弱く壊れやすい。

シェイクスピアの描く人間にどこか似ている。

## 『マクベス』を読む

ウィリアム・シェイクスピア（一五六四～一六一六）の作品中の台詞《せりふ》を確かめたくなり、本棚の奥から引っ張り出した。気がつけば、そのまま本棚の前で立ち読みを続けていた。自分の家の中の本棚の前で長い間立ち読みをする。ときどきやってしまう。ふと読み始めたら、いつのまにかつかまり、止まらなくなっている。そんなこと、ありませんか？　もしもし、立ってないで目の前の椅子に座って読みなさいよ、という声が聞こえる。でも、ちょっとしあわせ。本棚の上には、チェシャーキャットのような爪を持ったゴーストがにやにや笑ってうずくまっている。

今回は『マクベス』につかまってしまった。

四大悲劇とのちに呼ばれた中の一篇。『ハムレット』『オセロー』『リア王』と連続的に、五年ほどの間に集中的に書かれたらしい。一六〇〇年代の始まり、十七世紀の幕開けのころだ。『マクベス』はその連作悲劇の最後の作品で、一六〇六年初演と伝わる。日本では、ちょうど関ヶ原、江戸幕府開府のころである。奇《く》しくも、徳川家康が征夷大将軍に任じられ江戸幕府を開設した一六〇三年三月二十四日、まさにその日にイングランドのエリザベス一世が死去している。

一六〇三年エリザベス一世死去の翌日、スコットランド王ジェームズ六世がイングランド王ジェームズ一世として即位した。同一の王と異なる政府・議会を持つ同君連合が成立し、ジェームズ一世は初めてグレートブリテン王を自称する。欽定訳聖書の作成を命じ、中道の国教会の地位を固め、現在のイギリスの国の祖型が作られた。いまやポップアイコンともなったあのユニオンフラッグの最初のデザインが歴史的デビューをはたす。

そんな歴史の転換点となる権力構造の変化の中でシェイクスピアのキャリアのピークとなる悲劇作品群は書かれたことになる。『マクベス』はその新王の宮中で天覧上演されたと推定されている。ジェームズ一世はシェイクスピアのグローブ座を保護し、王立劇場とした。

『マクベス』はシェイクスピアの悲劇作品としては最も短い。飛躍、省略、説明不足が目立つため、長尺版原本の存在の可能性、宮廷情勢の変化に配慮した改変、第三者による加筆が研究者に指摘されている。忖度《そんたく》説は『マクベス』が十一世紀に実在したスコットランド王マクベスをモデルにしており、マクベスに暗殺される登場人物バンクォーの末裔《まつえい》でもあるスコットランド王ジェームズ六世＝イングランド王ジェームズ一世に遠慮したという見方から来る。

たしかに表立った筋書はマクベスを王位簒奪《さんだつ》者、利己的野心からの暗殺犯として否定し、マクベスに暗殺された「生れながらの穏和な君徳の持主、王として、一点、非の打ちどころがない」（福田恆存訳、以下同）ダンカン王、バンクォーの系譜をスコットランド王の正統として賛美する物語となっている。

当時、王位をめぐる謀殺、暗闘は時代劇の中の話ではなく、同時代の生臭い現実であった。国教会体制を整えたイングランド女王エリザベス一世とスコットランド女王メアリー・ステュアート、メアリーと連携したスペイン王フェリペ二世を主役とするカトリック勢力間の暗闘はすさまじく、メアリーが関与したとされるエリザベス一世暗殺未遂事件を経て、最終的には一五八七年エリザベスの命によるメアリーの処刑、一五八八年スペイン無敵艦隊と英国海軍の「アルマダの海戦」に行き着く。シェイクスピアの四大悲劇が書かれるほんの十年ほど前の事件だ（ちなみに、アルマダの海戦の翌年一五八九年フランスでブルボン朝が成立し、一五九〇年日本では秀吉が東北を制圧し天下統一をはたしている。秀吉はフェリペ二世とは緊張関係にあり、一五九一年スペイン領フィリピンに帰属要求を突き付けている。まさに激動の時代だ。世界史において、激動でない時代はないのかもしれないが）。

ジェームズ一世は刑死したメアリー・ステュアートの子である。『マクベス』が初演される一年前、一六〇五年にはジェームズ一世をウエストミンスター議事堂ごと爆砕し暗殺しようとしたカトリック過激派ガイ・フォークスの爆弾テロ未遂事件があった。現実はフィクションを超えていた。筆に忖度や補筆があったとしても不思議はない。

だが、筆に忖度があろうとなかろうと、『マクベス』という作品の核心にさして影響はしなかっただろう。王権の正統性の是非などは、『マクベス』一篇のテーマとはなんの関係もないからだ。

## 魔女の予言とは何か

さて、『マクベス』。

中学生のとき以来だ。その後一度、学生のときに原文のテキストにも触れてみた。むろん、古語だから歯が立たない。細かいところは、ほぼ忘れている。出会いなおしに近い。本棚の上のゴーストはこういう微妙な状況を見逃さない。

劇は霧の中、魔女たちの跳梁《ちょうりょう》で幕を開ける。舞台に最初に現れるのは魔女たちだ。荒野に雷が鳴り、稲妻が光っている。冒頭からの非現実的なダークファンタジーじかけ。人間を超えたなにものかが劇全体を支配していく。基本設定がリアルな史劇風の悲劇『ハムレット』『オセロー』『リア王』と最も異なる点だろう。

魔女の予言に惑わされ、主殺しの罪を犯し破滅していく男の物語。『マクベス』はおおむね、そのように記憶されているだろう。事実、予言が軸となって劇を回転させていく。予言者は呪われた魔女の衣装を着ている。清らかな精霊ではない。それが、なんとも暗示的だ。

予言におごそかな響きはない。魔女の言葉は一貫して、遊戯的で嘲笑的だ。輪舞しながら、人間を見下ろし、笑い飛ばす。自分たちが人間界そのものを操る祭司であることを誇示するかのように。魔女たちはマクベスをターゲットにする。が、それはたまたま、戯れにターゲットにしただけで、選んだ理由はとくになく、誰でもよかった、という気配が三人の遊戯的な言葉のやりとりに匂い立つ。今回はマクベスだけど、次は観客のおまえかもよ、と。彼女たちにかかると人間はおもちゃなのだ。彼女たちの予言がこの劇の主人公といってもいいほど、武勲一番の武人マクベスを振り回していく。

武勲一番とはいっても、マクベスは高潔な聖人ではなく、野心満々の悪党でもない。与えられた任務に忠実な、どこにでもいる普通の組織人のひとりにすぎない。魔女の輪舞は冒頭に現れ、マクベスをターゲットにすることを告げると、いきなり一篇を貫く決定的な言葉を残して霧のなかに消える。

Fair is foul, and foul is fair. Hover through the fog and filthy air.

「きれいは穢《きた》ない、穢ないはきれい。さあ、飛んで行こう、霧のなか、汚《よご》れた空をかいくぐり」

碩学《せきがく》による多くの優れた翻訳が存在するが、ここでの引用文は、福田恆存による翻訳にさせていただいた。十代半ば、初めてのシェイクスピア体験が福田恆存体験だった。圧倒された。翻訳当時、正確ではない（原文に忠実な逐語訳ではない？）という批判もアカデミズムからはあったと聞く。原文に忠実ではなかったかもしれないが、翻訳を超えた、シェイクスピアとの共著といってもいい心身一体となった再創造としての訳業ではなかったろうか。簡潔な言葉は切れ味鋭く、刀身のようにきらめいていた。凄腕《すごうで》の剣士。大人の武士の言葉だ。

原文は、fair と foul、fog と filthy が f の音で韻を踏み、fair と air が a, r の音で韻を踏んでいる。f の音と a, r の音が連続するパッセージ。言葉の音楽となっている。限りなくロックである。全盛期のローリング・ストーンズの強烈なリフ（短旋律音型）のようだ。ミック・ジャガーがハイドパークでこの歌詞をシャウトしていてもなんの不思議もない。これを日本語に移すのは至難だが、福田恆存訳では「きれい」と「穢ない」「霧」の最初の「き」の音と語尾の「い」の音、「きれい」の「い（i）」と最後の「かいくぐり」の「り（i）」の音を合わせ、原文の音調を伝える工夫をこらしている。さて、この音楽的訳業にどれほどの労力がかかったか。考えると、気が遠くなる。

「きれいは穢ない、穢ないはきれい」

おそらく、『マクベス』一篇を一行に凝縮するとすれば、こうなる。

なぜこの言葉に集約されるか。

そもそも予言とは何だろうか？

そして魔女たちは何者か？

## 時間の発明　現在の喪失

予言を告げる魔女は外から来た想定外の加害者か。それとも、マクベス本人の秘めたる野望が外在化したものか。そういう議論が昔から評者の間で繰り返し論じられてきたらしい。つまり、魔女は通り魔か、無意識の浮上か、と。

おそらく、そのどちらでもあり、どちらでもない。

今回読み直してみて、マクベスの弱々しい姿が心に沈むにつれ、これは個人の運命や、自我の苦悩をあつかった近代的ドラマとは次元の異なる物語ではないかという思いを新たにした。

魔女は、人間が発見してしまった「未来の観念」なのだ。

文明は、時間の発見＝過去と未来の観念の発見からスタートしたと言われる。ヒトが自然に生きるケモノであったとき、ヒトには過去も未来もなく、生き延びるための現在だけがあった。永遠に繰り返される自然の循環に時間という観念はなかった。文明、つまり先々の計画に基づく生産性は、時間の発見、なかでも「未来をイメージすること」によって初めて生まれる。時間の観念は希望と富を生んだ。だが同時に、その瞬間から、ヒトは自然から追放され、底なしの不安の世界に放り出された。

マクベスが魔女と遭遇したシーンは、人類と時間の遭遇の寓話である。冒頭の魔女の叫びが蘇る。逃れようのない人間全体の宿命を告げる声のように。

Fair is foul, and foul is fair.

「きれいは穢ない、穢ないはきれい」

「時間」の観念が、幸福と不幸を不可分一体のものとして一瞬で生んでしまった。まるで一瞬のビッグバンですべてが形成された宇宙の始まりのように。良いも悪いもない。ただ、避けられないだけだ。宿命なのだ。

さらに、マクベスが初めて舞台上に姿を現したときの最初の台詞は、ずばり、こうだ。

So foul and fair a day!

「こんないやな、めでたい日もない」

戦場の血煙を浴びた鎧兜《よろいかぶと》姿のまま、霧のなかにバンクォーと二人登場する。日向雨《ひなた》を罵《ののし》っただけかもしれない。だが、登場するやいなや、生の時間の両義性を呪うかのようにこうひとりごちた直後、魔女たちに遭遇し、未来を告げられる。

それまで、マクベスには「現在」しかなかった。マクベスは勇猛無双の戦士として名をはせていた、という設定になっている。冒頭、王軍の陣営でこう報告される。

「名にし負う勇猛果敢なマクベス殿、運命などには目もくれず、べっとり血糊《ちのり》のついた太刀《たち》ひらめかし、武勇の申し子さながら、敵陣深く切り進むや、たちまち、かの賊将の面前に立ちはだかり、なんの身ぶりも挨拶《あいさつ》もなく、無雑作に真向《まっこう》から唐竹《からたけ》わり、すぐさま首を、身方の胸壁にさらしものにされました」

これが、魔女に出会う前のマクベスの姿だ。戦場の立ち合いの一瞬一瞬がマクベスを満たしていた。「運命などには目もくれ」ない、瞬間、瞬間の生死をかけて戦い抜く「現在」だけに満たされた素朴な生。これ以上の幸福はなかったはずだ。死地であろうと、「今、ここ」という最高の充実感と高揚感に満たされていたマクベスが、魔女の予言によって一瞬で別人に変わってしまう。マクベスは、心神喪失したように呆然と立ち尽くす。まさに電流に触れたような、変貌である。「時間」つまり「未来の観念」が一気に流れ込んだのだ。

三人の魔女たちは現在の君主ダンカン王の後を襲ってマクベスが王になり、その後は同僚のバンクォーの子孫が代々王を務めるという予言を残す。魔女が霧の中に消えたあと、呆然と立ったまま、ひとりマクベスは心の中でつぶやく。

Present fears / Are less than horrible imaginings...

「目に見える危険など、心に描く恐ろしさにくらべれば、高が知れている」

このとき、マクベスが失ったのは「現在」だったのではないか。「目に見える危険」、つまり現在は、「心に描く恐ろしさ」、つまり未来にその圧倒的なイメージの強さで駆逐されてしまった。「未来の観念」は、頭上を飛び去る黒い鳥のように王殺しのアイデアの種をマクベスの脳内に落としていった。マクベスはたちまち自己制御力を失い、自棄的な独白へ飛躍する。

Come what come may, / Time and the hour runs through the roughest day.

「どうともなれ、どんな大あらしの日でも、時間はたつ」

おいおい、いきなり全部投げ出すのか？　冒頭からマクベスは時間に全面降伏してしまった。まさに魔術をかけられたように、一瞬で世界の見え方すべてが変わる世界観変貌の瞬間を読者（観客）

は目撃し、その後を見守っていくことになる。自らが日々体験している「心に描く恐ろしさ」を思い起こしながら。

## 未来という不安——世界をドライブするもの

horrible imaginings「心に描く恐ろしさ」は、このドラマのキーワードだ。思えば、人類をドライブしてきたものは未来の希望と共にこの不安であった。残念ながら、希望より不安のほうが大きな仕事をしてしまうことを人類の歴史は証明している。

たとえば、金融と軍需。未来の希望と不安がはてしなく膨らませてきた人類の二大産業である。金融は信用という名の時間産業である。マネーは時間を資源に希望が膨らませ、不安が破裂させる。不安でパニックにおちいった人類は、何度、地球規模の信用崩壊を経験すればすむのか。不安に突き動かされた人類は、安全保障の名のもとにどれほどの軍備を膨張させてきたか。地球を何百回も消滅させせられるだけの核爆弾を積み上げ、宇宙を軍事衛星で埋め尽くし、個人の生活の全行動を監視記録するデジタルシステムをつくりあげてしまったのは権力の不安である。

希望以上に不安がどれほどの仕事をしてしまうかは、歴史上の独裁者の姿を見ればさらによくわかる。多くの独裁者たちは大量粛清《しゅくせい》、大量虐殺を行い、膨大な死者の山を築いたことで歴史に名を残した。独裁者たちは、一様に猜疑心《さいぎしん》が人一倍強く、破滅におびえ続けた過敏なまでに小心な男たちであったという。

不安を打ち消すために悪に手を染め、さらなる不安に襲われ次々と際限のない殺人に突き進んでいくマクベスはその後の人類の愚行を予告していると言えるかもしれない。マクベスは人類を突き動かしてきた「心に描く恐ろしさ」の物語にほかならない。そして、不安を生んだのはほかでもない、「未来」という観念だった。

## マクベス夫人とは誰か？

主役を食って、強烈な印象をのこす脇役というものがある。『カラマーゾフの兄弟』では、主人公アリョーシャではなく、イヴァン・カラマーゾフが圧倒的な存在感を示す。映画『第三の男』では文字通り、第三の男ハリー・ライム（オーソン・ウェルズ）がわずかの出番で主役をかすませる。そして『マクベス』では、マクベス夫人がマクベスを食ってしまう。

マクベス夫人。ひとり舞台に登場するやいなや、悪の権化《ごんげ》、悪の教唆者《きょうさ》としてのキャラクターを全開にする。魔女の予言を報告する夫からの手紙を手に、夫人は夫の弱気をはじめから見抜いて、こうひとりごちる。

「ただ心配なのは、その御気質、事を手っとり早く運ぶには、人情という甘い乳がありすぎる、（中略）さあ、早く、ここへ、その耳に注ぎこんであげたい、私の魂を。この舌の力で追いはらってやる、運命が、魔性の力が、あなたの頭上にかぶせようとしている黄金の冠の邪魔になるものは何であろうと」「さあ、血みどろのたくらみごとに手を貸す悪霊《あくりょう》たち、私を女でなくしておくれ、頭の天辺《てっぺん》から爪先《つまさき》まで、恐ろしい残忍な心でいっぱいにしておくれ！　この血をこごらせ、優しい情けの通《かよ》い路《じ》をふさいでおくれ、（中略）このふくよかな女の胸に忍びこみ、甘い乳を苦《にが》い胆汁《たんじゅう》に変えてしまっておくれ」

いや、おそろしい。いきなりエンジン全開だ。ぞくぞくするような悪の美があふれた言葉の連打。マクベス夫人の台詞を読むたびに、筆者はグスタフ・クリムトの描く成熟した女性像を思い浮かべる。どこまでも暗く、悪の喜びに震える、官能的な美にあふれた美女の姿を。マクベス夫人の容姿は特に描写されていない。だが、完璧な美貌を連想してしまうのはなぜだろう？　悪に美を感じる人間の心性はどこから来るのだろう？

歌舞伎に色悪《いろあく》という男の二枚目の悪党の型があるが、それは江戸の粋の文化、庶民の反逆心を根底に持つもので、近世大都市のシティ感覚だ。マクベス夫人から連想する美はそれとは異なる。もっと根源的で、地面から湧き出す地霊のような感触だ。人知を超えた自然の猛威に人は凄みと美を感じる。腕に憶えある女優なら、一度は挑戦したくなる役ではないだろうか。

ちなみに、ジュゼッペ・ヴェルディ（一八一三〜一九〇一）が一八四七年に『マクベス』をオペラ化している。ヴェルディは生涯シェイクスピアに傾倒した。ヴェルディによるとマクベス夫人は邪悪な醜女のイメージだったらしく、当初マクベス夫人にキャスティングされていた美貌のソプラノの起用に懸念を示し、容貌の点で逆の歌手に替えさせたという。いやはや、人の感じ方はさまざまです。

しかし、なぜ、夫人はここまで悪一色なのか。マクベス夫人がいきなり犯罪に突き進む動機の説明がない。その徹底した攻撃性の根拠が稀薄なのだ。

マクベス夫人とは誰だろうか。

史実では、ダンカン王に父親を殺された王族の遠戚で、復讐の念を持った人物と伝わっている。だが劇中、マクベス夫人 Lady Macbeth は固有の名を持たない。マクベスに名で呼び掛けられることがない。固有の名前がないのは、夫人が実体を持った人物というよりも、マクベス本人の分裂した内的自己の人格化であることを語っているように思える。

マクベス夫人に名がなく、合理的な動機がないのはもうひとりの自分だからだ。Lady Macbeth（マクベス夫人）は alternative Macbeth（もう一人のマクベス）なのだ。しかも当時は、女性は舞台には上がれず、若い男優が女性を演じた。人ひとりの中に多重な自己が宿り、せめぎ合っている。日々、誰もが自分の胸の中で経験している葛藤をマクベスとマクベス夫人は、時には両極、時には影のように重なり合いながら鮮やかに示してくれる。

マクベス夫人も手紙を読んだ瞬間からマクベス同様「現在」を喪失した。そのことを端的にこう告白してしまう。

「未来を祝福する預言がそう言っている！　お手紙を読んでからというもの、何も知らぬ現在を跳び越え、身も心も未来のただなかに漂う思いが」

Thy letters have transported me beyond / This ignorant present, and I feel now / The future in the instant.

「何も知らぬ現在を跳び越え」る。なにか、すべてをひとことで言いつくしているような気がする。

ダンカン王がマクベスの居城にふいに行幸し、宿泊する。暗殺のチャンスが早々に訪れた。マクベスは引き裂かれる。王殺しの決断と断念の間で。希望と不安の間で。野望と良心の間で。独白の言葉が、傾けた盆の上を転がる豆のように端から端へ行ったり来たりする。何も決められない苦痛に悶絶する。

本来の良心と保身に傾きがちな自分を、もう一人の自分であるマクベス夫人が鼓舞する。研ぎ澄まされた言葉が楽観と野望を吹き込む。

「考えていらっしゃる御自分と、思いきった行動をなさる御自分と、その二つが一緒になるのを恐れておいでなのですね？（中略）魚は食いたい、脚は濡《ぬ》らしたくないの猫《ねこ》そっくり、『やってのけるぞ』の口の下から『やっぱり、だめだ』の腰くだけ、そうして一生をだらだらとお過しになるおつもり？」「私は子供に乳を飲ませたことがある、自分の乳を吸われるいとおしさは知っています――でも、その気になれば、笑みかけてくるその子の柔らかい歯ぐきから乳首《ちくび》を引ったくり、脳みそを抉《えぐ》りだしても見せましょう、さっきのあなたのように、一旦《いったん》こうと誓ったからには」

うーん、赤ん坊の脳みそを抉りだしますか。美しき悪女というステレオタイプを超えて、悪こそが美しいのだと信じたくなるほど夫人の暗い魅力は圧倒的だ。その悪の言葉は黒いダイヤのように輝いている。マクベス夫人の造形こそが『マクベス』劇、成功の最大の要因だろう。マクベスが可憐な良心を、夫人が図太い野望を交代で演じ分ける。主人公の内面だけで葛藤を描いても、ここまでひとりの人間は両極に振れ動くものだという、人間の根源的な多重性、両義性は表現できない。マクベス夫人という第二の自己を自己以上に魅力的に描くことによって初めて達成できた「人間、この多層的で不確かなもの」の造形だ。

このひとりの人間の中の多重性は、後半、生来清廉なマルコム王子が家臣マクダフの国家への忠誠心を試すために、わざと王位にふさわしくない愚劣な人格を擬態して告白してみせるときにも迫真の表現で展開される。擬態とも思えぬ悪の告白のなまなましい魅力。こういうおぞましい人間性を描写するとき、シェイクスピアの筆は冴えわたる。

マルコム王子は次々と自分の架空の悪徳を並べて、「自分でよく知っているが、このなかには、ありとあらゆる悪の芽が植えつけられている、それがひとたび花を開けば、どすぐろいマクベスの面が、むしろ雪のように白く見えてこよう」「こっちも淫蕩《いんとう》の血にかけては、底なしだ、人妻よし、生娘《きむすめ》よし、年増《としま》もけっこう、おぼこもけっこう、かたはしからそれを集めて、この欲情の水溜《みずた》めにぶちこんでも、到底うまりっこない」「こんな男が権力を握ったら、心を和《なご》ます甘い乳を地獄に注ぎこみ、内外の平和を掻《か》き乱し、地上の調和をぶちこわしてしまうだろう」と、マクダフににやりと笑って見せる。擬態とわかった後も、清廉なマルコム王子のなかに潜む別の元素の存在がぬらりとした手ざわりをもって残る。

人間は、ときには聖なるものに憧れ、ときには極悪に手を染める。多くの場合、善にもなりきれず、悪にもなりきれない。どちらでもなく、どちらでもある。それがシェイクスピアの描く人間だ。Fair is foul, and foul is fair. Hover through the fog and filthy air.「きれいは穢ない、穢ないはきれい」というキーノートは、「時間＝未来の観念」の持つ希望と不安という多重性とともに、自己の内面の多重性をも示唆していた。永遠のグレーゾーン、まさにfog and filthy airに漂い続けざるを得ない人間のしんどさを短い劇空間の中に象徴的に浮かび上がらせたがゆえに、『マクベス』は不滅の古典となった。

## 言葉と音

言葉は文字記号である以前に、人間の身体から発せられる音であり、ヒトを取り巻き、環境認識に導く自然音の一つだ。演劇、とくにシェイクスピアの劇はそのことを思い出させてくれる。言葉の音と自然音の卓抜なデザイン。シェイクスピアはサウンドを考え抜いている。いや、考える暇《いとま》もなく、音楽の神が天才となって舞い降り、自動筆記のように彼の手を勝手に動かして書き留めさせてしまったのかもしれない。シェイクスピアの手にかかると、文学は音楽になる。

その音が人を震わせる。

何よりも独白の音声がマクベスを引っ張っていく。独り言の自問自答を繰り返し、おのれを抑えたすぐあとで、すぐさま行動を自身にけしかけ、揺れ動き続ける。「言葉というやつは、実行の熱をさますだけだ」と、暗殺を実行できない自分を罵る。だが、この言葉の音声こそがマクベスを引きずり行動にかりたてていく。独白を聞いているのは観客である以上にマクベス本人なのだ。自分で自分の声を聞き、その音の力を受け続けている。自分の怒声に刺激され、さらに激高していくタイプの代議士をときおり見かけるが、あの音のフィードバック効果である。マクベス自身の独白の中の多声的なゆらぎに加え、野望の達成へ一気に突き進むことをたきつけ続けるマクベス夫人の言葉が主唱と応唱の対位法的なフーガを奏でる。

逡巡の果てに、マクベスは深夜、寝室に忍び込み、王殺しを実行する。血まみれの短剣を手によろめきながら舞台に現れる。だが、「どこかで声がしたようだった、『もう眠りはないぞ！　マクベスが眠りを殺してしまった』と」とマクベスはうめき、早くも罪の意識と後悔に惑乱する。マクベス夫人は「腑甲斐《ふがい》のない！　短剣をおよこしなさい」とマクベスの手から血まみれの剣をひったくり、階段を上がって暗殺現場に戻そうとする。

そのとき、突然、音が聞こえる。外から門を叩く音が。

巨大な城門を叩く重々しい音。この見えないところから聞こえてくる音の効果は絶大だ。不安は姿が見えない。不安というものの本質を洞察しぬいた作者ならではの卓抜な創造である。台本には「戸を叩く音」という指示が、随所に記されている。作者の明確な意図による配置だ。シェイクスピアはこの殺害直後のシーンの主役に、遠くで誰かが戸を叩く見えない音を設定した。いや、すごい。考えて出てくる演出ではない。おそらく、突然、作家の耳に聞こえてきてしまったのだ。無意識が勝手にシェイクスピアの筆を動かしている。

この音は未来からの音にほかならない。開門を求める音は不気味に鳴り続ける。執拗に鳴り続ける音の中、マクベスはうめく。「自分のやったことを憶《おも》い出すくらいなら、何も知らずに心を奪われていたほうがましだ」。マクベスは門を叩く音、つまり未来と、「やったことを憶い出す」過去との間で押しつぶされながら、「何も知らずに心を奪われていた」現在を失い、舞台から退場する。

苦悩の極に落ちながら、マクベスは魔女の予言どおり、スコットランド王の地位を手に入れる。父殺しの嫌疑をかぶることを恐れ、ダンカン王の子息マルコムとドヌルベインはスコットランドを脱出し、イングランドとアイルランドに身を寄せる。早くも未来の争闘の陣は敷かれた。

**ハムレットとの違い――「普通の人」マクベス**

しかし、マクベス、最初から最後までカッコ悪く、ぼろぼろ、よれよれだ。こんな主人公、ありだろうか？　と思えるほどのダメ男ぶり。見えないものにおびえ続け、平常心でいられることが一瞬もない。無双の武人で身体はマッチョだけによけいに痛々しい。

スコットランド王の地位に上った瞬間から、マクベスは新たな不安にさいなまれる。不安の焦点はバンクォーの存在だった。バンクォーは魔女の予言を共に聞いた仲だ。魔女たちはマクベスの王位は一代で終わり、バンクォーの子孫が代々王統を継承し続けると予言した。マクベス夫妻に子はない。子孫繁栄の予言が、バンクォーに対するマクベスの不安と殺意を育てる。

「バンクォーの子孫のために、おれはこの手をよごし、奴らのために、慈悲ぶかいダンカン王を殺したということになる！」「ああ、おれの心のなかを、さそりが一杯はいずりまわる！」

マクベスは未来の王統、血統の保持者バンクォー親子暗殺を計画する。自分の望まぬ未来の元を絶とうとする。つまり、「未来殺し」である。だが、この暗殺に純粋な権力闘争以外の心理が混じっていることがかすかに胸を刺す。

魔女の予言を共に聞いたバンクォーは、マクベスの王殺しの出来心を疑うことができる。にもかかわらず、新王マクベスに忠実な臣下としての礼節に満ちた恭順の態度を示す。その落ち着き、気品がかえってマクベスを追い詰める。

「恐ろしいのはバンクォーだ、生れながらの気品というやつ、おれにはそれが恐ろしい」

マクベスはバンクォーに嫉妬しているのだ。自分の卑俗さを意識しながら、バンクォーの生来の貴族性に。将来も永続すると予言された血統の輝かしさに（原文では「生まれながらの気品」は royalty of nature と記される）。

霧の中の亡霊の登場で始まる『ハムレット』と、霧の中の魔女の跳梁で始まる『マクベス』は、構造的な類縁性の指摘が常にあった。自己懐疑的で、果てしなく逡巡する優柔不断な性格の共通性から、ハムレットとマクベスは同一のキャラクターだという指摘も昔からあったようだ。だが、その立場、性格は正反対ではなかろうか。

ハムレットは「持っている人」だ。かたや「持たざる者」、それがマクベスだ。マクベスとハムレットとの決定的な違いはそこにある。

まず、立場の違い。

ハムレットはおのれの王家としての血統、アイデンティティを疑うことなく、ただ奪われた王位継承権を回復しようとする。自らの精神の貴族性にも自覚的で他者を軽蔑しこそすれ、嫉妬することは考えもしない。ハムレットは血統を安堵された貴種である。

だが、マクベスは王家、貴族ではない。安住できる血統も、回復すべきアイデンティティも持たない。マクベスは戦場の腕一本で封建領主、つまり王国の中の中間管理職の地位を得てきた「叩き上げ」である。マクベスは家臣として地位を与えられた雇われの身でしかない。マクベスは劇の始めに「忠勤は臣下の本分、それを果す喜びがそのまま何よりの御褒賞。(中略)子として王室に仕え、下僕《げぼく》として国家のお役に立ちたいだけのこと」とダンカン王にかしこまってみせる。それがこの世での彼の身過ぎ世過ぎの方法だった。マクベスは暗闇の中、自力で人生を切り開いていくしかない一般人なのだ。

次に、性格の違い。

自信のなさ。これが、マクベスの性格の最大の特徴ではなかろうか。

ハムレットは一見優柔不断かもしれないが、その芯は傲岸《ごうがん》不遜なまでの自負心を持つ自信家である。逡巡しながらも、心底では自分の能力を一瞬も疑うことはない。名誉回復という明快な人生の目標を持っていることも自信あってのことだ。天然の自信を持ち、誇り高く、プライドゆえ苦しみ、貴族的潔癖さが自らを傷つけ滅びる。

だが、マクベスはプライドに苦しむ性格悲劇の主人公ではない。マクベスは血統は言うまでもなく、自分の王たる能力と適性に自信がなく、当然ながら倫理的正当性にも自信を持っていない。そもそも王権簒奪が自分の人生の目標だったかもじつはあいまいだ。真の目標を持たない自分の内面の空虚にうすうす気づいている。それが哀れだ。信じられる目標もなく、自分の能力も適性も正当性も信じられない。心の安定の見えざる基盤である自信の備蓄が圧倒的に少ないのだ。

『ハムレット』が「持っている人」の無秩序からの脱出、秩序の回復の物語だとすると、『マクベス』は「持たざる者」の無秩序と混沌への転落の物語である。マクベスの大胆な行動が哀れなのは、その寄る辺なさだ。自分の胸の内を見つめれば見つめるほど、逃げ水のように霧散していく自信とアイデンティティ。この底なしの苦痛。

王を殺した途端、マクベスは自らの居場所を保証していた権威の血統を絶ったことに気づく。生きづらさの一方で、アイデンティティを与えてくれていた秩序を消滅させたことに気づく。ローカルコスモスを壊したのだ。後に残ったのは、寄る辺なき、空漠たる宇宙の無意味と孤独だけだった。

事ほど左様に、マクベスはどこにでもいる、自分を信じきれない、小心な、欲望に弱い普通の男にしかすぎない。だが、ゆるぎない血統と目標と自信をあわせ持った人間など、はたしているのだろうか？　九九・九九パーセントの人間は、そうではない。マクベスの立場は、一皮剝《む》けば宇宙の偶然と無根拠を基底として持つ、万人の不確かで孤独な人生と共振する。ヒーロー性のかけらもないその苦悩の卑俗さ、精神的もろさがかえって等身大の人間の苦痛として読者、観客を揺さぶる。

宮中の宴《うたげ》の夜、マクベスは刺客を雇い、バンクォーと息子を暗殺する。バンクォーは殺害できたが、息子フリーアンスは逃してしまう。無二の戦友を自ら損ない、あげくの果てに未来の反逆の血を逃し、マクベスはさらなる不安と惑乱に突入していく。

## ふたたび予言へ——判断責任からの逃避

極度の不安のなか、マクベスはついに幻覚を見始める。

バンクォーを暗殺した直後、宮中の大広間の宴会が開かれる。自分が座るべき王座にバンクォーの亡霊が座っている。むろん、マクベスの幻覚にすぎない。マクベスは満座のなか取り乱し、夫人の指示で宴会は中断される。

宴会の出席を断わり、イングランドへ赴いたという武将マクダフの反乱をマクベスは疑う。イングランドにはダンカン王の子息マルコムが逃げていた。

「今となっては、どうしても知りたい、(中略)どんな忌わしい未来であろうと」マクベスはふたたび魔女たちに自ら会いに行く。予言を聞くためだ。ここまで自分を追い込んだはずの「未来」を。あー、やめろ、マクベス、ろくなことはないから、と思わず声をかけたくなる。予言に頼る。現実を理性的に判断することからの逃避である。論理的に推論すると確実に悪い結末が導かれるときほど、人は予言に逃げようとする。現実から逃げ出して、他者が与える希望的観測に身をゆだねたくなる。見たいものしか見たくなくなる。その弱さの記憶を持たぬ者はいないだろう。つらい。なんだか、ため息が出てくる。

洞窟の中で魔女が召喚した幻影はマクダフの反乱の可能性を忠告し、そのうえで二つの予言をする。「マクベスを倒す者はいないのだ、女の生み落した者のなかには」「マクベスは滅びはしない、あのバーナムの大森林がダンシネインの丘に攻めのぼって来ぬかぎりは」。

一見マクベスに有利なこの予言には罠があるのだが、自然の摂理が変わらぬ限りそんなことはあり得ないとマクベスは安心する。人間、聞きたいようにしか聞かない。しかしマクベスが本当に聞き出したかったのはバンクォーの子孫が代々王位を継承し続けるという予言の真偽だった。

魔女たちは嘲笑しながら、バンクォーにそっくりの八人の王と血まみれのバンクォーの幻影を目の前に行列させて見せる。見たくないものを見たマクベスは錯乱する。そこに、マクダフのイングランド逃亡の報が届く。「時よ、よくもだしぬいたな、この身の毛もよだつたくらみを。腹のなかだけで、いくら先手を打っても、行為がともなわねば、追越されてしまうだけだ」。時に追い越されるという感覚。手遅れの恐怖。未来の観念を宿した人間の宿命ともいえる感覚だ。マクベスは取って返すや、兵にマクダフの留守城を襲わせ、妻子親族を皆殺しにする。マクダフはイングランドでその報をマルコム王子とともに聞き、復讐を誓う。

このあたりを読むと、一九三〇～四五年ごろの旧日本軍部の暴発と迷走を想起せずにはいられない。ファクトにもとづいて報告された世界情勢のインテリジェンスは指導部によってすべて無視された。現実よりも願望。理性よりも感情。判断責任からの逃避である。人間的弱さが組織大に拡大した結果、何が起こったか。その悲劇は取り返しがつかない。

## 後悔という終わりなき苦痛

やがて、マクベス夫人が正気を失う。夢遊病に陥り、深夜城内をさまよい、独り言を言いながら見えない血を洗い続ける。悪の権化のオーラは消え、その姿はただ痛ましい。

「消えてしまえ、呪《のろ》わしいしみ！　早く消えろというのに！」「まあ、どうしてきれいにならないのかしら、この手は？」「まだ血の臭《にお》いがする、アラビアの香料をみんな振りかけても、この小さな手に甘い香りを添えることは出来はしない」

闇の中、背をかがめ、震えながら両手をこすり合わせ続ける。見えない血のついた手を洗い続けるというしぐさのイメージは象徴的で鮮烈だ。後悔の感情の形象化として、まさに古典となった人間の姿である。「未来の不安」をマクベスが魔女を再訪する行為で象徴的に担い、「過去の後悔」をマクベス夫人がこのシンボリックなしぐさで担っている。対位法的書法はここでも完璧な和声を響かせる。

「してしまった以上、もうとりかえしはつかないのです」

過去がひとの心を壊す。後悔は時間のムダだ、とよく言われる。だが、本当に後悔に苦しめられた経験を持ち、持続する苦しみを知る人間は軽々《けいけい》にそんな残酷な言葉は吐けない。おさえても、おさえても、後悔の苦しみは繰り返し頭をもたげ、死ぬまで人をさいなみ続ける。記憶することが人として生きることであるかぎり。マクベスは嘆く。「心の病いは、医者にはどうにもならぬのか？記憶の底から根ぶかい悲しみを抜きとり、脳に刻まれた苦痛の文字を消してやる、それができぬのか？」。

**あすが来、あすが去り、そしてまたあすが**

劇は終幕を迎える。各地で反乱の火の手が上がる。ついに、復讐の念に燃えるマルコム王子とマクダフに指揮されたイングランド軍がマクベス討伐に押し寄せる。目標はマクベスが立てこもるバーナムの森を見下ろすダンシネインの丘に攻めのぼって来ぬかぎりは」と予言したその場所である。

マクベスは予言にしがみつき、強気を装う。「見ろ、このとおり気も心も確かだぞ、疑惑にぐらついたり、恐怖におののいたりするものか」。

侍者にそう強がって見せたものの、ひとりになると悲痛な独白をもらす。

「おれも長いこと生きてきたものだ、足もとには黄ばんだ枯葉が散りはじめ、老いが忍び寄ってくる、それなのに、この静かな時期にふさわしい栄誉もなければ、尊敬も従順も得られない、いや、ささやかな友情すら与えられそうもない、それどころか、呪詛《じゅそ》の声が、高くはないが、深く国中によどみ、口さきだけの尊敬や空世辞《からせじ》がそれを蔽《おお》っている、その虚偽を、おれの弱い心は卻《しりぞ》けようとしながら、それがどうしても出来ぬのだ」

なんと正直な告白だろう。

『マクベス』が書かれたのが一六〇六年とすると、シェイクスピアは四十二歳。十年後の一六一六年に五十二歳で没している。これはシェイクスピア本人からおもわず漏れ出た本心だったかもしれない。創作と劇場経営で名声と富を得た絶頂期の言葉である。賛辞と共に嫉妬中傷もすさまじかった。同業者が足を引っ張る絶頂期に、ふと感じる老いの足音。とりまきの甘い世辞の中の孤独。忍び込む空虚の思い。マクベスの孤独にシェイクスピアは自らをかさねたのではなかったか。

大軍が押し寄せる。そこにマクベス夫人が亡くなった知らせが届く。「あれも、いつかは死なねばならなかったのだ、一度は来ると思っていた、そういう知らせを聞くときが」。第二の自分である分身が死んだ。必然的に自分も消滅しなければならない。終わりが近づいていた。そして、あの有名な台詞が語られる。

「あすが来、あすが去り、そしてまたあすが、こうして一日一日と小きざみに、時の階《きざはし》を滑《すべ》り落ちて行く、この世の終りに辿《たど》り着くまで。いつも、きのうという日が、愚か者の塵《ちり》にまみれて死ぬ道筋を照らしてきたのだ。消えろ、消えろ、つかの間の燈《とも》し火《び》！人の生涯《しょうがい》は動きまわる影にすぎぬ。あわれな役者だ、ほんの自分の出場《でば》のときだけ、舞台の上で、みえを切ったり、喚《わめ》いたり、そしてとどのつまりは消えてなくなる」

「あすが来、あすが去り、そしてまたあすが」

原文では To-morrow, and to-morrow, and to-morrow, これだけだ。これ以上シンプルで強いパッセージはない。研究者の方々に叱られてしまいそうだが、この響き、やはりどうしても、ブリティッシュロックの乗りを感じてしまう。これは希望の言葉なのだろうか、絶望の言葉なのだろうか。どちらにもなりうる場所に人は立っている。

そして、こう綴られる。

「人の生涯は動きまわる影にすぎぬ。あわれな役者だ」

Life's but a walking shadow, a poor player（中略）Signifying nothing.

nothing という、断ち切るような言葉の響きで終わるこのくだりも実にロックだが、シェイクスピア全作品を貫く主調音がこの台詞に凝縮されているのかもしれない。未来と過去に呪縛された生のありよう、始まりと終わりの間のつかの間の演劇的時間としての人生、一時的通過者としての無常。宇宙の中の偶然の存在としての孤独。コズミックな視野で捉えられた人間が荒野にひとりぽつんと立っている。マクベスがたどり着いた場所はそんな場所だった。

そしてバーナムの森が動く。この森全体が動くイメージの喚起力は圧倒的だ。魔女の予言を覆《くつがえ》すという意味だけではない。足元の地面がゆらぎ、生存の根拠そのものが失われていく感覚が広大なスペクタクルとして形象化されている。想像するだけで臓腑が震える。シェイクスピアの凄技《すごわざ》である。『マクベス』を日本の戦国時代に翻案した黒澤明監督の映画『蜘蛛巣城《くものすじょう》』での、モノクローム映像で捉えられた霧に煙る暗い森もすさまじかったが、現代の映画のSFX担当なら渾身の腕を振るいたくなるシーンだろう。イングランド兵がカモフラージュに木の枝を身に着けて進軍しただけであることに、最後までマクベスは気づかない。

ダメ押しは、復讐に燃えるマクダフが帝王切開で生まれた子であったこと、つまり「マクベスを倒す者はいないのだ、女の生み落した者のなかには」という魔女の予言に当てはまらない存在であったことだった。マクベスはマクダフと剣で対決し、倒される。マクベスの首は旗竿の上にくくりつけられマルコム王子にささげられる。

「聞けば、妃（マクベス夫人のこと）はみずから、その狂暴な手で、己《おの》が命を絶ったという」。最後に痛々しい事実がマルコム王子の口から告げられて足早に劇は幕を閉じる。

## もろく、弱きもの、人間

ドラマとしての圧縮感、密度はシェイクスピア全作品のなかでも随一だろう。短く刈り込まれた結果、主人公マクベスへの感情移入が抑制され、運命を見つめる視点がクールに浮かび上がった。たたみかけるような展開が、興奮をあおるというよりも、むしろ避けがたさの感覚を呼び起こし、悲しみを沈潜させていく。

『マクベス』は、人間の条件＝未来と過去の時間軸の感覚に振り回される人間のドラマである。

その時間感覚の中で、人は希望し、同時に不安に陥り、後悔する。矛盾し、両極の間を揺れ動く。白か黒かではとらえきれない、永遠のグレーゾーンに漂う迷いのプロセスとしての生を生きる。

これは特異な物語ではない。人は生きるかぎり、より良き生を望み、行動しようとする。その努力が苦しみを呼び寄せ、その苦しみはこの世を去るまで消えることはない。誰もが生きるそんな日常を、またマクベスも生きたにすぎない。シェイクスピアは普通の人間のしんどさを見つめた。人間をそのまま受け止め、何も審判しない。作品が時代を超える秘密は、おそらくそこにある。

シェイクスピアは、さまざまな主人公を生んだ。そのなかで一番身近で、普通の人がマクベスではないだろうか。強がりながら、もろく、弱い、どこにでもいる人間の一人。物語は表向き勧善懲悪の結末を迎える。だが、見る者は誰しもが内面に抱えるなにがしかの迷いの記憶を呼び覚まされ、おのれ自身の内なるドラマとして『マクベス』を記憶に刻むことになる。マクベスはわたしたちである。

何も解決しない。なんの答えもない。ただ、みんな同じだ、という感慨だけが残る。芸術に何か教わることを期待したり、答えを求めたりしてはいけない。答えのない問いをかかえたまま、ただ立つしかない互いの姿を確認することで、ひととき、孤絶から救われる。それだけだ。説明できないが、たしかに存在するなにごとかを共有する。芸術の意味はそこにしかない。

## 裸の菓子——単純にして複雑の味

やれやれ、お茶でも飲みますか。

『マクベス』のセッティングは十一世紀、中世スコットランドだ。ここはやはり、古くから伝わるスコットランドの菓子、ショートブレッドでいきましょう。かつてはぜいたく品あつかいで、大晦日や歳事、祝い事のときだけに作られる特別な菓子だったらしい。今や、輸入食品をあつかうスーパーマーケットにタータンチェック柄の赤い箱が積まれている。

スコットランドの伝統菓子には質朴を超えて、野趣を感じさせるものが多い。装飾を排したところが、おっさんごころをくすぐる。なかでも、最もシンプルなのがショートブレッドだろう。ひょっとしてこの野性的な焼き菓子のルーツは、古代戦士の糧食だったのではないか？　という想像もはたらく。マクベスやバンクォーも鎧姿のまま戦場で食べたかもしれない。事実、ビスケット（保存用に二度焼いたパンを意味するラテン語が起源）は海軍の航海用保存食として工業製品化され、発達した。

市販品はフィンガーバーか小さなラウンド形しかないが、ここは古典に敬意を表して、円形を放射線状にカットした形、ペチコートテイル Petticoat tail で焼くことにしよう。最も古い時代の焼き方で、スコットランド女王メアリー・ステュアートが愛したと伝わる形だ。

室温でやわらかくした無塩バターに、砂糖、塩ひとつまみをすり混ぜる。小麦粉、米粉を混ぜ、まとめる。水分はなし。もそもそした生地を円形のタルト型に押し付け、ナイフで放射状に筋を入れ、串で適宜穴を開ける。周囲にフォークを押し付け、ペチコートの裾《すそ》のような模様をつける。表面にグラニュー糖を薄くふりかける。あとはオーヴンで三十分ほど焼くだけだ。焼けてもまだやわらかく固まらない。だが、冷えるにつれてがっちりと固まる。冷え固まる前に筋に沿ってナイフで切れ目を入れておく。冷えた後では、ナイフを入れるとばらばらに崩れてしまうからだ。

焼き色もほとんどつかず、白っぽい。生まれたままの裸の菓子。そんな姿だ。この単純なものが、たまらなくうまい。単純なはずなのに、複雑な味がする。シンプルであるがゆえに、それぞれの素材が隠し持つ複雑性がかえってストレートに伝わってくるからだろうか。それぞれに育った土地があり、バターには乳の奥深さ、砂糖には砂糖の数奇な旅、粉には粉の長い物語がある。各々が語りだす。甘さはごくひかえめだ。煎茶やコーヒーもいいが、やはり濃いめに淹れた紅茶、砂糖抜きのミルクティーが最も相性がよいようだ。

武骨なルックス。分厚く、硬い。だが、もろく、弱い。齧《かじ》ると、ほろほろと崩れていく。

さながら、マクベスのように。

未来なんて考えず、鎧姿で馬にまたがり、槍を構えてヒースが生い茂るハイランドの荒野を突進していたほうが、どれほどマクベスはしあわせだったろう。草の匂いの風が吹くハイランドの荒野を思い浮かべながら、ショートブレッドひとかけで紅茶を三杯飲んだ。

16世紀のスコットランド女王、メアリー・ステュアートが愛した形、
ペチコートテイル。

## 3 近松門左衛門『心中天の網島』とブランデーケーキ

### 近松『心中天の網島』を「読む」？

近松門左衛門（一六五三〜一七二五）の『心中天の網島《しんじゅうてんのあみじま》』（一七二〇）を読んでいると、ブランデーケーキを食べたくなった。ココアパウダーを混ぜたチョコレート色のスポンジ生地にたっぷりブランデーシロップをしみ込ませた、鼻を近づけただけで酔ってしまいそうなやつを。

近松は〝日本のシェイクスピア〟と称されることがある。その是非はおくとして、シェイクスピア『マクベス』を本棚に戻す流れで、ふと手に取った。小学館『日本古典文学全集』の中の一巻。上段の補注、下段の現代語訳にはさまれた二色刷り三段組みの大判ハードカバー本。学究との協働による緻密な編集の労作。脱帽し感謝するしかありません。大夫《たゆう》が見台《けんだい》の上で開く和綴《わと》じの床本《ゆかほん》とは相当に趣が違う。あまりに見事な編集、印刷、製本の出来栄えに、読んで楽しむというより、研究させていただきます、というスタンスになってしまう。おや？　どうもいけない。

近松を読む？　あれは聴くものだろう、という声が聞こえる。

文楽は読むものではなく、聴くものだ。大夫と三味線が奏でる音楽として。闇にしみ出るこの世ならぬ声として。学生の頃、古典芸能愛好家の先輩にそう教えられた。たしかにそうなのだ。言葉は文字にされる前に、まず音として生まれたという。ギリシャ古典劇のコロスや文楽や能楽の謡《うたい》は、そんな言語の始原の時間にわたしたちを連れ戻してくれる。

言葉は意味を生成する以前に、原初には情動を示し、伝え、共有するための「音」だったと言われる。ジャン＝ジャック・ルソー（一七一二〜七八）は『言語起源論』で言う。

「人間が言葉を話す最初の動機となったのは情念だったので（中略）人々はまず詩でしか話さなかった」「人はまず考えたのではなく、まず感じたのだ」と。

## 住大夫が苦手だった近松

絶頂期の七代目竹本住大夫《たけもとすみたゆう》の語り、五代目鶴澤燕三《つるざわえんざ》の三味線で幾度も近松作品を聴いた。半蔵門の国立劇場。いまもその響きが耳に蘇る。

住大夫の口癖は、「三味線は暗がりを歩く大夫の足元を照らすように演奏しないといけない」だったという。浄瑠璃のサウンドデザインの秘密を端的に言い当てる名言である。先の見えない闇を探るように語られる言葉の響き。その足元をときには一音だけで照らす弦の音。住大夫も燕三も浄瑠璃をその言葉の意味以上に「闇を手探りで歩む人間の心が漏らす音」としてとらえていた。その音は先が見通せない運命に耐える人々の内奥の闇と響きあう。

お二人とも重要無形文化財、人間国宝となられた。その人間国宝が苦手だとはっきり言ったのが近松作品。

語りにくいとこぼした。きらいでんねん、と。

いわく、字余り字足らずでつっかえる。七五調リズムがくずれた文章で、乗らない。文学作品としての価値の高さは承知しつつも、実演する立場としては苦労する作品ということだったようだ。しかし、ご本人の不本意にもかかわらず、住大夫の謡い語る「心中天の網島　河庄《かわしょう》の段」は絶品だった。大夫にしてみれば、近松の文体はセロニアス・モンクのピアノみたいに聞こえたのかもしれない。住大夫の実演の録画の演奏は、たしかに流れるようなというより、複雑な休符をはさんだ、どこか脱臼したサウンドだ。

だが、あらためて床本を黙読すると、加速と減速が入れ替わり、自在に変化する言葉のリズムが登場人物の精神のおののきのリズムとなって読むものの脳内を震わせる。たしかに、謡い語ることより「よみもの」として黙読で読むことを前提にした書きようにも思える。

実際、徳川時代から近松作品はただの上演台本ではなく浄瑠璃本、つまり「読む本」として扱われてきた。

享和元年（一八〇一）に出版された文芸評論『作者式法戯財録《けざいろく》』（入我亭我入《にゅうがていがにゅう》著）では、「近松の浄るり本を百冊よむ時は、習はずして三教の道に悟りを開き、（中略）人情を貫き、（中略）森羅万象弁《わきま》へざることなし。真に人中の竜ともいふべきものか」と絶賛されているという。つまり書物として読むべしということである。しかも百冊もあるぞと。

悪人は誰もいない

今回は近松の『心中天の網島』を読みながら、おっさんケーキ（いやはや、なんでしょう、それ?）を食べるとすれば何かと考えた。読み進めるうちに普通のケーキでは太刀打ちできないと思った。ケーキより強い酒で心を鎮めたくなる。で、ブランデーケーキが浮かんだ。

ため息しか出てこない。

救いようのないダメ男が描かれる。かける言葉も見つからない。だが、恋に落ちたすべての男はダメ男なのである。

紙屋治兵衛《かみやじへえ》。

代々天満《てんま》に店を構える老舗《しにせ》の紙屋の経営を引き継いだ。分別盛りの三十男。幼い子供が二人。当時で言えば中年に足を踏み入れる年齢だ。

当主、プレイングマネージャーとして帳場に座り、従業員を差配する。職場と家庭が一体化し、「家」が法人組織でもあったイエ経済社会の時代。親類もまたすべて名の通った商家。「舅は叔母婿、姑は叔母ぢや人、親同然、女房おさんは我がためにも従兄弟《いとこ》」、「結び合ひ結び合ひ、重々の縁者親子仲、一家一門参会」と、公私とも周囲を隙間なく血縁親戚で固められた環境である。窮屈かもしれないが、ある意味、安全網で固められた世界に安住できる典型的な中堅ブルジョアコミュニティの住民だ。

その成熟した近世商業資本社会の安定の典型ともいえる男が、曾根崎《そねざき》新地の若い遊女と恋に落ちた。「足かけ三年」深い仲となり、心中自殺を思いつめるが、恐れた置屋《おきや》に逢瀬《おうせ》を止められ、手紙のやり取りも止められている。

治兵衛は悪人ではない。

放恣《ほうし》なわけでもない。自堕落なわけでもない。謀《はかりごと》を好むわけでもない。ひたすら不器用なだけだ。器用に立ち回れない実直な男が恋に落ちた。ただそれだけの話なのだ。純情がすぎて優柔となり、現実直視、割り切り、断念、交通整理ができない。

心中行を恐れる置屋の紀伊国屋《きのくにや》に出入りを禁じられ、恋人の小春の姿を求めて手ぬぐいをかぶって顔を隠しながら夜の街をさまよい、「魂抜けてとぼとぼうかうか、身を焦《こが》す」「身は空蟬《うつせみ》の抜殻《ぬけがら》の、格子に抱きつき、あせり泣く」始末。もう、ぼろぼろである。

泣いてばかりいる男。かたづけられない男。だが、誰も治兵衛を責めることはできない。おろかな治兵衛を見る客席の男たちは皆、無言で気づいている。漱石が『道草』で書いたように、人生に「片付くなんてもの」はないということを。

治兵衛が悪人でないように、ほかの登場人物にも悪役はいない。

治兵衛を諭《さと》し遊女と別れさせる兄の孫右衛門《まごえもん》、治兵衛に離縁状を書かせ娘をむりやり実家に連れ戻す舅《しゅうと》五左衛門も、ただ家族の安全と秩序を守ろうとしているだけだ。

妻おさんは、心中自殺に傾く夫と恋人の遊女の命を守り、幼い子のいるおのれの家庭を守ろうとする。ただ全員の安寧をはかる誠意からであって、嫉妬からの意地悪ではない。意地悪どころか、ついには遊女小春の単独自殺を直感すると、全財産をなげうって夫に遊女を身請《みう》けさせようとさえする。

遊女小春は誘惑者ではない。老いた母一人をおのれの稼ぎで養うため廓《くるわ》勤めに出た。そこで実直で不器用な男と恋に落ちた。それだけの話だ。むしろ誠意から、わざと男を裏切る演技をして身を引き、男の家庭の破滅を回避しようとする。小春に善意はあっても悪意は何もない。

小春の身請けを張り合う伊丹《いたみ》の太兵衛にしてみたところで、一見ステレオタイプの悪役に見えるが、悪役というより、無邪気に自分の財力と類縁のしがらみのない独身の身軽さを誇示しようとする成金の子供っぽいヤンキー商人にすぎない。俺を選んだ方が安全で気軽でよけいな苦労を避けられるぞと小春にアピールする。悪意はないのだ。

悪意を憎み、善の不運を嘆くような勧善懲悪の倫理で整理できることは物語のどこにもない。皆がそれぞれの立場で治兵衛の破滅を止めようとする。

だが誰にも止められなかった。

やはり、ため息しか出てこない。

## あらかじめ約束された破滅

心中ものと称される演目は結末が最初から予告されたドラマだ。タイトルではっきり告げている。死にます、終わりますと。

確実な破滅が予告されたなかで人々はあがく。観客は結末がわかっているのにその揺れ動くプロセスを見つめる。なんとも残酷。ひたすら気がめいる。なぜこんなものを人は見つめ続けるのか。

昼のテレビのワイドショー同様の物見高いスキャンダルジャーナリズムとして消費され、人気をとっていた面も大きいだろう。『心中天の網島』はモデルとなった事件発生の二か月後に上演されたと伝わる。他人の不幸は蜜の味。消費の対象でもある。当時も建前《たてまえ》上、こんな道に外れたことしちゃだめだよ、きちんと身を修めてかたぎの生活送らなきゃ、と、社会道徳的、人生訓的に解釈される物語として黙認され流通していた。だが、それはあくまで建前にしかすぎない。心中ものの演目が量産された元禄から享保の当時、江戸では歌舞伎に翻案された心中ものが大流行し、実際に心中自殺する男女が激増したため、幕府はついに心中ものの上演を禁じた。

この『心中天の網島』に人々が魂を揺さぶられたのは、むろんそこに道学的な人生訓を読みとったからではない。破滅へのプロセスを見る者、聴く者、読む者は、しだいにある静けさを味わう。避けがたさを受け入れる静けさ。運命を受け入れる静けさだ。そして、同時に夢も見た。自らが果たせなかった逸脱の夢である。

## 兄・孫右衛門――影の主人公

『心中天の網島』は作者が七十二歳で死去する五年前、一七二〇年の作品である。一七〇三年に『曾根崎心中』を発表して以来、近松は二十年近くにわたって晩年まで数多くの心中ものを書いてきた。だが、この一作は他の作品をかすませる複雑な光を放ちながら、ただ一つ高地に屹立《きつりつ》している。

このドラマを、心中事件を描いた他の近松作品と別の次元に引き上げているのは、主人公治兵衛の兄、孫右衛門の存在である。

孫右衛門は物語の全体を見渡している。

さながら、作者の視点を代弁するかのように。

「人にも知られし粉屋《こや》の孫右衛門」と自任する、近世大坂の主食とも言えるうどん用の粉屋を経営する堂々たる中堅ブルジョア。蔵屋敷の勤番武士の扮装をしてもぴたりと収まる謹厳な落ち着きと貫禄。徳川時代の商都大坂の、イエ経済社会秩序の中核をなす堅実な市民エスタブリッシュメントを代表するような存在だ。

孫右衛門は大人の分別の立場から二人を諭し、別れさせる。だが、弟の愚昧を叱責しぶちまける怒りの隙間から漏れでる別の感情に気づいたとき、ドラマは別の様相を見せ始める。孫右衛門はおのれの正道の立場を疑うことなく自信たっぷりに治兵衛を断罪しているわけではない。「小腹が立つやらをかしいやら、胸が痛いと、歯ぎしみし、泣き顔隠す」のである。

「をかしい」「胸が痛い」とは何か。なぜ泣き顔を隠すのか。

孫右衛門はすべての事情と心情を呑みこんだうえで、あえて二人を別れさせようとしている。単にありきたりの社会通念で裁いているわけではないのだ。孫右衛門は、弟治兵衛が、息がつまるほどがちがちに周囲を固められた社会的立場から逃げるように破滅的恋愛に傾斜していく心情を理解している。遊女小春の「別れたい」という言葉が男への愛ゆえの演技であることも見抜いている。小春が手渡した起請文《きしょうもん》の中に偶然発見した治兵衛の妻おさんからの別離嘆願の手紙の意味を瞬時に理解し、小春のつらい断念も同情と共に胸に収めた。小春の裏切りを真に受けて永久の別れにと小春の額際を蹴る治兵衛の狂態をだまって見守り、大泣きする弟の肩を抱き、寄り添って連れ帰る。心の居場所を家庭にも職場にも、ついには信じていた恋人にも見つけられなくなった弟の孤独きわまった心情に寄り添う。いったん二人を別れさせるのに成功したあとも、行方をくらました弟の破滅的行動を予感し、先回りするように深夜の街に行方を追い続ける。

読めすぎている。孫右衛門は恋に落ちた二人、破滅に向かおうとする弟とその恋人の心情と行動を理解しすぎている。

いわく、「なう小春殿、宵からの素振、言葉の端《はし》に気をつくれば、花車《くわしや》が話の紙治とやらと、心中する心と見た。違ふまい、死神《しにがみ》ついた耳へは、意見も道理も入るまじ」。

まるで自分自身の心情と行動を説明するように語る。

人は自分が思うほど他者の心情をおもんぱかり、理解できるものではない。なぜ、そんなことをやったのかと愚行をなじり、嘆くだけだ。たとえ肉親でも。

諭しに来たはずの説教の言葉に滲むのは、怒りではなく、憐みでもなく、むしろ逸脱した二人に対する共感と憧れなのではないか。そう疑ったとき、真の主人公としての孫右衛門が浮かび上がってくる。

孫右衛門＝主人公というとらえ方は、むろん筆者の勝手な思い込みかもしれない。だが、そんな勝手な思い込みを誘い出し、許容してくれるのが本物の古典のありがたいところだ。孫右衛門の重要さに気づかされたきっかけは、故四代目竹本越路大夫《こしじだゆう》のひとことだった。NHKのドキュメンタリー番組の中、住大夫が引退した越路大夫の自宅に稽古をつけてもらいに定期的に通っている。「越路兄さん」のところに人間国宝になった弟弟子がまだ勉強に通っていた。「なほになほなほ」の尽きない向上心に驚嘆するしかない。ちょうど、さっきの孫右衛門の台詞《せりふ》「紙治とやらと、心中する心と見た」のくだりを指導していた。そのときの越路大夫のひとことと。

「『心中する心と見た』、ここは、ずばっと切り込むように言わなあきまへんで」

晩年の越路大夫はフルトヴェングラーを思わせるダンディな風姿の方だった。知的男性の色気をたたえた老人が演じてみせる孫右衛門の重み。ああ、こちらが主人公なんだ、と気づかされた瞬間だった。

偉大な指揮者たちが楽譜を徹底的に読み込み、読み手ならではの洞察で楽譜に秘められた響きを感じ取り、独自の音楽を再構築するように、マエストロ越路大夫も近松の徹底した読みで独自の解釈に到達していた。古典が読み手の力で永遠に再生をくりかえしていく風景を見るようで感慨深いものがあった。ちなみに、近松の世話物は十八世紀初頭に生まれて以降、改作もの以外、原作再演の記録はなく、約二百年間忘れられ、本格的に再評価され再演されたのは二十世紀後半、昭和に入ってからだったという。時間は多くを消し去りながらも、真の力を持つ古典をかならず生き返らせる。

## あったかもしれないもう一人の自分――ダブルとしての孫右衛門と治兵衛

孫右衛門は、小春に会うのになぜ勤番武士に変装しなければならなかったのか。

「つひにささぬ大小ぼつこみ、蔵屋敷の役人と、小詰役者の真似をして、馬鹿を尽《つく》したこの刀」と自嘲する変装である。

治兵衛の実の兄と身分が知れれば小春は警戒する。小春を警戒させないために、お茶屋「河庄」

に遊女を呼び一夜の感興を買う別人を装う必要があった、という説明はむろん可能だ。だが、遊女を説得するだけなら、素顔の堂々たる商家の旦那の姿で改心を説けばよいだけの話ではなかろうか。わざわざ勤番武士を擬す必要はない。孫右衛門は小春を説得しているときも治兵衛の兄ではなく、第三者の蔵屋敷の武士の立場を崩していない。勤番武士とは遠方の他国からの長期出張者である。所詮よそ者であり、緊密な都市ブルジョア共同体の外の住民だ。太兵衛たちヤンキー軍団にいたぶられる治兵衛を救い出したとき、ようやく「あにぢやびと」として治兵衛に発見され本来の姿を明かす。

「人にも知られし粉屋」としての体面、つまりかたぎの秩序代表者、エスタブリッシュメントとしての立場をブルジョアコミュニティの中で維持し続けなければならない一人の男がここにいる。孫右衛門は社会的立場上、武士に偽装して身を隠す必要があった。人一倍、無意識の緊張感を持ってビジネス界での社会的体面と平衡を維持している男。それが孫右衛門だ。当時、浄瑠璃を聴きに来る観客の多くは、ささやかな余暇を芝居見物で楽しむ余裕のあるこの中堅ブルジョアの人々であったろう。観客にとって最も自分の立場に近い存在は孫右衛門だったはずだ。彼らもまた孫右衛門の一人だった。

だが、孫右衛門は、謹厳なだけの箱に入った男ではない。

治兵衛が小春を刺そうと格子からつきこんだ脇差を両手ごと刀の下緒《さげお》であっという間に縛り付け、「サア皆奥へ、小春おぢや、行て寝よう」とさらりと言ってのける。色里でのトラブルへの対処、遊女に対するふるまい方に習熟しているのである。経験を積み、様々なことを見てきた、多少のことでは驚かない大人。その大人が言外に漏らすもの。それを読むもの、聴くものは聞き取ってしまう。

小春の背を抱いてうながすその手。美しい背の女は、ほかの誰でもない、わが弟治兵衛の恋人である。「サア皆奥へ、小春おぢや、行て寝よう」と孫右衛門が立ち上がり背中を見せたとき、ふいに、舞台の上でその背中と治兵衛の背中がダブルイメージとして重なる。

孫右衛門のあったかもしれないもう一人の自分。それがダメ男治兵衛ではないか。

本来、治兵衛も自分と同じ立場にいるはずの男なのだ。だが弟は道を踏み外した。治兵衛は親族とステークホルダーに隙間なく固められた息づまる商家経営、イエ経営の環境からの逸脱の夢を見た。経営者たる三十男を一直線の恋に走らせたのは、なによりも個人として呼吸する時間を一刻も与えないイエ経済一辺倒の人生の閉塞感であったはずだ。孫右衛門はそんな弟の治兵衛に、断念したもう一人の自分を見ているのではないか。

孫右衛門は、「女房、子にも見返《みかへ》し（＝見捨てて心を移す）はもつとも、心中《しんぢゆう》よしの（＝こころ根の誠実な）女郎」とおもわず小春を賛美する。

かつて、治兵衛と同じような魂の嵐を経験した男。

エロスの中に自己を消滅させる夢を見た経験がある男。

しかし断念し、破滅を回避し、秩序に戻ってきた男。

そう解釈すると、主人公たちを凌駕する孫右衛門の存在感、複雑な佇《たたず》まいが腑に落ちてくる。治兵衛と小春に対する深い理解と共感は、彼らの苦悩にわが身を重ね合わせられる者だけが持つものだ。

孫右衛門の胸に去来するものは何だったか。

秩序を逸脱し、破滅もかえりみず魂の自由に身をゆだねるという自分が果たせなかった夢、かつて自分にあったなにごとかへの悔恨、その混合物のようなものだったかもしれない。

治兵衛と孫右衛門は同一人物なのである。

ひとりの男のなかには、治兵衛と孫右衛門がいる。英語でダブル、ドイツ語ではドッペルと呼ばれる心理的な幻視現象がある。二人の異なる性格の男が一つの自我の異なる運命（偶然に左右される人生の航路）を表現し、その双方が嘘ではなく真実である存在。治兵衛と孫右衛門をダブルだとすると物語は一気に幻想性を帯びてくる。

ドラマは通常、主人公の心理を追っていく。ここでは主人公治兵衛の内面の葛藤を追っていくのが主軸のはずだが、河庄の段だけでなくドラマ全体においてもどこか治兵衛の影が薄い。一途に思いつめ、狂態を演じる姿が影絵じみて見えるのだ。

河庄の段は、治兵衛を描くよりも、兄孫右衛門が治兵衛と小春の物語をどう見ているのか、孫右衛門はどのような葛藤を秘め、何を語らず黙しているのか、に重心が傾いている。それは秘されて語られることはない。

語られないこと、書かれないことほどその存在の気配が大きくふくらんでくる。

治兵衛と小春の物語が、孫右衛門が粉屋の帳場で謹厳な顔で簿記計算をしながら見た夢だとするとどうだろう。ひょっとしたら、この物語全体が孫右衛門の幻視ではないか。そんな可能性さえ頭をかすめる。それは近松自身がこの作品を自らの幻視として冷静に客観視している作家としての視線と重なる。自作の『国性爺合戦《こくせんやかっせん》』『心中重井筒《かさねいづつ》』の文面をそのまま引用して、端役《はやく》の台詞に入れているあたりも、一歩引いたメタフィクション性を感じさせる。この自己言及性は他の作品には見られない特徴だ。のっぴきならない悲劇の中に、どこかクールな軽みが感じられるのは作者の一歩引いた視線があるからだろうか。

## 一歩引いた軽み

「義理につまりてあはれ」を時代物でも、世話物でも極めたシリアスな劇作家。近松門左衛門はそう理解されている。たしかにそうなのだが、どこか「あはれ」の感情に溺れきらない、一歩引いた視線、それがもたらす軽みのようなものを感じてしまうのは筆者だけだろうか。軽みというべきか、さばさばした諦念を抱きながら当惑に身をゆだねるというべきか。平家の知盛《ともも り》のように「見るべき程の事は見」た大人の感覚を感じるのだ。

晩年に書いた辞世文に「代々甲冑《かっちゅう》の家に生れながら武林《ぶりん》を離れ」とあるように、近松は元来、武士だった。姓は杉森。福井藩士の父親が浪人し、少年の近松はいわゆる青侍として京都の公家に仕え、やがてドロップアウトして座付き作家となった。兄弟は武士の身分を維持し他の小藩に再就職しているから、ただ一人ドロップアウトしたことになる。たぶん、いろいろあった、としか言いようがない。世話物で描き続けたダメンズたちへのシンパシーと一歩引いたクールな視線は、当人のドロップアウト経験と無縁ではないはずだ。この共感力に満ちたやさしいクールさが、心理の深層に深く分け入りつつも感情に流れ過ぎず、すっと引き、すこし哀しげに微笑みながら小さく首を横に振るような文体を生んだ。

やさしいクールさは、さきの本人の辞世の文章に最高度に表現されている（ひょっとしたら、この辞世文が近松の最高傑作かもしれない）。

「代々甲冑《かっちゅう》の家に生れながら武林を離れ、三槐九卿《さんかいきゅうけい》に仕へ咫尺《しせき》し奉りて寸爵なく、市井《しせい》に漂て商買しらず、隠に似て隠にあらず賢に似て賢ならず、ものしりに似て何もしらず、世のまがひもの、唐《から》の大和の数ある道々、妓能雑芸、滑稽の類までしらぬ事なげに口にまかせ筆にはしらせ一生を囀《しゃべ》りちらし今はの際《きわ》にいふべくおもふべき真の一大事は一字半言もなき倒惑」

自分まで劇中人物のように客観視し、突き放したはての軽み。山田風太郎が世に残る辞世の最高傑作と称揚した。「いふべくおもふべき真の一大事は一字半言もなき倒惑」。いやもう、言葉もなく、ただだうなずくしかありません。

## 複雑の造形――女房おさん

遊女小春と女房おさんもダブル、同一人物である。

その視点で見ると二人が入れ替わり可能であることに気づく。

おさんは、夫に裏切られた妻だ。裏切られながらも冷静さを保ち、二人の幼子を育てながら、遊女との恋に狂う夫を心中行から引き戻そうとする。気配りと誠意をもってかいがいしく平和な生活を守ろうと努力する理想的妻だ。おさんは家庭の、さらには近世法人としてのイエを守る秩序そのものだ。

一方の遊女小春は、まじめで誠実なおさん同様「心中よし」、つまり性格が誠実で善人と孫右衛門にも評される人物だが、対比的に逸脱の世界の住人を演じることになる。孫右衛門と治兵衛の二人がそうだったように、同じ性格を持ちながら秩序と逸脱に分裂する構図はここでも共通している。

おさんは小春にひそかに手紙を書き、夫の救命のため別れを乞う。小春はその嘆願を理解し別れを約束する。そのかいあって夫は家に帰ってきた。新地通いも途絶えている。「中之巻　天満紙屋内の場」は平和な家庭風景の描写で始まる。治兵衛は茶の間の火燵《こたつ》でうたた寝をしている。おさんは身近に夫の存在を感じ、幼い子供をあやしながら戻ってきた平和をかみしめていた。

そこに、紀伊国屋の小春を「天満の深い大尽」が請け出すと街の噂を聞きつけた兄孫右衛門と叔母が怒り心頭ねじこんでくる。治兵衛が性懲《しょうこ》りもなくまだ遊女に狂っているのかと誤解したのだ。治兵衛は落ち着いた態度で、身請けする大尽とは伊丹の太兵衛のことだ、自分は「小春に縁切り、思ひ切る」と孫右衛門たちを納得させ、起請文に血判まで押してみせる。

だが、兄孫右衛門と叔母を見送り、「門送りさへそこそこに、敷居も越すや越さぬうち」治兵衛はふたたび火燵に潜り込み蒲団をひっかぶってしまう。

おさんが蒲団を取ると「枕に伝ふ涙の滝、身も浮くばかり泣きゐたる」夫を発見する。

ここからのおさんの爆発的なクドキと次々と扉を押し開けるような複雑な心理展開は、近松作品の中でも最高の密度と高みを示す圧倒的なシークエンスだ。小春と別れた後も火燵の蒲団をかぶってジメジメ泣く夫についに感情を爆発させ、「引起し、引立て、火燵の櫓に突据ゑ、顔つくづくとうち眺め」責め、なじる。

「あんまりぢや、治兵衛殿、それほど名残惜しくば、誓紙書かぬがよいわいの」

大夫が絞り出す、抑えに抑えたはてのこの叫びは胸に刺さる。「エヱ曲もない、恨めしやと、膝に抱きつき、身を投伏《なげふ》し、口説き、立ててぞ嘆きける」。

治兵衛は、それは誤解だと言う。金がない負け犬だと自分の悪口を問屋仲間に言いふらす太兵衛の行為に対する悔し涙だと。そして、「人の皮着た畜生女が、名残も糸瓜《へちま》もなんともない」と小春の不実を罵倒する。別れて十日もたたぬうちに太兵衛の身請けを受け入れた「腐《くさ》り女」と。

だが、治兵衛のこの言葉に、おさんは小春の自死の意思を直感する。

この一件の前に、小春はおさんからの夫救命の嘆願を理解し、「思ひ切る」と返事した。おさんは「これほどの賢女が、こなさんとの契約違《ちが》へ、おめおめ太兵衛に添ふものか」と言い、「女子《おなご》は我人《われひと》（自分も他人も）一向《ひとむき》に、思ひ返しのないもの、死にやるわいの死にやるわいの、（中略）サアサアサ、どうぞ助けて助けて」と惑乱する。

これ以降、おさんと小春はミラーイメージのように重なり合っていく。孫右衛門が治兵衛のつらさを第二の自分を見つめるように読んでいたごとく、ここでもおさんは小春の心情をわがことのように読み取り、理解している。

「アア悲しや、この人を殺しては、女同士《どし》の義理立たぬ」

まごころとプライドと自己欺瞞《ぎまん》が一体となった複雑なひとことだ。

「女同士の義理立たぬ」というおさんの言葉と、「それで私が立ちます」と孫右衛門に漏らした小春の言葉が響きあう。二人は互いに自己犠牲によってプライドを守る誇り高い女であろうとする。

だが、夫の命と小春の命をともに救うべく行った離別の嘆願が、妻としてのわが身の立場を守る保身と一体であることに内心おさんは気づいているのだ。気づきながら、それに蓋をしている。一方、小春も決して一途だったわけではなく、恋を貫く心中行と保身の間で揺れ動き苦しんでいた。恋人の男の妻の嘆願を聞き入れ、恋人の命と家庭を守る行為として別れを決意する小春のなかには、わが命が惜しい、死が怖いという気持ちがなかったわけではない。孫右衛門に縊死《いし》と刃傷《にんじょう》、どちらが苦しいのかと訊ねたり、老いた母一人残して死ぬことの無念を訴えたのは演技ではなく、思わず漏らした本心だっただろう。小春はそのことに自ら気づきつつ、それに蓋をしている。小春も自己矛盾、自己欺瞞の苦しみを抱えていた。それぞれ自分で自分の弱さ、自己矛盾に気づきながらそれに蓋をし、ついには後戻りのきかない自己犠牲へ飛躍していくのは、人としての気高いプライドがそうさせているのだ。

小春の自己犠牲、自死の決意を直感したおさんは、自分も一気に自己放棄、自己犠牲の方向へおのれを飛躍させる。一刻を争うと立ち上がり、家計貯金をすべてはたき、着物をすべて換金し、夫に小春を身請けさせようとする。人道的誠意なのか、気高さでは負けられないという女どうしの意気地の張り合いなのか。見ている側にも、そしておそらくおさん本人にも判然としない。

「請け出してその後《のち》、囲うて置くか、内へ入るるにしてから、そなたはなんとなることぞ」と治兵衛に指摘され、ようやくおさんはおのれの居場所のなさに「はっと行きあた」る。

「アツアさうぢや、ハテなんとせう、子供の乳母か、飯炊《ままたき》か、隠居なりともしませうと、わつと叫び、伏《ふ》し沈《しづ》む」

出口はもとより存在しない。

愛と憎しみ、自己犠牲と保身、矜持《きょうじ》と悲嘆。追い詰められ、矛盾の中で揺れ動く人間。自分の本心が自分でもわからないという人生の真実を、舞台を見る者は目撃することになる。分裂したまま、整理のつけようのない心情をかかえて人は生きていく。誰も本当の自分のこころなんてわからないのだ。

『心中天の網島』には近松没後、多くの改作物（『心中紙屋治兵衛《しんじゅうかみやじへえ》』『天網島時雨炬燵《てんのあみじましぐれのこたつ》』など）があり、そちらの上演回数の方が多かったりしたらしい。「なぜ？」という不条理な「わからなさ」が排除され、心情が理に落ちる説明的な台詞と設定に変更され、波瀾万丈のエンタメ性が強められている。だが、失って初めてよくわかる。「わからなさ」こそがこのドラマの核心だったことが。

自分がわからないまま、やがて、わたしたちは自らの意思ではなく秩序の力に連れ去られる。舅、おさんの実の父、五左衛門が前触れもなく疾風のようにおしかけ、問答無用に治兵衛に去り状（離縁状）を書かせる。五左衛門に秩序に対する懐疑はなく、迷いはない。そのまま幼い孫二人も見捨て、わが娘おさんだけを強引に引き立てて実家に連れ去る。さながら混沌から秩序に救い出すように。逆に治兵衛をふたたび混沌の世界に突き落とすように。

のどかな家庭団らん風景から始まったはずの場面が一転、おさんが切れて夫をなじり泣き伏した直後、小春の救命嘆願、自己放棄の惑乱に転じ、次の瞬間には共同体秩序に連れ去られるという、急加速の展開を見せる。次々とギアがシフトアップしていく筆致は見事で、穏やかだった川の流れが滝へ落ちる直前に急に速度を早める姿を見るような運命の不気味さに満ちている。

## 秩序に踏みとどまる哀しみ

避けがたく世界が崩壊していく。

これ以降、地面が割れたように、一気に治兵衛と小春の二人は心中行へ突き進む。舞台の人形による演技は美的に演出される。だが近松の原作の筆はドライだ。闇にまぎれて死に場所を探す二人の姿は、パセティックな恋の陶酔、エロスの極致といった甘やかなものではない。近松の筆による刃傷は美化されることなく、手際悪く、無残なだけだ。死体はむごたらしい物体と化し、風にさらされる。

そこにあるのは、ただ秩序から見放され、はてしなくエントロピー（混沌性）が増大していく世界の終わりの感覚だけだ。行方不明になった二人の後を、エントロピーの増大を防ぐべく、孫右衛門という秩序の側になんとか踏みとどまった者が必死に探し、追いかける。秩序は壊れ物のようにもろい。かつて、弟治兵衛と同じように死地を求めて女とともに夜の街を彷徨したかもしれない孫右衛門にはそれがわかっている。だからこそ必死に追いかけるのだ。このときの孫右衛門の背は、心中行を逡巡《しゅんじゅん》する治兵衛の魂の分身のようにも見える。が、いったん始まった崩壊はなすすべもない。

ついさっきまで、安定した日常が演じられていた。それが、かろうじて踏みとどまっている壊れ物のような秩序であることに、普段ひとは気づくことがない。崩壊を秘めた秩序という、普段は押し殺している生の実感を胸に蘇らせながら、わたしたちは手ぬぐいで顔を隠して夜の川沿いを彷徨する男女の姿を見つめ続ける。秩序の側にいて、秩序に踏みとどまる哀しみをどこかに感じながら。自分の代わりに愚かさと苦しみを一身に引き受ける二人に、磔刑者《たっけい》の姿に似たどこか聖なるものを感じながら。そのときわたしたちの視線は、孫右衛門の視線、さらには作者近松の視線と重なっている。『心中天の網島』は秩序と崩壊、秩序とそれからの逸脱の夢の物語なのだ。

## なぜ「天」か

心中場所は網島の大長寺。どこにも「天」という字はない。ほんらい外題《げだい》は「網島心中」でいいのである。そこを「天の網島」としたのはなぜか。紙屋が天満にあったからか。それなら天満網島心中となる。

天《てん》の網島《あみじま》は天網《てんもう》の島とも読める。天網恢恢疎《かいかいそ》にして漏らさず（『老子』七十三章）。天網とは、古代中国の世界観で、悪事を逃さないように神が張り巡らした網である。いまでは中国共産党政権のAI監視カメラによるデジタル国民監視システムの名として知られているかもしれない。

ひょっとしたら、心中ものが社会不安をあおると罪をあげつらい公演中止に追い込む幕府官憲の眼を逃れるための方便として、作者が意図的に「天」という勧善懲悪的な解釈のガイドラインを外題に仕込んでいた可能性もある。だが、近松は懲らしめるべき悪事としてこの事件をとらえているわけではない。

宿命、まさに天命そのものとしてとらえているからこの一文字を入れたのだ。

最初からカメラの位置が高い。「天」から見下ろされているのは特異な状況のスキャンダルではない。すべての人間を運ぶ宿命が見守られている。秩序に依存しながらも、そこからの逸脱の夢を見ずにはいられない。だがいったん逸脱すれば、一直線に無秩序の世界に解体していくしかない、はかない存在としての人間。それは定められた存在論的な宿命だ。秩序にとどまるか逸脱するかは地上の偶然に左右される運命である。秩序と無秩序という二つの世界の間で揺れ動く人間存在の愚かさも、弱さも、わからなさも、すべてを哀憐し、許し、受け入れる視線。数多くある近松の心中ものなかで『心中天の網島』ひとつだけが別格なのは、この作者の視点の高さゆえではなかろうか。

## ブランデーケーキ

ため息はたっぷりついた。やれやれ、ケーキでも焼くとしましょう。

卵を角が立つまで泡立て、粉、砂糖、溶かしバターなどの基本素材に加えてココアパウダーとシナモン、ブランデー一さじを入れたスポンジ生地を準備する。四角いトレイに流し、オーヴンへ。暗い褐色の生地が焼き上がる。

冷めたシロップに少々のレモン果汁とたっぷりのブランデー（アルコールは飛ばさない。そのまま）を入れたもの一カップほどをスポンジの焼き型に溜め、急いでそのプールにアツアツのスポンジを戻し、沈没させる。さらに上からブランデーシロップをハケでしみ込ませていく。ぐじゅぐじゅになりそうになるまで酒を中心部までしみ込ませる。熱せられたブランデーの芳香が揮発したアルコールと共に立ち上る。これだけで酔う。生地が主役なのか、アルコールが主役なのかわからない。ブランデーは香りづけだけではなく、そのままスポンジの中に残るから料理用のブランデーではなく、できればグラスで飲んで楽しめる（つまり、少々高価な）ブランデーを使用したい。いけない、アルコールをしみ込ませる手が止まらない。悪い予感がする。

冷蔵庫で冷やす。ラップで包んでそのまま四、五日低温熟成させたほうが、塩梅《あんばい》が良いようだ。熟成を待ち、冷えたところを庖丁で煉瓦の形にカット。切り口を見るとしっとりと濡れて黒い。ミルクを入れないストレートティーで一切れ食べた。ブランデーの強い香りとココアの苦みを甘みが包む。悪い予感だったのか、甘い期待だったのか、想定どおりブランデーのアルコールは度数を失わずそのままスポンジの中に残っている。

口と鼻に闇が広がった。

闇にひとりぽつんと立つ孫右衛門の背中が見えた。少し酔った。

ブランデーの芳香が立ち上る。酔う。
生地が主役なのか、アルコールが主役なのか……。

# 4　チェーホフ『ともしび』『箱に入った男、すぐり、恋について』とカシスマフィン

## チェーホフは黒すぐりに似ている

チェーホフを読んでいると、カシスのマフィンを食べたくなった。

連想を誘ったのは、連作短編に『すぐり』という作品があったからだ。

だがそれだけではない。

チェーホフは黒すぐりに似ている。

黒すぐり。ブラックカラント。フランス語ではカシス。小粒で、酸味、苦みが強く、野性味を残したベリー系の果実だ。スグリ科で、一見よく似たツツジ科のブルーベリーとは科が異なり食味も違う。古代からヨーロッパの寒冷な森の奥に自生していた。甘みはごく薄く、生食には適さないためジャムや菓子に加工されることが多い。そのリキュールはカクテルに使用され、バーテンダーからは単にブラックと呼ばれたりする。黒い液体の歴史は古く、中世以前は錬金術師が作る医薬品だったらしい。

黒く、甘酸っぱく、苦い。小さいくせに、どこか宇宙的な闇の広がりを感じさせる。

つまり、チェーホフである。

## 『ともしび』『箱に入った男、すぐり、恋について〈三部作〉』

ふと、アントン・チェーホフ（一八六〇～一九〇四）の短編集を書棚から取り出し、十年ぶりに読み返した。また、本棚のゴーストの気まぐれな鉤爪《かぎづめ》に引っかかっただけなのだが、この鉤爪の一撃、気づいたときには手遅れで、読み進めてしまっている。

『ともしび・谷間 他七篇』とタイトルされた岩波文庫。松下裕さん訳。現代的なすっきりした訳語が心地よい。チェーホフの中期から晩年にいたる間に書かれた中編、短編小説が収められている。『桜の園』『かもめ』といった近代演劇のカノンとなった戯曲や、『犬を連れた奥さん』などの著名な短編に比べるとほとんど知られていない作品かもしれない。

そのなかの『ともしび』（一八八八）、『箱に入った男、すぐり、恋について〈三部作〉』（一八九八）をとりあげてみたい。

十年の時を隔てて書かれていても、それぞれの作品は同じ主題、トーンを持っている。特有の響き。変わらない声。チェーホフが終生変わらず持ち続けた詩的コスモスがささやきかける。セッティングは十九世紀末のロシア、書かれた当時の現代小説である。

いま、チェーホフを読もうとする若い世代がはたしてどれほどいるだろうか？

書かれたときは最先端の前衛だったチェーホフ戯曲も、時の流れのなか、いつしか少し煙たい権威的存在というイメージしか持てないものになっていった。数世代前のきまじめなリベラル知識人たちに神棚に祀りあげられたコスプレ時代劇。筆者の持っていたイメージはそんなところだった。

どんな作品も生まれた時代のセッティングにしかすぎないものに呪縛される。

筆者がチェーホフに初めて関心を持ったのは、一九八〇年代の再上映の機会に、ニキータ・ミハルコフ監督の映画『機械じかけのピアノのための未完成の戯曲』（一九七七）を見たのがきっかけだった。チェーホフの短編数本をもとにした作品だ。イメージは一新した。このみっともなく、滑稽で、哀しい人々のチャーミングさはいったい何だろう、と。

呪縛を解かなければならない。今回、読みなおしてあらためて、もったいない、と感じた。描かれた人々の姿は、十九世紀末の帝政ロシア社会の固有性を超え出て、時代を問わずすべての人間が生きる限り抱える何事かを揺さぶる。

## 落ちがない、プロットがないこと

チェーホフの小説では、何も起きない。

物語にヒーロー、ヒロインはいない。

劇的な運命に彩られた激情の人は誰一人として登場しない。内面の見えざる葛藤はあっても、表面上はほとんど何も起こらないに等しい人生。

伏線も、落ちもない。

とりあげられた問題は何も解決しない。人間を無視するように、ただ日常が淡々と続いてゆく。カタルシスは最後まで訪れない。小説にどんでん返しのゲーム、たねあかしの奇術、わかりやすい激情を期待する向きには退屈で意味不明でしかないだろう。

サマセット・モーム（一八七四〜一九六五）が回想録『サミング・アップ』（一九三八）でモーパッサンとチェーホフを短編小説技法の二大潮流の源流としてとりあげ、プロット派（伏線あり、落ちあり）、没プロット派（事件なし、落ちなし）に分類している。

モームは若き日、医学生としてインターンを経験した後、戯曲と小説を書き始める。医師でありながら戯曲を書いてメジャーとなってから小説家に転身し成功した。書いた順番は逆でも小説と戯曲両方に成果を残したチェーホフも本業は医師だった。経歴と守備ジャンルがかぶる。近親憎悪の温床である。

モームは、自分はモーパッサン派だとして、欧米の多くの芸術かぶれ作家がチェーホフの真似をしているが成功していないと皮肉交じりに批判し、チェーホフ作品もこき下ろしている。劇的展開に欠け、緊密な構成を持たず、人物の個性の描き分けがないことをチェーホフの才能の不足として切り捨てている。

だが、どうも、モーム氏、チェーホフに嫉妬しているようだ。微笑ましいぐらいの嫉妬が、かえってチェーホフ作品に圧倒されたことを言外に告白している。チェーホフは若き日、医師を務めながら家計のために大衆向けユーモア短編を書き散らすことから出発し、やがて前衛へ進んだ。モームは本格小説を志向しながらも、生涯通俗作家の評価から逃れられなかった。

モームがあえて、半ば意図的に理解しようとしなかったチェーホフのプロットや劇的な展開を排除した小説の革新性は、クロード・ドビュッシー（一八六二〜一九一八）が音楽の世界で起こした革命に似ているかもしれない。

その音楽には風、光、水、波はあっても建築がない、情念がない（かのように聞こえる。本当は精密な構築の成果なのですが）。ドビュッシーの創り出した音楽は、自然にインスピレーションを得た流動し絡み合う音のアラベスクだった。それまでの、和声を秩序正しく組み上げた一大建築物としての古典派、近代個人の想念や物語を緻密な構成でドラマチックに織り上げたロマン派ら伝統的な西洋近代音楽の常識をくつがえし、かつてバッハが宇宙の秩序を数学的に聞き取ったのとは別の方法で、自由な旋法と和声で音楽を自然の流転のなかに解き放った。チェーホフが社会や時代の状況、個人の事情や性格の接写からいったんカメラを引き、小説を人間存在の宇宙的宿命のパースペクティブのなかに解き放ったように。ドビュッシーとチェーホフは二歳違いの同世代である。

## 宇宙に放り出される感覚

『ともしび』で長い語りを行うのは、いまは三十代の、女房子供もいる鉄道敷設技師アナーニエフである。鉄道技師は十九世紀当時、最先端のハイテク・エンジニアだった。広大な平原に鉄道をあらたに敷設するのが仕事だ。見渡すかぎり広がる広野のなかにぽつんと建つ鉄道敷設工事用の仮小屋の中、工事を終え、夕食が終わった夜長の時間、アナーニエフはたまたま旅の一夜の宿をその仮小屋に借りた医師の「わたし」に問わず語りに語りだす。小屋にはもう一人、工事に同行している若い貴族の大学生が寝転がっていた。

アナーニエフは、ふて寝するニヒリズムにかぶれた冷笑的な大学生に説教しはじめる。説教のなかで、一八七〇～八〇年代当時、ロシア青年の間で感冒のように流行した安直なニヒリズムを批判する。佐官クラスの年齢に達した成熟した男が、若者を上から目線で諭すような自信に満ちた鷹揚な態度で。

「無常だとか無だとか、生の無意味だとか、死の不可避だとか、（中略）ようやく独り立《ひとだ》ちの生活を始めたばかりの若い頭脳にとっては、そういう考えは単なる不幸ですよ！」

だが、アナーニエフの語る批判はどこか空転している。実は自分自身が人生の経験の果てに、より深い虚無の認識にたどり着いてしまったことを告白しているからだ。

「自分でも若い時分にそういう考えに取りつかれたものだし、今でもまだすっかり抜け切ってはいない」「わたしの大好きな感覚（中略）それは、真っ暗な、形のない宇宙全体のあいだに、自分ひとりしかいないという気がするときの恐ろしい孤独感です。（中略）ロシア人の思想や感覚は、その平原や、森林や、雪原と同じように、ひろびろと、果てしもなくて、厳しいですからね。（中略）この感覚にすぐ隣り合って、目的のない人生だとか、死とか来世の闇だとかいった思想があるのです」

『ともしび』の技師は、「こんな思想に一文《いちもん》の値打ちもない」とニヒリズムを流行病として否定しながら、その「真っ暗な、形のない宇宙全体のあいだに、自分ひとりしかいないという気がするときの恐ろしい孤独感」というコズミックな無の感覚にひたるロシア人の表情を「きっとすばらしい」と肯定する。外には果てしない広野の闇のかなたに点々と灯火が灯っている。三人のこもる小屋はまるで宇宙に漂う宇宙船のようだ。

夜長の無為な時間のおしゃべりにしかすぎない。何も事件の起こらない、劇的な熱を排除した、ある意味、退屈極まりないチェーホフ作品をわたしたちに読ませ続けるものは何なのだろう？

それは、チェーホフの全作品を貫く、宇宙のなかの人間、自然に放り出された存在としての人間の存在論的な無意味と孤独がもたらす苦痛の感覚への共振ではないだろうか。技師アナーニエフが流行思想批判、ニヒリズム批判の形で知らず知らずのうちに告白しているのは、その説明しがたい「無意味」の苦痛にほかならない。巨視的に見れば、人間は誰しも生涯宇宙を漂うスペースデブリ（宇宙ゴミ）なのだ。

描かれた人々の、人生の宇宙的無意味さに耐える姿。無意味さに苦しみながらも、それでも生活し、目の前の欲望に右往左往してしまうみっともなくも滑稽な姿。それは読み手であるわたしたちがふだん無意識の領域に押し込め、忘れようとしている存在論的苦痛を思い出させる。

アナーニエフは言う。

「こういうペシミズムで人生を拒否し、洞窟《どうくつ》にでも隠れるなり急いで死ぬなりするならばともかく、一般の法則に従順なわれわれは、生活し、女を愛し、子どもたちを育て、鉄道を敷設してるのですからね！」

人は理性の上では人生の無意味さを達観したと思っても、それでもなお、目の前の事象に執着し、よりよく生きたいと願う。避けがたくじたばたと何かを求め、希望と絶望に引き裂かれる。人生の無意味をどこかで悟りながら、悟っているがゆえにささやかな願いは切実で、切実過ぎるゆえにその苦しみはどこか滑稽だ。

滑稽な苦しみ。その最たるものは、おそらく恋愛の苦しみだろう。

## みっともなく、滑稽で、切々たる恋

チェーホフの描くぶざまで、不手際で、恰好の悪い恋の数々は切々と胸を打つ。

『ともしび』、〈三部作〉の終章『恋について』では、それぞれの語り手が人妻との秘めたる出来事を語る。

『ともしび』で、学生にニヒリズムについてアンビバレントな説教をした語り手の鉄道敷設技師アナーニエフは、おそらく十年以上前の、まだ二十代半ば頃の苦い思い出を語り始める。彼は大学の卒業旅行の途中立ち寄った故郷の海辺の町の並木道で、通りすがりの若い人妻らしき女たちにナンパ目的で声をかける。

「『ほら、こういうのと付き合えればなあ……』と、わたしは彼女の美しい腰つきや腕をじろじろ眺めながら思いました。『悪くないなあ……。きっと、医者なり中学校教師なりの細君《さいくん》に違いないぞ……』」「来世の闇などという考えも、女の胸もとや足に、しかるべき敬意を払う妨《さまた》げにはならなかったのです」とのたまう。流行の高尚なニヒリズムにかぶれながらも、人は目の前の美女にくらくらするのである。

偶然にも、声をかけた美しい人妻は中学生時代、遠目に憧れていたクラスのアイドルの美少女だった。キーソチカ（子猫ちゃん）というあだ名だった透明感あふれる美少女は、成熟した人妻に成長していた。だが、その表情には以前には見られなかった「忍従の面持《おもも》ち」が表れている。

かつての美少女は旧弊な街と不毛な結婚生活に閉じ込められ、金銭的には豊かに暮らしつつも孤独と閉塞感に苦しんでいた。夫は地元で金融機関に勤めながら小麦の商《あきな》いもしている、世渡りには精力的だが妻に無関心な俗物だった。子供は生まれて一週間で亡くなった。自分の未来をあきらめた彼女は、都会の大学で学び先端技術の技師となった同級生のアナーニエフに憧れの眼を輝かす。

「なんてあなたがたはみんな偉いんでしょう！（中略）ああ、なんていいんでしょう！」

そのまま人妻の別荘にお茶に招かれ、二人きりでワインを呑みつつも行儀よく昔話をする。たった七、八年の時の経過で、共通の知人はすでに五人も亡くなっていた。無常が二人きりのこの瞬間を際立たせる。酔った夫が士官の友人と帰宅するが、妻とアナーニエフを無視して男同士で勝手に呑み始める。

「たぶん、もうお目にかかることもないでしょうね……」と名残を惜しみつつも平穏に別れたその夜、人妻は夫の粗暴と冷淡に耐えられず、発作的な家出をする。からだ一つで家を飛び出し、子供のように泣きながら闇夜を歩いていると、偶然、まるで交通事故のように技師アナーニエフと昼と同じ林の中のあずまやでふたたび行き合う。海辺の断崖の上、一寸先も見えない暗闇の道を二人は腕を取り合ってさまよう。はるか下から響く潮騒の音。すべての意味を奪われたような宇宙的空虚のなかの彷徨が描かれる。

無意味な偶発事故のような恋。その再会は、地球表面を漂うスペースデブリ同士の衝突にすぎない。宇宙空間で発生した偶然のなか、気まぐれや欲情に押し流されるみっともないわれわれがそこにいる。しかし、そのときは本気。世界全体にも匹敵する陶酔と悲哀が二人を押し流す。陶酔と悲哀は秤《はかり》で測ったように同じ量だ。

一夜の恋の後、技師は駆け落ちを誓った人妻を捨てて、待ち合わせを待たず一人列車に飛び乗って逃げる。一人の純朴な女の夢の重みに耐えきれず、恐ろしくなったのだ。人妻は都会暮らしの技師を信じきり、閉塞からの脱出を信じきっていた。技師アナーニエフは乗客や車掌の楽しそうな笑い声の聞こえる列車のなかで激しく煩悶する。自分のしたことが殺人にも劣らぬ罪悪だったと。気が狂うと思ったほどの罪の意識と煩悶の果て、技師は引き返し、女に懺悔《ざんげ》し、二人して泣きながら永遠の別れを告げあう。二人はそれぞれの日常に帰っていく。

## 何も起こらない恋

〈三部作〉の終章『恋について』では、語り手の地主アリョーヒン（父の領地を引き継いで、「高麗《こま》鼠《ねずみ》のように駆けまわり」ながら、藁と土にまみれて荘園を経営している独身の中年インテリ）が地元の地方裁判所副所長ルガノーヴィチの若妻アンナ・アレクセーエヴナとの秘めたる恋の思い出を語る。人妻アンナは「気立てのいい、知的な」「いかにも賢そうな目が、自分がまだ子どものころ、母の整理だんすの上に乗っているアルバムで見かけたことがあるような」「すらりとした亜麻色《あまいろ》の髪の」女性だった。

その恋は、相手に対する自分の感情を明確に自覚すること自体におびえるような抑制された内面のドラマだった。

「わたしたちは長いあいだ話しこんだり黙っていたりしていましたが、お互い恋を打ち明けはせず、おずおずと、直隠《ひたかく》しにしていました。二人のあいだの秘密が自分たち自身にも顕《あらわ》になるのが、何事によらずこわかったのです」。それが互いの現在の生活を破壊するだけで、先に何の希望もないことがわかりすぎるほどわかっていたからである。

夫の裁判所副所長ルガノーヴィチは四十がらみの中年男で、善人だが「おもしろみのない男で、お人好しで、単純で、退屈きわまる分別《ふんべつ》くさい考えの持ち主」だった。アリョーヒンは、本来、都会の大学を出た書斎派のインテリだったが、故郷の荘園を引き継がざるをえなかった。農奴に混じって自分でも農作業を行い、多忙のあまり納屋に野良着で寝泊まりするような荘園経営の合間、所用のためフロックコートで正装して街に出るたびに、都市の知識層生活を思い出させるルガノーヴィチ家をたびたび訪問した。一家との上品な社交が続く。アンナと二人きりで芝居に出かけたりするが、愛を告白することもなく、手を握り合うこともむろんなく、表面上は何事も起こらない。だが互いの気持ちは痛いほどわかりあっていた。

アリョーヒンは一人考える。「彼女がわたしについて来るとして、ではどこへ？　どこへつれて行けるだろうか。（中略）現実は、一つのありふれた平凡な境涯から、もう一つの似たり寄ったりの、あるいはいっそう平々凡々たる境涯へとつれ出すに過ぎないではないか」。人妻アンナは上流婦人としての生活を続け、歳月は流れる。アンナの二人の子供は、おじさんが来たといってアリョーヒンになつき、まとわりついてはしゃぐ。だが、二人に関する世間の隠微《いんび》な噂と感情の抑圧はアンナの神経を苛《さいな》み、ひそかに神経症の治療を受け始める。やがて、夫ルガノーヴィチが別の県の地方裁判所所長に任命されたのを機に一家は町を引き払う。アンナは神経症の治療のため一人クリミアに転地することになる。別れだった。

クリミアに発つアンナを夫や子供たちと共におおぜいで駅に見送りに行く。発車のベルが鳴るなか、忘れた荷物を渡しに駆け込んだコンパートメントの中で互いの目が合ったとき二人ははじめて自制心を失い、強く抱き合う。アンナの目から涙が溢《あふ》れ、アリョーヒンは涙に濡れた顔や肩や手に口づけし告白しあう。アリョーヒンは「焦《こ》がれるような痛みを胸に覚えながら、二人の恋を妨《さまた》げていたすべてが、どんなに取るに足りない、ちっぽけなことだったか、どんなに見かけだけのことだったかを悟」るが、すべてはもう遅かった。「最後の口づけを交わして、手を握り締めてわたしたちは別れました――永遠に。汽車はもう動き出していました。わたしは隣りのコンパートメントに行って腰をおろし――（中略）次の駅までそこにすわって泣きました。それからソーフィイノへ歩いて帰ったのです……」。

晩年のチェーホフと親交のあったノーベル賞作家イヴァン・ブーニン（一八七〇～一九五三）にこの切ない恋愛感覚は引き継がれていく。ブーニンは『暗い並木道』など、優れた短編集を残した。が、なにか根本的な違いがある。

ボリシェヴィキ革命後、フランスに亡命したブーニンの描く悲恋が戦争、革命に翻弄される時代や社会の象徴としての劇的な恋、ある特定の時代の歴史的事件の中に生きる人間の運命であるのに対して、チェーホフの描く恋は、歴史性とは無関係な宇宙の闇の中での星屑同士の遭遇のような出会いであり、人間存在が根源的に持つ宇宙的な虚無の中のひとときの灯火にしかすぎない。

チェーホフの描く恋は理想化されない。彼らは生きるために今の生活を守らざるをえない。それゆえ、保身と夢の間でじたばたする。ひたすら、みっともなく、滑稽で、愚かだ。だからこそ、切実で、魂がちぎれるほど切ない。恋人を裏切り、悲しませ、尊厳を傷つけ、保身に走った悔恨は生涯消えることがない。そのぶざまな恋の姿は、宇宙の偶然の気まぐれに耐えながら、なんとか我が身を守り生きてきたすべての大人たちの悔恨の記憶を揺さぶるだろう。

小説に描かれる女も男も生の一回性、その限定された可能性の閉塞感に押しつぶされそうになっている。恋人たちはおのれの生活世界の絶望的な狭さと小ささに耐えながら、そこから脱出した先の広い世界をはかなく夢見ながら生きている。だが可能性の扉は自ら閉じざるをえない。一度きりの生の時間は足早に行き過ぎていく。それぞれが目の前の生活に追われていく。日常が流れていく。悔恨さえ押し流しながら。

冴えない人々なのだ。

だが、小説は冴えない人々を指弾しない。冷笑もしない。何か解決の方向を示すわけでもない。ただ寄り添い、見守るだけだ。ここでは紹介できなかった〈三部作〉の『箱に入った男』『すぐり』の中でも、人々は生まれ育った土地に縛られ、因習と権威主義と保身と格差に閉塞する時代を嫌悪しながら、そこから脱出する方法は見つからず、人生の無意味さに胸破られる。それでもなお、目の前の小さな欲望、愛、希望に右往左往するのだ。答えのないまま立ち尽くす人々の姿は、わたしたち一人一人の姿にほかならない。

『ともしび』の技師アナーニエフは、痛切な恋の思い出を語り終わったあと、聞き手の医師の「わたし」と鉄道工事現場のバラックを出て広野の闇に遠く点々と灯るともしびを眺める。ともしび一つ一つにはそれぞれの小さな暮らしがある。やがて、ベッドに戻ると言い訳するかのように現在の生活を小声でつぶやく。「女房と、子どもが二人もありゃ、眠るどころじゃありませんからね。食うことと着ることに追われて……」。技師は、幼い息子と娘の写真を自慢げに引き出す。

写真が多く残されている。アントン・チェーホフは、世界文学史のなかで、最も姿の良い作家ではなかったろうか。知的な美貌。いまどきの言葉で言えばいわゆる「イケメン」である。一八〇センチの長身。医師。しかも治療費もあまりとらない博愛に満ちた。医療と並行して気鋭の作家として活動した。高い知性、教養。紳士的で機知とユーモアにあふれたふるまい。そして独身。うーん、ありえない。当然、女性にもてた。普通の男の五十倍ぐらい。たぶん。没後、聖人、文豪のイメージをソヴィエト政府が作り上げたが、彼は一人の人間であり男性である。多くの女性との出会いと別れがあったはずだ。

## 小説とジャーナリズム

チェーホフ作品には、発表当時から社会性がないという批判があったらしい。ポリティカルな立ち位置があいまいで、解決が示されていないという批判である。小説は常にジャーナリズムと混同されがちだ。特にセッティングに同時代を採用した場合、ジャーナリズムとの混同が生じる。受け手の中にはもちろん、ときには書き手側も小説をエンタテインメント化されたジャーナリズムとしか考えていない場合があるから事情は複雑になる。詩は無伴奏で演奏される言葉の音楽だが、小説は多様な楽器のアンサンブルが編成され、複雑なオーケストレーションが構築される。同時代ジャーナリズムもオーケストレーションの一部に取り込まれる。だが、小説のすべてではない。

発表当時、最も高く評価されたチェーホフ作品は『谷間』（一九〇〇）だったという。中編の小説で、地方の農村、閉塞社会に生きる商人一家とその周辺に生きる人々、知識人ではない貧しい民衆が描かれている。産業社会へ変貌しつつある時代の人々の金銭欲、嫉妬、いさかい、貧困、犯罪、格差が淡々と描かれる。人々のどうしようもない愚かさ、悲劇を、最終的にはロシアの民衆の伝統的心性を体現した老人の人生観のおおらかさ、楽観性が包むという作品だ。発表されるや、ゴーリキー、トルストイらに激賞された。

それまで、社会性が低い、発展的歴史観がない、政治的傾向性があいまい、問題が解決しない、とまるで小津安二郎の映画作品に寄せられた批判のような反応が多かった中で、『谷間』に対する激賞は「ロシアの民衆とその社会的問題がみごとに描かれている」ということだったようだ。だが、いま『谷間』を読むと、心に響くものは今回取り上げた小品よりかえって少ないように感じるのはなぜだろう。

当時激賞された「社会性」「傾向性」「同時代性」がかえって作品を古びさせているのかもしれない。百年の時が過ぎ、いま、人々にチェーホフを読み続けさせているものはそういう時事的な社会批評性ではない。

『ともしび』、〈三部作〉は、帝政ロシア末期の制度や慣習に苦しむ人々のルポルタージュではない。そこにあるのは人間存在そのもののわからなさであり、人生の根源的な無意味さへの困惑なのだ。その苦しみは時代や社会の違いを越えていく。

## 語り手と聞き手の時間

チェーホフの短編には、他の作家のどの小説にもない響きがある。静かに語られる親密な声が脳内に響く。声高に主張する熱い声や、激情にまかせた叫び声は聞こえてこない。高みから世事を腑分けする冷たい声もない。平熱の静穏な声があるだけである。かといって、悟りきっているわけでもない。悲哀と戸惑いをなんとかユーモアに溶かしこんで平静を保とうと精神的努力を傾けた結果得られた静穏。そんな響きだ。微笑みを浮かべながらそっとつくため息の音で終わるようなこの独特の味わいは、どこから来るのだろう。

『ともしび』、〈三部作〉は、ともに複数の登場人物がそのうちの一人の語り手の話を聴くという構造を持っている。語り手がかつて経験した過去の話だ。果てしない広野、広大な荘園の森や淀といった自然の風景の美しい描写にはさまれて、長い体験談はなにげなく問わず語りに語られはじめる。目の前の聞き手を相手にした打ち明け話なのだが、その語りくちは、しだいに独り言のような夢想的な響きを帯び始める。語り終え、聴き終えた登場人物たちは答えのなさに沈黙し、ふたたび自分たちを包む自然を見つめる。

この「美しい自然描写にはさまれたモノローグ」という構造が、小説の浸透圧を身体になじむ生理食塩水のように調整しているのではないだろうか。すーっと細胞に吸収されていく感覚である。それぞれの独白は三人ほどが集う親密な空間で語られる。それも美しい自然に包まれた。決して都市の酒場の喧騒のなかではないことがポイントだ。

語りの時間帯もまたモノローグにふさわしい。日常のなかにぽっかり空いた無為な時間に過去の扉が開き、失われた時間が現在にしみこんでいく。

『ともしび』では、鉄道敷設工事用の仮小屋の中、工事後の夕食が終わったあと、何もすることのない夜長に。〈三部作〉では、獣医イワン・イワーヌイチは狩猟旅の途中、村長の納屋に一夜の宿を借りる。慣れない納屋の眠れぬ夜に獣医は乾草《ほしくさ》の上に寝転ぶ猟友相手に一人語りを始める（『箱に入った男』）。別の猟の日には、雨宿りに立ち寄った知人の荘園の敷地内を流れる川で水浴びをする。水浴びの後の夕暮れの休息時間に獣医はおもむろに弟の話を語りだす（『すぐり』）。その翌朝、朝食の後、雨で屋敷の母屋に閉じ込められどこにも出かけられず手持ち無沙汰な時間、今度は荘園主アリョーヒンの長い独白が始まる（『恋について』）。

古来、物語は人の肉声で語られてきた。文字が生まれる以前から、何万年もの間、夜ごとその声が火を囲んだ人々の孤独を結びつけてきた。そのことを思い出させる構成である。

語らずには下ろせない記憶の重荷をいつしか人は背負う。重荷は語ることでいったん下ろせるかもしれない。だが、消えるわけではない。また、背負いなおすだけだ。それでも人は語り、聴く。

語る男たちは、永遠に消せない悔恨を抱え、哀しみに胸ふたがれ、自己嫌悪に苦しむ。『ともしび』、〈三部作〉の語り手はみんな、中年から初老の男たちだ。チェーホフは二十八歳、三十八歳のときにこれらを書き、四十四歳で死んだ。チェーホフは苦しむ男たちを客観的に観察して描写する冷酷を選ばなかった。問わず語りに語らせ、その打ち明け話を聴く姿勢を小説の構造にした。小説家は書きながら聴き、読者は読みながら聴いている。この「黙って聴く」関係は心地よい。チェーホフの小説は、時々読みたくなるのではなく、ふと聴きたくなって何度も手に取るのかもしれない。

## 答えのなさを包む自然と音

短く、さりげない自然描写が語りの間にはさまれる。頻繁に出てくる月夜が印象的だ。その情景は語りの内容とは何の関係もない。だが簡潔な自然描写は美しく、淡々としながらも、広がりのあるコズミックな感覚は何事かを伝えてやまない。自然描写はチェーホフ作品にとって決定的に重要である。本当はこの広大な自然が主人公ではないか、という気さえする。この短い自然描写を取り去ってしまえば、チェーホフ作品ではなくなってしまう。試しに削除してみるととてもよくわかる。

夜を美しく照らす月の光。緑あふれる荘園。水浴びをして身体を浮かせる淀の水の清らかな感覚。水に浮かびながら水面から眺め上げる雨空。はてしない草原や広野の眺望。遠い山並みと森。宇宙のような闇に沈む広野に点々と灯るともしび。海辺の断崖。闇夜に揺れる木々の梢……。

風景と共に、忘れてならないのはサウンドスケープだ。

広野に響く風の音、牧場に飛び交う蠅の音、風に揺れる電線の呻《うな》り、降り続く雨の音、犬の鳴き声、遠い汽笛の音。夜中にどこか遠くで響くへたくそなピアノの音。闇をまさぐりながら腕を取り合って歩む許されない恋人たちの足元で響く崖の下の潮騒。

「遥か下のほうでは、暗闇の彼方《かなた》に、静かに、怒ったように海がつぶやいている」（『ともしび』）

世界は音にあふれている。それらは人の営みや苦悩とは無関係に響き続けている。この大自然の風景と音に対する繊細な感性はチェーホフならではのものだ。その行間に浮かび上がってくるのは自然に包まれた人間の小ささだ。宇宙に漂う塵としての人間。その巨視的な視野は虚無と同時に人の営みに対する可憐さ、愛おしさの感情を引き寄せる。人は絶望したり、虚無に陥ったり、その一方で小さな希望に胸燃やしたり、愛を確かめたり、右往左往して、不手際に、みっともなく生き、死んでいく。美しい宇宙と自然の無関心に抱かれながら。

『ともしび』の終幕に、技師アナーニエフの告白の聞き手であったドクトルと呼ばれる「わたし」は、朝もやの中に果てしなく広がる平原と遠い森を馬の上から眺めながら一人胸の中でつぶやく。

「この世のことは何ひとつわかりゃしない！」

答えなんてないのだ。

## 黒すぐりに罪はない

やれやれ、行き暮れたおっさんたちのツライ打ち明け話を聴き続けていると、やはり甘いものが食べたくなってきます。短編集を閉じ、黒すぐり入りのマフィンを焼くことにいたしましょう。

〈三部作〉のなかの一篇『すぐり』で、獣医イワン・イワーヌイチは、貴族の身分を手に入れた弟がやもめ暮らしの寝室で夜通し黒すぐりを悦に入ってつまみ続ける音を隣室で壁越しに聞き、一人の出世主義者の空虚に絶望した。弟は自分の女房を栄養失調死させるほどの倹約で蓄財し、荘園領主に成り上がった男で、すぐりはその荘園の自慢の作物だった。『すぐり』では、その可憐な果実は、懐疑を知らず視野の自由を奪われた世俗的人間の矮小《わいしょう》さのメタファーとして描かれる。

しかし、黒すぐりに罪はない。

黒すぐり（カシス）は四月ごろに花が咲き、七月半ばから八月ごろに熟した果実の収穫期を迎える。生のままではやたらと酸っぱく苦いだけで美味とは言えない。獣医の弟が「うまい！」とつまみ続ける姿がアイロニーになり、小さな果実が空虚な人生のメタファーとなるわけはその生食に適さない食味にある。だが加糖、加熱すると他のベリー類にはない気品ある風味が生まれる。生食向きではないため、日本国内ではどうしても生産量が少なくなる。摘んだ後は足が早く、多くは収穫後、加工用にすぐ冷凍して出荷される。たまに安曇野《あずみの》産の、まだ小枝のついた生カシスが伝手《つて》あって手に入ることがあり、今年は幸運にも手に入れることができた。

発酵バター、きび砂糖、卵、小麦粉、重曹の基本生地にプレーンヨーグルトを加えるレシピで焼いてみた。ヨーグルトを入れると爽やかさとコクが増す。カシスの実を、多いかなと思うぐらいどっと入れる。

焼き上がったマフィンを割る。薄黄色の生地のなかに反転した宇宙のような美しい藍紫色が散らばっている。甘くしっとりした味わいのなかに、生のカシスの刺激的な酸味とかすかな苦みが舌を刺す。すぐりが本来野生のものであり、木漏れ日揺れる森の果実であることを思い出させる。分裂した複雑な味。

やはり、チェーホフだ。

黒い宇宙がちらりと顔を覗かせて、消えていった。

カシス。黒く、甘酸っぱく、苦い。
小さいくせに、どこか宇宙的な闇の広がりを感じさせる。

## 5 ジョージ・オーウェル『一九八四』とオーツビスケット

### オーツはローマの馬の餌

ジョージ・オーウェル（一九〇三〜五〇）を読んでいるとオーツビスケットが食べたくなる。オーツ麦。

日本語では燕麦《えんばく》と呼ばれる。イネ科カラスムギ属である。十九世紀末まで人間の食するものではなかった。ローマ時代は馬の飼料だった。食用にするのは人外魔境《じんがいまきょう》のゲルマン人だけ、と古代ローマ人は思っていた。

十八世紀イングランドの文人サミュエル・ジョンソンは、自身が編纂《へんさん》した辞書にこんな記述をしている。Oats. A grain, which in England is generally given to horses, but in Scotland supports the people.「オーツ麦—穀物。イングランドでは通常、馬しか食わないが、スコットランドではこれで人を養っている」と辞書に書かれたスコットランド人もだまってはいない。サミュエル・ジョンソンの弟子でもあったスコットランド出身の作家、弁護士ジェイムズ・ボズウェルはこう言いかえした。Which is why England is known for its horses and Scotland for its men.「それゆえ、英国は

ALARA
SINCE 1975
ORGANIC
JUMBO OATS
ORGANIC OATS

名馬で知られ、スコットランドは人材で知られる」。

五世紀ごろからスコットランド、アイルランドの貧しい農民がポリッジ（粥）として食用にしていたが、本格的に食用文化が発展するのは十九世紀末の技術開発を待たなければならない。一八七〇年代にエンバクの押麦（ロールドオーツ）が発明されて、はじめてエンバクは手軽に調理できるものになった。アメリカの食品会社がオートミールの大量生産に乗り出し、十九世紀末以降アメリカ中に急速に普及した。ロバート・レッドフォード監督の映画『*A River runs through it*』（一九九二）で二十世紀初頭のモンタナ州の牧師一家の暮らしが描かれているが、朝食のオートミールのポリッジを食べようとしない幼い子供（子供の口には味が感じられず、まずいから）を牧師の父がおしおきするシーンがある。牧師の家庭の暮らしぶりを描く素材として使われているように、かつては禁欲的で質素な暮らしを連想させるものだったらしい。

だが、時代が移り、穀物そのものの形を保った食べ応えのある食感とプレーンな味覚、ミネラル、ビタミン、食物繊維が豊富に含まれた健康効果が再評価され、いまや朝食用グラノーラの主素材として健康食品の代表格にのし上がった。

ちなみに、昭和天皇の洋食の朝食はオートミールの粥だったと伝えられている。

そして、ジョージ・オーウェルの平明、簡潔、虚飾を排した男性的な文体はそんなオーツ麦を連想させる。

## 永遠の男の子

文体が男性的である、とはいっても、マッチョということではない。

その文章は「男らしい」というよりも「男の子らしい」のだ。

少年は繊細で潔癖である。気取り、装飾からできるだけ遠ざかろうとし、正直、率直であろうと自らを励まし続ける。自己愛と貪欲を人間として避けがたいものと理解しつつ、意思をもって脇に置く。教条的な「正義」を直感的に疑い、偽善や偽悪、ファッショナブルな絶望ごっこを嫌悪する。自分の弱さを自覚しながらも、過酷な現実から目をそむけまいとする。それらはみな、考える前に発露する無意識の自制と含羞《がんしゅう》であり、精神的努力だ。そんな感性と姿勢に貫かれたオーウェルの文章を読むとき、洗いざらした白いコットンシャツを直接肌にまとうような快感を覚える。

文体が平明、簡潔といっても薄味でスカスカなわけではない。練りに練った彫琢《ちょうたく》の結果であり、ごまかしがそぎ落とされたはての平明簡潔さなのだ。密度感あふれる文章である。選び抜かれた言葉だけがある。虚飾をそぎ落とした文章は、さながらコメの芯しか使わない大吟醸酒のようだ。捨てている部分が多いだけ、すっきりしていながら芳醇《ほうじゅん》。だが、その文章に扇動するような酒精成分はない。平熱を維持し続ける語りはアルコールの酔いとは最も遠いところにある。

その文体から浮かび上がるのは、下唇を噛みしめている男の子の姿だ。

恐怖と苦痛に満ちた破滅的な現実のなかで、逃避の誘惑に耐えながら、正直さ、公正さ、なによりも人間らしさになんとか踏みとどまろうとして男の子が立っている。自然を愛し、自然の美に目を輝かせている虫取り少年が立っている。decent（人としてまっとう）であろうとするみずみずしい少年の感性がその散文から消えることはなかった。これは頭で練り上げた思想というより、生来のセンスであり人柄なのだろう。だから本物だ。

オーウェルは男の子のまま、結核のため一九五〇年に四十六歳で早世する。病を押して執筆した長編小説『一九八四』を脱稿して一年もたたないうちの死だった。

## 時事性をこえて――『一九八四』を読む

『一九八四』*Nineteen Eighty-Four* を読み直した。

ジョージ・オーウェルの代表作とされる『一九八四』は、全体主義批判、監視社会批判小説として高名すぎるほど高名だ。その西暦数字はやがて自由精神のシンボルとして扱われるようになり、今日に至っている。

第二次大戦後の冷戦初期、一九四九年に発表された。ソヴィエトの世界的拡張主義に対抗するアメリカの反共宣伝にさかんに政治利用された小説でもある。五〇年代初期の赤狩りの論拠となるテキストとして活用されたと伝えられる。

その伝説的小説がいま、ふたたびホットな時事小説として脚光を浴びている。格差、分断によって民主主義、自由主義、協調主義が劣化し、IT監視網で武装した全体主義、権威主義、自国優先主義が地球を覆い始めた二十一世紀の現在、この小説世界はきわめてアクチュアルだ。発表から七十年を経て、ドナルド・トランプが米国大統領選に勝利した直後、『一九八四』は同国内のアマゾン書籍売上ナンバーワンに躍り出た。

世界は香港、ウイグルの恐怖を現在進行形で目撃し続けている。文明の分水嶺《ぶんすいれい》が目の前にある。

分水嶺は旧来のイデオロギー的立場の分かれ目ではない。技術の後戻りできない進化がもたらす人類文明の質、人道そのものの分水嶺だ。

ＡＩデジタル監視社会を作り上げた東洋の古代王朝の現状は『一九八四』そのままである。執筆当時はサイエンスフィクションだったディストピア社会の描写があまりに詳細かつ正確に未来を（つまり二十一世紀の現在を）予見していることが読むものを震撼させる。インターネットどころか、コンピュータが実用化される前だったにもかかわらず、ＩＴが支配する未来をここまで予見した洞察力、想像力に脱帽するしかない。『一九八四』はその正確な予見性とリアリティゆえ、現在形のＩＴ全体主義社会を批判する実用的なテキストとしてマニュアル的に読み直されているようだ。

（奇しくも、アップル社初のマッキントッシュ・パソコンは一九八四年に発売された。米国でのテレビコマーシャルにはオーウェルの『一九八四』の〈憎悪週間〉Hate Week の集会のモチーフが使われた。マックならこんな社会にはならない、というストーリーで。スティーヴ・ジョブスがデジタルに夢見たのは、あくまで「自由」だった。残念ながら、デジタルは「自由」と等量の「恐怖」のモンスターを生んでいった。）

そんな現役の政治的文書を古典文学とよんでいいのか？　と疑問をお持ちになられる方がいても仕方がないかもしれない。

だが、『一九八四』は政治プロパガンダ文書ではない。

『一九八四』は、人間の変わらぬ真実が描かれた、優れた「小説」であることが重要なのだ、と今回読み直してあらためて感じた。優れた政治的予見性だけがクローズアップされ、文学（芸術）として過小評価されているのではなかろうか。十九世紀小説の作法を乗り越える実験性は、ジョナサン・スウィフトやヴォルテールら十八世紀文学の持っていた過激さの復権とも思える。

もとより、未来社会を正確に透視する洞察力と想像力は畏敬の念をよびおこさずにはおかない。しかし、時事報道的なファクターはすぐに古び、忘れられる。時事性をこえた「人間の持つ避けがたい属性」を見つめる目の透徹と温かさの共存、人間性への絶望と希望の共存こそがこの小説の魅力なのだ。『一九八四』には、なによりも、人間がいる。特定の政治体制の告発をこえて、人間存在の宿命の地層に筆が到達しているがゆえに、作品は古典としての輝きを持ちえたのではないだろうか。

『一九八四』をイデオロギーの教科書としてではなく、あらためて人間を描いた小説として読み直してみたい。

## 人間とは何か？ という問い

がんは病魔の悪意ではない。

人体は細胞の更新を日々繰り返すことによって生体を維持している。一つ一つの細胞を一定の期間で自ら廃棄し、まったく同じものを複製して新品と入れ替える。がんは、更新の際にすべての細胞が必ず持つ自己コピーミスの可能性がその原因とされている。生きるかぎり、細胞の更新は止めることはできない。がんは生体を維持するシステム、つまり生きることそのものが不可避に持つ宿命としての病なのだ。

『一九八四』では、全体主義も、人間が人間であるかぎり逃れられないがんと同様の「可能性の宿命」としてとらえられている。周到な悪意や陰謀によってではなく、人間の本性の可能性として集団や社会はいつでもこうなりうる、人間の本性としていつでも個人もこのように壊れうる、という視点から全体主義社会、全体主義的人間の悪夢が描かれている。

どんな社会体制も、結局人間が作りだす。問題の根源には人間性がある。小説は正義の側から悪意を弾劾《だんがい》するのではなく、人間存在の宿命を見つめ、その絶望の中からどうすれば希望を見いだしていけるかを模索し続ける。

『一九八四』は、党派的立場からの全体主義批判、権力批判の書ではない。素朴な反共、反ファシズムの書ではない。政治的熱狂からはむしろ距離を置いた、人間の本性そのものの悲劇を見つめる静かな目が小説全体を貫いている。『一九八四』は、政治の物語ではなく人間の物語なのだ。

人間とは何か。

答えのない問いを問い続ける。おそらく、そんな精神の姿勢がこの作品を単純なイデオロギー小説ではなく、普遍的な古典にした。

## 内側から

『一九八四』は、近未来の全体主義社会が舞台となる（ここからは小説の内容にふみこんだ紹介があります。これから作品をお読みになる方はどうかご容赦ください）。

そこでは独裁政権党の〈ビッグ・ブラザー〉と呼ばれる指導者に対する個人崇拝が強制される。独裁政権党は精密な官僚機構を作り上げ、ITと隠微な暴力によって大衆を統制し、自らの権力を永続させようとする。

テレスクリーンと呼ばれる監視装置（現在のｗｅｂカメラ、ディスプレイ付きＡＩスピーカと機能はまったく同じだ）が家庭や街頭の隅々まで張り巡らされている。思考は〈二重思考〉doublethink と言われる真実と建前の使い分けによって、言語は〈ニュースピーク〉Newspeak と呼ばれる単語制限によって強権的に統制されている。現実と過去は政権と官僚組織によって書き換えられ、虚偽が真実として流通する。プロパガンダと教育によって虚偽は社会の末端まで浸透し、無限に生産される「嘘」が権力の源泉となる。フェイクニュースだけではなく、流行歌やポルノ小説などの大衆向けエンタテインメントも愚民政策として真理省 Ministry of Truth という役所でＡＩによって大量生産される。

子供たちは生まれたときから洗脳される。親をスパイし、反党的行為を報告するように教育される。家族は事実上〈思考警察〉Thought Police の延長になっている。「誰もが親しく自分を知っている密告者に昼夜を分かたず囲まれて暮らさなければならない、という仕組みができている」（高橋和久訳）。ある日突然、人が失踪する。同時にその個人の記録も抹消される。権力による逮捕、強制収容所送り、拷問《ごうもん》、洗脳、無裁判の処刑が日常となる。

徹底的なＩＴ監視社会、思想統制社会、密告社会、処刑社会が描かれる。権力機構が自走し、人間を置き去りにして機構の自己保存行動が暴走していくさまはまさに戦慄《せんりつ》的だ。

壊れているのは権力だけではない。情報操作され、洗脳された民衆も壊れている。ボートに乗って水上を逃げる敵の母と幼い子をヘリコプターから機銃掃射し爆撃するプロパガンダ映画に大衆は喝采を送る。近親者を思想犯として党に密告することを誇りとし、政敵を罵倒する憎悪週間の集会でシュプレヒコールを叫び、カタルシスを満たされる。

正直、読み進めるうちに気がめいってくる。しかし、残念ながらこれらは小説の中の悪夢では終わらなかった。現実にほぼこのような体制を持つに至った国家は、いま多数存在する。そしてその統制制度と民衆監視技術、情報操作技術はパッケージ化され、隷属国に輸出され、同様の国家が増殖しようとしているのは誰もが知るところだ。現実はフィクションをこえ始めている。

主人公ウィンストン・スミスは体制内の人間だ。真理省に勤務する三十九歳の官僚である。妻とは別居中で独り住まい。所属は記録局 Records Department だ。体制にとって「不都合な過去の消去と虚偽の歴史の偽造」が彼の職務だった。あったことをなかったことにし、なかったことをあったことにする。文書を消去し、画像を修正する。いまふうに言うと alternative facts, post truth だろうか。「正しい歴史」を作ることが役人としての彼の仕事である。

役所の名称がすべて実体と正反対のネーミングになっているのがジョークを通り越して不気味だ。政権維持のために常に対外戦争をあおり続ける省庁は平和省 Ministry of Peace である。この言葉の虚偽も、残念ながら現実世界で常態化している。独裁全体主義国家ほど、人民や民主主義という言葉を自国名や省庁名に使いたがる。抑圧が「安全」と言いかえられ、自由を求める自国民を戦車でひき殺す軍隊がそれと正反対の意味の名前を持っていたりする。

通常、内部に入れば内部事情に詳しくなる。だが事態はむしろ逆だった。内部にいるからこそわからない。

ウィンストンは、はれない疑念を抱えながら隠ぺいと虚偽の生産の職務を遂行する。

「悪夢のように何より彼を悩ますのは、この途方もない誤魔化しがなぜ行なわれるのか、その理由がはっきりと理解できないことだった。過去の偽造によって直接的に得られる利点は明らかである。だが究極の動機は謎だった。（中略）その〝方法〟は分かる。その〝理由〟が分からない」

何のために、何が起こっているか、全体像を理解することはついにできない。なぜなら、自分自身もこの悪夢を演じるプレーヤーの一部たらざるを得ないからだ。

『一九八四』は、外から客観的に分析し、安全な部外者の立場から体制批判するという立場を取らない。逃れがたい生活圏のなかに生きる一人の生活者の感覚から出発する。知識人的概念からではなく、肉体を持った人間の取り換えのきかない生活体験から思考する。

一人の人間に可能な知見と体験は実際にはごく狭く、限定されている。あらゆる個人は個人の体験領域にとどまらざるを得ない。人はすべての構造が見通せるわけではない。人間は生きるかぎり、外にいることは許されない。常に現実の内側にいるのだ。

取り換えのきかない、繰り返すことのできない一回性の個人体験こそ生の実質である、という謙虚で誠実な覚悟からの発想。「内側から」。それがオーウェルの散文の立ち位置の最大の特徴だ。

おのれが知識人であることを自覚しながら、世界を見下ろす知識人的な俯瞰《ふかん》の傲慢から遠ざかろうとする態度。オーウェルのそれは無意識のものではなく、自覚され、精神的な努力が傾けられた立ち位置だった。

## 鯨の腹の中

オーウェルのエッセイに、一九二〇年代、三〇年代の英語圏文学を論じた「鯨の腹の中で」*Inside the Whale*（一九四〇）がある。オーウェルが数多く残した評論、エッセイのなかでも最も作家としての本質を語る作品ではないだろうか。残された小説もさることながら、このエッセイ群こそ真の古典と位置づけられるべきものかもしれない。そのことは作家としての価値を上げることはあっても落とすことはない。オーウェルの場合、小説も批評も高次元の散文であることにかわりはない。

ここで取り上げられているのは、一九三五年（パリでの発行は一九三四年）に発表されたヘンリー・ミラー（一八九一〜一九八〇）の『北回帰線』*Tropic of Cancer*だ。一九三五年はムッソリーニのイタリアがエチオピアに侵攻し、ナチスドイツがホロコーストに突き進む分岐点となったニュルンベルク人種法が制定された年だ。ファシズムの嵐が吹き荒れるそんなときに、パリの「カルティエ・ラタンで酒をせびっているアメリカ人のろくでなしを主人公にした小説の傑作」が登場した意味をオーウェルは考える。

引用できないほどわいせつな言葉にあふれた文章に反射的に拒否感を覚えながらも、「記憶に根をおろ」す、「読後一種の味わいをのこす作品――いわゆる『それ自体の世界を創る』作品」「こっちが理解しているというより彼に理解されている、といった、妙にほっとした気分になる」「われわれはみんな同じなんだという暗黙の前提に立った」「まぎれもない人間の経験につきあっている」（小野寺健訳）作品と高く評価する。

『北回帰線』を優れた小説にしている理由を「受身」という姿勢であるとオーウェルは見る。「経験にたいして受身であるからこそ、目的意識をもった作家にくらべてミラーはふつうの人びとに近づくことができるのだ。なぜならば、ふつうの人間もやはり受身だからである」。オーウェルの人間に対する優しさ、自らの傲慢を戒める潔癖さが端的にあらわれる視点だ。

「一九一四―一八年の戦争についての個人的回想を書いた本のうちで、今になっても読むに耐えるものは、ほとんどが消極的な、受身の立場からのものである。どれもみな、真空の中の悪夢にも似たまったく無意味なことの記録なのだ。これはかならずしも戦争の真実ではない。だが、個人としての戦争にたいする反応としては真実だったのである。機関銃の弾幕の中を突進する兵士、腰まで塹壕《ざんごう》の水の中につかっている兵士が考えるのは、何というひどい目に会わされるのだ――だが自分にはどうしようもない、ということだけである。こういう兵士がすぐれた本を書けるとするなら、戦争全体を視野におさめたような立場に立つより、この無知無力な立場に立ったばあいであろう」

これはそのまま、のちに自らが書く小説『一九八四』の解説となる言葉だ。

オーウェルは、「説教はない。ただ主観的真実だけだ」というミラーの小説世界を擁護し、政治的な高みから「自信にこりかたまった党派的人物が読者に向かって考え方を説教したもの」や、オーデンら「火が熱いことさえ知らない人間の火遊び」のような、個人体験を伴わない英国ミドルクラス出身のおぼっちゃん知識人の子供っぽい左翼的著述を軽蔑した。

「鯨の腹の中にいるのを認めよ、（中略）世界の流れに身をまかせて、それに抵抗したり、それを左右できるような格好はしないことだ。ただそれを受け入れ、それに耐え、記録するのだ」という姿勢こそが作家的誠実であり、「感情的に嘘のない小説を書ける」唯一の方法だとした。

オーウェルは忠実にこの姿勢を守り、『一九八四』を書いた。

鯨の腹の中にいる。鯨は見えない。何が起こっているのかわからない、世界は見通せない。だがこの個人的体験だけは逃れようがない真実だ。この謙虚で正直な姿勢があって、初めて『一九八四』が退屈な政治教条小説に終わらず、普遍的な人間性を描いた文学となりえたのではなかろうか。思想、信条というより、人としての感性、美意識のありかた、広い意味での人柄が作者を「鯨の腹の中」に連れていった。そんな気がしてならない。やはり、人間、信ずべきは思想よりセンス、ですね。

## 洗濯と鼻歌と性愛

『一九八四』で全体主義に対峙する人間的根拠として描かれるのは男と女の性愛である。純愛ではなく、身体的性欲の爆発としての性愛だ（これ以降も、小説『一九八四』の内容にふみこんだ紹介があります）。

真理省の同僚の若い独身女性ジュリアはオフィスで主人公ウィンストンを見初め、つけ回し、告白のメモを手渡す。党の公認しない省庁職員同士の自由恋愛は犯罪として処刑の対象となる。ウィンストンは当初、ジュリアを思考警察のスパイだと思い込み、尾行されているとおびえていた。彼女は虚構局で小説執筆機を管理する仕事をしている。労働者階級は支配層から「プロール」と呼ばれ、党による扇動操作の対象にしかすぎない。その大衆操作の一環で、使い捨て消費材としてのポルノ小説をＡＩマシンに自動執筆させる作業を管理するのだ。『一九八四』が書かれた一九四〇年代、デジタルコンピュータはまだ研究段階で実用化されていない。その時点でＡＩによる文書生成を予見していることに驚くしかない。

ジュリアは奔放で、自分の性欲に忠実なキャラクターとして設定されている。皮肉にも、表向きは党への忠誠を示すため官製青年組織「反セックス青年同盟」の活動を手伝っている。権力のねつ造する虚偽を信じるふりをし、党の決起大会や官製デモにも参加して「反逆者に死を！」とシュプレヒコールを叫ぶ。まさに東洋のデジタル監視大国の大衆のように「上に政策あり、下に対策あり」の面従腹背《めんじゅうふくはい》生活をさばさばと続けている。

ジュリアが草の上に投げ捨てるように勢いよく衣服を脱ぐシーンが印象的だ。「夢で見たのと同じような素早さで彼女は服を脱ぎ捨てた。それを脇に放り投げる仕草も夢と同じで、文明全体を無化するような堂々たる気高《けだか》さがあった」（高橋和久訳）。

二人が逢うやいなや性交する場所は木立に囲まれた野原である。監視用のテレスクリーンやマイクがない場所ということで、ジュリアが事前に探しだし、案内した場所がそこだった。

原始的なまでの自然の中での性愛。

「こうしたことをするのが好きなのか？（中略）その行為自体が？」とたずねるウィンストンに、「好きで好きでたまらないわ」とジュリアは答える。

二人が個としての人間性を回復するにはここまで戻る必要があった。自然の中の生物としての自分を感じ直すこと。それが全体主義の狂気に対抗し、自分の尊厳を取り戻すことのできる象徴的な根拠地として描かれている。

二人はその後、下町の骨董店の二階に逢引《あいびき》のための部屋を借り、時代がかったマホガニーのベッドでセックスにのめりこんでいく。処刑による破滅をはっきりと予感しながら。骨董店の二階のその部屋は一昔前の、まだ人間が人間だった時代のインテリアが放置されたまま残っている。テレスクリーンはない。窓の下の中庭で巨体の主婦が大きな洗濯カゴを運び、オムツを干している。ウィンストンはジュリアと二人全裸でベッドに横たわったまま、主婦が洗濯物を干しながら歌う流行歌に耳をすます。

洗濯と鼻歌とセックス。つまり、あたりまえの人間の日常だ。

ウィンストンはぼんやりと考える。「抹消された過去においては、こんな風にベッドで横になることがはたしてふつうの経験だったのだろうか。夏の夕方の涼気《りようき》立つなか、男と女が一糸もまとわず、好きなときに愛し合い、好きなことを話し合い、起きなくてはという強迫観念に囚《とら》われることもなく、ただそこに横になって、外から聞こえてくる平和な響きに耳を傾《かたむ》ける。それが当たり前のことだと思える時代が必ずやあったに違いない」。

そして同時に摘発と処刑の予感に震える。「二人とも分かっていた——ある意味では、いっときも脳裏《のうり》から離れることはなかった——こうした今の状態がいつまでも続くわけがないということが。迫《せま》り来る死という事実が身体を横たえているベッドと同じくらいはっきりと感じられる時もある。（中略）その日、その週が過ぎゆくままに生きながらえ、未来を持たない現在を引き伸ばすのは、どうやら克服し得ない本能であるらしい。吸える空気のある限り、肺がいつまでも呼吸を止めようとしないのと同じように」。

小説の中で最も美しく、かつ悲痛なシーンである。

## 記憶とノスタルジーの価値

ウィンストンはなんとか過去の世界を思い出そうとする。骨董店の老人から聞き出そうとする。全体主義社会以前の暮らしのありようを。

過去を抹消し、書き換え、虚偽の歴史をねつ造することが彼の職務だからこそ、正確な歴史の記録と記憶と想起、素直なノスタルジーの感情が人間性を守る最後の砦《とりで》として無意識にウィンストンを突き動かしていく。

子供時代の自分を回想し、ウィンストンははげしく悔恨する。無償の愛を子供に注いだ素朴な母の面影と栄養失調死寸前の妹の痩せ細った顔が脳裏に刻まれている。その母を残酷な仕打ちで傷つけた利己的な自分がいまも許せない。空腹に耐えかねた少年の彼は配給のチョコレートを妹の手から奪って家を飛び出し、貪《むさぼ》り食った後、帰宅すると、母と妹は失踪していた。おそらくは二人は思考警察によって強制収容所に送られ「消去」された。消えない悔恨の記憶は深い傷としてウィンストンをさいなみ続ける。だが、自らの過ちに苦悩するその痛みは人間らしさの砦でもあった。

「重要なのは個人と個人の関係であり、無力さを示す仕草《しぐさ》、抱擁《ほうよう》、涙、死にゆくものにかけることばといったものが、それ自体で価値を持っていた。（中略）素朴《そぼく》な感情を、かれらは手放さないでいた」時代。「人間らしさ」が文明の基盤として共有されていた時代。かれが骨董店で買い求めるデッドストックの日記帳、ガラスの文鎮はその時代の象徴だった。

ノスタルジーは、いつの世も消極的な価値しか認められないことが多い。現実から逃避し、進歩を阻害する反動的でひ弱な感情として脇に追いやられる。進化を是とする文明の立場からはそうならざるをえない。だが、正確な過去を敵視し、書き換え、抹消し、決して自らの過ちを認めないことが全体主義権力の本質であるかぎり、おのれの過ちを悔やみ続けることも含めてノスタルジーこそが個人の戦いの武器であり得ることがここでは描かれていく。

一人の人間として、まっとうであること。取り換えのきかない一回の人生の時間を飾ることなく受け入れ、見つめること。ここで擁護されているのは人生愛の証明としての「個人の記憶」であって、知識人が上から見下ろして分類した大衆、民衆という抽象化された社会集団のライフスタイルへのノスタルジーではない。『一九八四』には、大衆に対する無垢《むく》幻想はない。むしろ、その無知、怨恨《えんこん》、雷同がポピュリズムと全体主義を支えるものとしてとらえられ、哀しみをもって見つめられている。ひとりひとりが過去を「個人として」「人間として」感じ直し、虚偽を排して正確にとらえ、考えること。ただそれだけのことが人間と社会にとっていかに重要か。そしてそれが、情報統制と虚偽をその本質とする全体主義社会が始まってしまったあとではいかに困難か。

『一九八四』は、それを外からではなく「鯨の腹の中」から、逃げ場のない生活者の肉体的苦痛の感覚を通して描ききる。

## 権力の秘密

全体主義に適応し、生き延びるためにその体制を運営する忠実なメンバーとしての演技を続けるウィンストンは、結局巧妙なおとり捜査にはまり、「思考犯」として逮捕され、残虐な拷問洗脳の犠牲となる。

ウィンストンを拷問、洗脳する党の中枢メンバーとして登場するのがオブライエンだ。年齢は五十歳前後。党の幹部でありながら、党への反乱組織「ブラザー同盟」のメンバーであることを偽装し、ウィンストンとジュリアを安心させたうえで二人を逮捕する。

オブライエンは矛盾の塊である。〈二重思考〉doublethink が常態化し、黒を白と言う虚偽を虚偽とも意識しないかと見えて、そんな自分を冷静に自覚している。オブライエンというキャラクターを単純な悪役ではなく、複雑で矛盾に満ちた一人の人間として描きえたことで、『一九八四』は政治体制批判の次元から離陸し、人間というものの闇の次元へ筆を進めることができた。

ウィンストンに電気ショックの拷問を加えながらオブライエンが語る権力論の奇怪さ、醜悪さは空前絶後だ。

オブライエンは語る。権力は手段ではない、権力の目的は権力そのものだ。モノを支配するのではなく人を支配すること自体が目的なのだ。権力の本質と目的は人の精神を支配すること、相手に苦痛と屈辱を与える勝利と優越の快楽にあるのだと。

快楽。

方法は分かる、その理由が分からないというウィンストンの長年の疑問に醜悪な形で答えが与えられる。

いったん権力を握ると、権力の維持自体が、つまり支配の快楽維持自体が権力の目的となっていく。その快楽を維持するために権力は永遠に敵対者を探しだし、支配し、破壊し、精神を改造し続ける。勝利の快楽を永続化するために終わりなき戦争状態を演出し続ける。恐怖と憎悪と残酷を基礎にした文明を維持し、その憎悪の強度をエスカレートさせ続ける。

権力は自由を求めるものをすぐさま処刑することはしない。短兵急な処刑は反逆者に殉教の栄光を与えてしまう。あらかじめ処刑が確定しているにもかかわらず、無駄にも思える残虐な拷問を行うのは反逆者に自ら非を自白させ、自己否定させるプロセスを踏むためだ。反逆者の自己批判、転向によって権力の正統性、無謬《むびゅう》性を確定したうえで処刑する。権力は勝者の快楽を反復する。

ここで語られているのは政治論をこえた、残虐行為、破壊行為に快楽を見いだすサディズムの病理、従属にアイデンティティを見いだすマゾヒズムの病理といえるだろう。人間存在が不可避に抱えるダークサイドである。他者を肉体的、精神的に支配し破壊しなければ救われない深い劣等感、怨恨の暴走としてのサディズム。復讐感覚、勝者感覚を無限に消費し続ける暗いナルシシズム。麻薬に似た快楽への依存。それが独裁権力のコアにある。復讐感覚を快楽の源泉とするゆえ、その多くは「民族の栄光の回復、復興」を目標として掲げる。ひとりひとりの中に黙って蔵されていた劣等感、敗者の怨恨が集団の熱狂に組織化されたとき、全体主義社会が誕生する。

悪政を指弾することをこえて、オーウェルは人間を見つめ、人間性の闇を探り続けていく。

## 人の心が生み出すもの

エーリッヒ・フロム（一九〇〇〜八〇）が主著のひとつ『悪について』*The Heart of Man: Its*

*Genius for Good and Evil*（一九六四）で全体主義の暴力と精神を分析している。政治体制論ではなく、ナチズムの経験を通して考えた「人間性」のダークサイドのフロイト派の視点からの論考である。原著のタイトルはずばり「人間の核心」だ。

傷ついたナルシシズムの補償行為としての権力渇望、サディズム、他者支配、暴力、ネクロフィリア（死の愛好）が明晰に論じられている。狂気じみた権力、暴力の背後には傷ついた自尊心、弱者意識、敗者意識、劣等感が堆積している。傷ついた自尊心を補償し、原理的な不安と孤独から逃避する方法は二つしかない。原初の混沌や死への破壊的退行（暴力装置、永続的な戦争機械としての全体主義体制）か、英知による文明秩序の建築的前進か。それは人間の人間力によって選択可能なはずだとフロムは論じる。

傷ついた自尊心の暴走が全体主義を生む。全体主義は「感情」なのだ。オーウェルはあらゆる個人が人間であるかぎり避けがたく抱えてしまうこの人間的「感情」の問題としてナショナリズムを論じたエッセイを残している。

「ナショナリズムについて」*Notes on Nationalism*（一九四五）は、明晰すぎるほど明晰な文章である。明晰すぎることの不幸さえ感じさせるほどだ。人間論としての『一九八四』の補助テキストとして、作品の理解を深めてくれる一篇である。

オーウェルの見立てはシンプルだ。同時に絶望的でもある。ナショナリズムの暴走は政治の行き違いが生む偶発事態ではなく、人間性の原理が不断に生み続ける人類生得の性状なのだ。絶望をいったん棚に上げ、上げても棚から絶望がぽろぽろとこぼれ落ちてくるのを感じながらこれを書くのはつらかったろう、と思う。

ナショナリズムという言葉は愛国心と混同されがちだ。オーウェルは「愛国心」は「特定の場所と特定の生活様式にたいする献身的愛情であって、その場所や生活様式こそ世界一だと信じてはいるが、それを他人にまで押しつけようとは考えないもの」であり「軍事的にも文化的にも、本来防御的なのだ」(小野寺健訳)と肯定的に定義している。

オーウェルはナショナリズムという言葉を愛国心とはっきり区別し、幅広く「威信に執着する党派的感情」としてナショナリズムという言葉を使っている。ケルトナショナリズム、共産主義、シオニズム、人種差別感情から、一見逆に見えるリベラルな平和主義までナショナリズム(威信への執着)の変奏曲と位置づける。その感情病理を指摘する範囲は広い。病理の根底にあるのは傷ついた自尊心だ。

傷ついた自尊心を守るためなら、人間はどんな野蛮でも虚偽でもやってのける。自尊心を守るためにおのれの所属集団を仮構しさえする。架空の集団に権力を与え、帰依《きえ》する。勝利の感情の快感や威信のために欺瞞《ぎまん》と憎悪をはてしなく再生産し、維持し続ける。

「誰の心にも潜んでいて思考を歪めているもの」「心の奥のどこか痛いところに触れられる、——それもそんなものがあることさえまったく気がつかずにいた痛いところを——つかれたりすると、この上なく公正な精神とやさしい心の持主が、とつぜん極悪な党派的人間に変貌し、敵をやっつけることしか考えなくなって、そのために平気でいくらでも嘘をつき、論理的な誤りを犯す」「ナショナリズムの神経をひと突きすれば、知的な抑制は一挙に消えて、過去も改変されれば、明々白々の事実も否定されてしまう」「恐怖、憎悪、嫉妬、権力崇拝などがからむと、とたんに現実感覚が狂って（中略）正邪の感覚までが狂ってしまう」

中国語で「面子《メンツ》」mianziと呼ばれるものも、この「威信への執着」感情と同質であろう。個人の不利を悟った屈辱感情は容易に党派的集団に拡大され、党派は個人のアイデンティティ依存の対象となり、抜き差しならなくなる。たとえ事実と反していても「勝っている感じ」を維持し、優越感を守りたい。そんな避けがたい激情を誰もが抱えていることを自覚し、制御するしかない。誰も触れられたくない真実である。左右いずれの党派からも嫌悪され、攻撃されるのは必定の指摘を行うのは勇気が必要だ。オーウェルは自らのなかのナショナリズムも自覚しながら、このクリアな文章を書いた。

「ナショナリスチックな愛憎の念は、好むと好まざるとにかかわらず、ほとんどすべての人間の気質の一部になっているのだ。これを除去できるかどうかはわからないが、これに抵抗することは可能なのであって、それこそがほんとうの道徳的努力だとわたしは信じる」

オーウェルは自戒をこめて人間の本性の弱点としての自尊心の暴走、それが生む鬼子《おにご》としてのナショナリズムをとらえ、その行き着く果てとして『一九八四』で描かれた全体主義を見据えている。オーウェルが『一九八四』で見つめていたのは、政治力学や未来予想ではなく、あくまで普遍的な人間性そのものだった。

## ニュースピーク――言語と思考の関係

全体主義権力が勝利する絶望的な印象で終わる物語の末尾に「ニュースピークの諸原理」という長い附録がつけられている。全体主義がいかに意図的に言葉を腐敗させ、狩り、廃棄していったかを、未来の言語学者が論じた架空の研究論文だ。二人の運命を追うドラマ性と切り離された奇妙な「附録」で、読まずに本を置いてしまう読者も多かったかもしれない。

最初の出版の際に、編集者から章ごと削除を要請された。オーウェルは削除を拒否し、決して譲らなかったと伝わっている。たしかにダークなミステリーSF小説と分類してすますなら、編集者がこの長い付記は余計と思ってもしかたがないかもしれない。だが、ここには言語を持つ唯一の生物、人間にとって最も大切なことが記されている。

ニュースピークは「思考がことばに依存している限り、文字通り思考不能にできる」思惑のもとに、全体主義政権によって「思考の範囲を拡大するのではなく縮小するために考案され」た言語体系である。語数の縮減と意味の限定、本来のものとは意味が正反対の虚偽言語の新設、語句の短縮、略語化による意味の浅薄化が繰り返され、辞典が改訂されていった歴史が語られる。

注意深く読むと、この未来の架空の研究論文が示唆するのは、ニュースピークの失敗である。この研究論文が書かれた時点では、多重な意味をはらむ豊饒な歴史的自然言語を権力によって抑圧し廃棄したニュースピークの時代がすでに過去のものになっていること、つまり全体主義体制が克服され、自由が回復した未来社会を論文は暗示している。小説『一九八四』はこの言語の退廃に対する警告と、希望の暗示で幕を閉じる。オーウェルは希望の燈火《ともしび》を残したかったのだと思う。最後まででつきあった読者は、ようやくかすかな明るみを胸に感じながら本を置くことができる。悪夢の末来もいつか過去になる、と。

小説『一九八四』に先立って、オーウェルは、「政治と英語」*Politics and the English Language*（一九四六）という評論を残している。言語と思考の関係に関する論考だ。だが、言語学者的な退屈な理論ではない。decency（人としてのまっとうさ）の感覚からの「ことばのごまかし、思考停止」批判である。気取りやごまかしはがまんならない、という少年の潔癖さが躍如とするエッセイだ。

精神の退廃、怠惰は言語の退廃、怠惰に端的にあらわれる。

欺瞞に満ちた腐臭のする言語＝政治的虚偽、惰性でぞんざいに選ばれる言語＝思考停止をオーウェルは精神の退廃として批判する。『一九八四』のニュースピーク論では言葉狩りの歴史が語られるが、ここで取り上げられるのは同時代の知識人のぞんざいな言語使用にあらわれる思考停止と虚偽だ。特に政治的発言におけるかっこつけ、婉曲、あいまいな言い回し、安易な成句使用による虚偽と逃げ、無責任が俎上にのぼる。

「人はふとダメ人間になりたい気分で酒を飲むことがあるが、飲むことでますます完全にダメになっていく。英語に起こっていることも同じと言えそうだ。言語は思考が愚かなために醜く不正確になるが、言語のぞんざいな使い方がわれわれにばかげた考えを持つことを容易にさせる。ポイントはそのプロセスは可逆的ということだ」「思想が言語を腐敗させるとすれば、言語もまた思想を腐敗させうる」「政治的混沌は言語の衰退と結びついている」（拙訳）

「ニュースピーク」に似た言語の退廃は知らぬ間にひとりひとりの内面で始まっているのだ。われわれ自身の無意識の順応と怠惰によって。言葉は注意深く誠実に使用すれば、クリアな思考を導き、虚偽を回避する。だが、無意識に、もしくは意図的に不正に使用すれば虚偽の道具として人間と社会を破壊しつくす。言葉は諸刃《もろは》の剣《つるぎ》である。

評論の最後に、この無意識の虚偽を避けるための六つのシンプルなルールをオーウェルは提案している。

1．暗喩《あんゆ》、直喩、印刷物で見慣れたたとえを使わない。
2．短い単語ですむ場合は、長い単語を使わない。
3．カットできる単語は、常にカットすべし。
4．能動態が使えるなら、受動態は使わない。
5．日常英語が同じ意味だと思えるなら、外来語、科学用語、業界専門用語は使わない。
6．明らかに野蛮なことを言うぐらいなら、速やかに上記のルールを破ること。

「言語の文学的使用法を論じてきたわけではない。思想を隠し、止める道具ではなく表現する道具としての言語のことを語ってきただけだ」（拙訳）と言う一方で、六番目のルールがオーウェルらしく、思わず微笑んでしまう。

「平明な英語散文スタイルの比類なき名匠」unrivalled mastery of English plain prose style.（“*Essays*” penguin classics の裏表紙解説）と現在も称賛される平明簡潔な英文は、このような言語と政治の関係への真摯《しんし》な省察から彫琢されたものだった。単に素朴な単語を選んだというようなものではなく、虚偽、欺瞞、気取りを排する精製を経た結晶体なのだ。結晶は純度と硬度と輝きを保ち、古びない。それゆえ、オーウェルの言葉は今も読むものの心を貫く。

## 春のヒキガエル

「うそのなさ」を何よりも尊ぶこのみずみずしい少年の感覚はどこから来るのだろうか。

「ヒキガエルに思うこと」*Some Thoughts on the Common Toad*（一九四六）と題されたエッセイがある。一六〇〇語ほどしかない短い文章にオーウェルの感性のエッセンスが凝縮されている。

Common Toad とはヒキガエルのことだ。春の訪れとともに冬眠から目覚め、土の中から顔を出すヒキガエル。その姿を、オーウェルは少年のような驚きと愛をこめて描写する。

冬眠の間の長い絶食の後の痩せた身体に比してとてつもなく大きく見える金色の眼を「生物の中でおそらくもっとも美しい眼を持つ」（拙訳）と感嘆する。体重を回復するや、すぐに生殖活動に入り、指を差し出すとメスと思い込んだオスは驚くほど強い力でそれを抱きしめる。このあたりのカエルの生態を描く自然愛に満ちた細密描写は、漱石の『文鳥』を思い出させる。

「ポイントは、春の喜びは万人に訪れ、何の金銭負担も与えないということだ」（拙訳）

自然の循環の喜びを感じ取ることこそが人生の意義だ。それなくして何の未来か。人がこの春の喜びを感じ取ることをどんな権力者も止めることはできない。行間からあふれ出てくるのはそんなオーウェルのコスモス感覚だ。虫取り少年が野原にひとり立っている。ヒキガエルに託して語られているのは、彼の感性の核心にある「自然とともにある人間らしさ」だ。

「工場には原子爆弾が山積みになり、町中には隈《くま》なく警察がうろつき、ラウドスピーカからは嘘が流れている。それでも地球は太陽の周りをまわり続けている。独裁者たちや官僚たちがどれほど

その摂理を非難しようとも、それを止めることはできない」（拙訳）

オーウェルは晩年、一九四七年に結核症状が悪化した後、療養を兼ねてスコットランドの孤島ジュラ島に農園、牧場を買い、『一九八四』の執筆に集中した。執筆の合間、農作や牧畜を楽しんだ。自然こそ彼の帰る場所であり、人間らしさ（decency）の根拠であり、生涯の感受性の砦だった。

イートン校から大英帝国領ビルマの警察勤務を経て、パリ、ロンドンの最下層流民生活に身を投じた。その後一市民兵としてスペイン内戦に参戦し、スターリニズム、ファシズムの実相を見る。そして、帝国主義、階層社会、全体主義、ナショナリズム、戦争について多くの文章を残した。その最後の作品が二十世紀世界文学の金字塔と言われる『一九八四』だった。その業績ゆえ、オーウェルは文学史的には政治的作家として位置づけられている。だが彼が生涯問い続けたのは同時代の政治や制度そのものではなく、それが圧殺し続けるみずみずしい人間精神だった。オーウェルが愛し、守ろうとした人間精神とは高尚な思想のようなものではない。ヒキガエルの眼の美しさに感動する感性であり、自然とともにある人間らしさにすぎない。だが、それはかけがえがない。そのことを伝える愛すべきエッセイである。

## 英国料理の擁護と日常への愛

『カタロニア讃歌』*Homage to Catalonia*（一九三八）で印象深いシーンが紹介されている。互いの声が聞こえるほど間近に対峙する敵兵に向かって、相手の戦意を喪失させ、脱走を誘発するために塹壕の中から叫ばれた言葉は「バタートースト！」だった。俺たちはいま焼きたてのバタートーストを食っている、どうだ、いいだろうと見えない敵に向かってアピールするのだ。戦場のバタートースト。泥と排泄物にまみれた戦場で最も人間らしい暮らしを思い出させ、戦うことをばかばかしくさせるのは香ばしいバタートーストのイメージだった。

オーウェルは同時代状況への深い関与と危険な冒険をいとわない作家だった。だがそれは、イデオロギーへの忠誠といったものではなかった。彼が信を置いていたのはバタートーストに象徴されるなんでもない質実な、しかし香り高い日常生活なのだ。人間らしい日常生活への深い愛があっての同時代状況への関与であり、非常への耐性であった。『一九八四』でウィンストン・スミスが未来を託したいと思ったのは、プロールと呼ばれる階級概念ではなく、「洗濯と鼻歌とセックス」という当たり前の具体的な日常生活のかぐわしさだった。

質実な日常生活への愛を英国特有のミドルクラス的心性と見る見方も可能かもしれない。その見方からすると最下層生活や戦場に身を投じる自虐的なまでの冒険もミドルクラス的となる。それらはみな、上にも下にもコンプレックスを持ち、帰属意識をどの階層にも持てなかったミドルクラス知識人の心理的不安定さからの逃避であると断じる見方だ。たしかに decency（人としてのまっとうさ）というオーウェルのキーワードも、ミドルクラスの生活から生まれた感覚かもしれない。上も下も decency なんて気にしない。だが、そんなクラス感覚以上に、一見まともな上流の虚栄と腐敗、一見けなげな下流の怠惰と無知を鋭敏に感じ取らずにはいられない少年の感性こそが、オーウェルの核にあったものではなかったか。人は与えられた運命の中で深く考えるか考えないかだ。どこにも帰属意識を持てない苦しみから、オーウェルは精神の自由と日常の大切さを深く思考しえたのだと思う。壊れた世界を愛し直すには、日常のまっとうさとそれを営む自由を愛することからしか出発できない。日常愛がない人間に真の世界愛はない。

そんなオーウェルの日常愛を語るエッセイが残されている。世界最悪と言われ、英国民自身も最悪ぶりを自認する伝統的な英国料理を擁護するユーモラスな文章だ。「英国料理の味方です」*In Defense of English Cooking*（一九四五）で、自国の料理が世界最悪で「無能で模倣にしかすぎないと一般に思われ、つい最近読んだフランス人ライターの本では『最良のイギリス料理とは、いうまでもなく、フランス料理である』と言われてしまっている」（拙訳）とぼやきつつ、「それは端的に言って、真実ではない」と胸を張る。伝統的な家庭料理の素朴な味覚への愛着を日常生活への愛あふれる筆致で語るオーウェルは本当に楽しそうだ。他国では得難い英国ならではのものとして、最初にあげるキッパーズ（ニシンの冷燻）とヨークシャープディング（焼きシュー状のつけあわせ用パイ）は除き、あらゆる料理をさしおいて、オーウェルが真っ先にあげ、最も多く列挙しているのが、なんと素朴な伝統的焼き菓子なのだ。

我慢できないかのように甘味がつぎつぎとリストアップされていく。デヴォンシャークリーム（クロテッドクリーム）、マフィン、クランペットに続き、「リストアップすると果てしなくある」と悲鳴を上げるのがプディングで、なかでもクリスマスプディング、トゥリークルタルト、アップルダンプリングは別格となる。「ほとんど同じくらい長いリストができる」のがダークプラムケーキを代表とするケーキ類で、ほかにはショートブレッド、サフランバンズがあげられている。そして「もちろん、数えきれない種類のビスケット類も外せない。ビスケットはどこの国にもあるが、全般的に美味さとサクサク感では英国が上だ」と、少年のように誇らしげに称揚する。このあたり、完全に一人の男の子に還ってしまっている。

## オーツビスケットを焼く

ジョージ、お前もか！　と思わず笑って彼の肩を叩きたくなる甘党ぶりだ。さて、そろそろそんなオーウェルも愛したであろうオーツビスケットを焼くことにいたしましょう。

材料も、見かけも素朴極まりない。ごつごつした表面で、形や大きさは微妙にふぞろい。飾り気はゼロ。オーツ麦が穀物としての元の姿を保ったまま、すっぴんで微笑んでいる。

ひとことでいえば、武骨。

だが焼き上がったときの芳香と、食べだすと手が止まらない美味しさは比類がない。

作り方は見かけ通りシンプルだ。やわらかくした無塩バターにブラウンシュガーを木べらですりこむ。ゴールデンシロップ（粗糖《そとう》の糖蜜）、ラム酒、好みでシナモンパウダーを加え、重曹を小さじ一杯分入れた薄力粉とオートミールとを同じ分量混ぜ込む。粘土状にまとめた後は、ゴルフボールほどの大きさに小分けしたものを天板に平たく指で押し広げ（均一に型で抜いたりしない。というより、オート麦の粒が大きすぎてうまく型抜きできない）、オーヴンで約十分焼くだけだ。

焼いている最中から甘く香ばしい香りがオーヴンから漂う。

うーん、お茶を淹れよう。待ちきれない。

一九四五年三月、大戦末期の混乱の中、オーウェルは妻アイリーンを筋腫手術の麻酔事故で亡くす。古典と呼ぶにふさわしい重要なエッセイの多くはその直後の一年ほどの間に生まれている。心の空白を埋めるような猛烈な勢いの執筆だった。年間百三十本以上の記事を書き、『動物農場』を出版した。結核症状が悪化する中、そのまま最後の作品『一九八四』の執筆に突入していく。自らの死期の近さも意識した決死の執筆活動だったかもしれない。だが、その筆には妻の死に関する感傷やおのれの死の予感の悲愴は感じられない。

男の子だったのだ。

男女を問わず誰の胸の中にも住む「男の子ごころ」が惚れる真の男の子、ジョージ・オーウェル。一度でいいから、焼きたてのオーツビスケットでポットにたっぷり淹れた紅茶を飲みながらオーウェルと話してみたかった。つくづくそう思わせる焼き菓子だ。

「ビスケットはどこの国にもあるが、全般的に美味さとサクサク感では英国が上だ」
ジョージ・オーウェル

# 6 ホメーロス『オデュッセイア』とレモンドゥリズルケーキ



## 古代ギリシャにレモンはありや？

ホメーロスの『オデュッセイア』を読んでいると、ふと、レモン味の焼き菓子を食べたくなった。レモンドゥリズルケーキ（Lemon drizzle cake）。

ドゥリズルとは液体がしたたり落ちるというニュアンスをあらわす。レモンの皮のすりおろしを焼き込んだパウンド生地に、レモンを絞った果汁のシロップをしたたり落ちるほどしみ込ませる。ただそれだけのシンプルな焼き菓子だ。

『オデュッセイア』の中にレモンケーキに関する記述があるわけではない。オデュッセイア→古代ギリシャ→イオニア海→地中海→レモン→レモンケーキという連想にすぎない。レモンの原産地はインドのヒマラヤ山麓とされ、ペルシャ経由でヨーロッパに伝播したと考えられている。『オデュッセイア』が成立した紀元前八世紀のギリシャでレモンが栽培されていたかどうかは定かではない。

甘み、酸味、爽やかな香りが一体となった味わい。ケーキの切り口は明るい黄色一色のみの簡素さ。だが、切り口の美しさとは裏腹に、表面はシロップに濡れそぼち、串で開けられ穴だらけでぼろぼろだ。まるで嵐の海から浜に打ち上げられたオデュッセウスである。

## 「ムーサよ、物語をして下され」

『オデュッセイア』*The Odyssey* は作品名をこえて、「旅」「探求」を意味する英単語 odyssey に転じている。西洋では、古典というよりも、常識とか、空気に近いのかもしれない。一般に日本に暮らす身にはなじみが薄い。西洋に暮らす人が『古事記』を知らないのと同じである。

紀元前八世紀。約三千年前の地中海世界に心身ともに飛ばしてみたい。

時空を超える。このページを開いたとたん始まるタイムトリップ感を味わえるだけでこの物語は読む価値がある気がする。読むことが、もうひとつの旅であることを思い出させてくれるのだ。

『オデュッセイア』全二十四歌の長い物語は「ムーサへの祈り」から始まる。

「ムーサよ、わたくしにかの男の物語をして下され、トロイエ(トロイア)の聖なる城を屠《ほふ》った後、ここかしこと流浪の旅に明け暮れた、かの機略縦横なる男の物語を」(松平千秋訳、岩波文庫、以下同)

冒頭のこの一文だけで胸締め付けられるのはなぜだろう?

語りは、神の視点から目撃された事件の伝聞という形をとっている。出来事はムーサ神によってくまなく見とどけられ、その神の語る物語を詩人が聴き取り、聴き取った詩人がふたたび聴衆に語るという二重三重の語りの連鎖の構造が組み立てられている。

なぜこのような複雑な構造を持たせたのだろう?

人は誰しも語り得ない「つらい記憶」を持っている。ひとりで受け止めるにはこの記憶はきつすぎる。誰かこの体験を共有してほしい。傷ついたわたしを承認してほしい。身近な他者に告白することはできる。だが痛みは、本当の意味では誰とも分かち得ない。秘められた魂の孤独。そんなとき人はどう考えるだろうか。

神を呼び寄せる。
超越者の臨在と見守りを感じることによって人はようやく孤独から救い出される。自分の体験を直接語るのではなく、「つらいなにごとか」は神によって見守られ、神によって語り伝えられ、詩人を通じて共同体に共有される、と仮構する。超越者が見守った第三者の体験としてそれを語り、聴くことによっておさえていた感情が解き放たれる。自分はひとりではない。物語の発生の原風景とはそのようなものではなかったろうか。ムーサに呼びかけるこの冒頭の歌にその原風景があざやかに示されている。そして『オデュッセイア』全編がこの一行に要約されている。流浪し、生き延びた男の話。流浪が生きることの大きな暗喩《あんゆ》だとすれば、「男がいた。生きた。」ただそれだけのシンプルな話なのだ。

古代ギリシャの神話では、ムーサ（ミューズ）は「ゼウスとムネモシュネ（「記憶」）の子」とされている文芸をつかさどる九人姉妹の女神たちだ。ムーサに祈りをささげ、物語を乞うているのはラプソードスと呼ばれた吟遊詩人である。記憶術、表現術に長《た》け、詩歌の形で神話、歴史、法律などを記憶し歌い伝えるミュージシャンだ。リラというコンパクトな竪琴を演奏しながら歌ったと伝わる。

かつてボブ・ディランが、名曲『A Hard Rain's A-Gonna Fall』で「Where have you been, my blue-eyed son? / What did you see, my darling young one? 青い目の息子よ、どこへ行ってきたんだい？　何を見たんだい？」と物語を乞う詩をアコースティックギター一本で歌った。その若き姿をネット上の記録動画で見たことがある。古代の吟遊詩人もこんな感じだったのかもしれない、と思った。まさに「ムーサよ、物語をして下され」である。

古代ギリシャでは印刷、出版、流通の技術は未発達で、文学はメディア産業化されていなかった。物語は、神《ミューズ》から吟遊詩人《ラプソードス》に伝えられたという設定のもと、人々へ口伝えに歌い伝えられ、共同体の共有財産の地位に押し上げられていった。思えば、本質的には共同体的性格を持つ音楽、美術館をさすミュージックやミュージアムという言葉も、神《ミューズ》に発する。メディア産業化した近代文学の「作家個人の個性が生んだ創作が商品化され、流通を通じて個人が受けとめる」というパーソナルな関係ではとらえられない世界だ。

紀元前八世紀、ギリシャ、イオニアの吟遊詩人ホメーロス作と伝わる。作家の実在は確かめられていない。さまざまな詩人（記憶口承術専門業者）が関わり、伝承の連鎖のなかに集団創作的に成立していった歴史が想像される。『オデュッセイア』同様、日本にも作者不詳のまま古典文学のなかで巨大な位置を占める集団創作作品『平家物語』『伊勢物語』がある。『平家物語』は琵琶法師による口承や知識人の筆写、加筆のプロセスを通じて、『伊勢物語』は複数の筆者の加筆に次ぐ加筆でエピソードが増殖し、成立したと想像されている。

『平家物語』はおよそ八百年、『オデュッセイア』は二千八百年伝え続けられ、今にいたる。メディアテクノロジーの未発達をこえて、連鎖、伝承を支えたものはなんだったのだろう？

おそらく、それは人々が共有したある一筋の「感情」だった。

## 人は皆、漂流者

『オデュッセイア』は「漂流と帰還」の物語だ。

外地の戦場からの帰還時に船が難破し、十年以上にわたる苛酷な漂泊の果てに、帰郷をはたす戦士とそれを待つ家族の物語。「戦地からの帰還」「繰り返される自然災害」「漂流に次ぐ漂流」「流謫《るたく》先での妖魔との戦い」「留守城を守る美しい妻と息子の知恵」「故郷での家族の危機」「家族を守る決戦」が叙事詩として歌われる。

連綿と語り続けられる膨大なエピソードを要約するのは不可能に近い。要約してもあまり有意義とも思えない。主人公オデュッセウスは海に抛《ほう》り出され、孤島に流れ着き、仲間たちは食物連鎖の餌食《えじき》となる。神々、怪物、妖女、冥府の亡霊が次々と登場する。ひとつひとつの災難とそれを切り抜ける知恵の荒唐無稽さにあきれつつ楽しむにかぎる。エピソードは波瀾万丈。しかし「漂流と帰還」という物語の軸はとてもシンプルだ。

軸として一本の感情が浮かび上がる。

「かの機略縦横なる男」の英雄賛美の感情だろうか？　この物語を古びさせなかったのは、どうもそういう雄々しいものとは異なるような気がする。

それはむしろ「小ささの自覚」のようなものではなかったろうか。

どんな立派な都市や国家を築こうと、自然と人間集団の運命は制御不能であり、理解不能である。予測不能の世界で個人の意思は無力でしかない。その中で、人間一人一人は一枚の木の葉のようなものにしかすぎない、という「小ささ」の感情が生まれる。

「小ささの自覚」とは、難破と孤独な漂流が万人の避けられない宿命であり、それに耐えることが生きる時間の実相だ、という覚悟のようなものだ。人はその生涯で、もれなく思いもよらぬ災禍に遭遇し、避けがたく難破漂流する。誰もが黙って胸に秘める直覚。そこには、苛酷な世界の中に生きる人間の、運や偶然に対する洞察と諦観がある。『オデュッセイア』はそんな忘れていた覚悟を目覚めさせ、慰撫《いぶ》する。読むうちに、「漂流者」は特殊な悲運の境遇ではなく、すべての人生が持つ避けがたい性格のメタファーとして立ち上がってくる。

## 「とどのつまりわしはどうなるのであろう」

制御不能、理解不能の世界。そのなかでなんと人は小さな存在か。

この古代人のコスモス感覚は、本来の地球人感覚ともいえるものではなかろうか。それは技術文明に身を浸し、世界を操作可能な対象として見る近代人が忘れていた、人間の魂の奥底に眠る世界観かもしれない。

『オデュッセイア』に通奏低音として流れ続ける存在論的無力感と諦観は、テクノロジー抜きで自然と立ち向かわなければならなかった素の人間の姿であり感性のように思える。

トロイア戦争の英雄オデュッセウスは難破し、素っ裸で浜に打ち上げられ、自然存在としての人間、生物のひとつとしての自分に還っていく。漂泊の年月のなかで、トロイア戦争の英雄という社会的付加価値は剝落《はくらく》し、地球に生きる人類の一人に還元されていく。そんななかで出会う食人の怪物たちは自然の猛威の擬人化されたものであり、美しい妖女も性という内なる自然の猛威の化身である。

「人はみな一枚の葉っぱ、難破者、漂流者」というセルフイメージ。そこに、人生は旅、といった現代的な安全網を前提とした甘いアナロジーが入り込む余地はない。

思えば、人間はずっとそうだったのだ。制御不能の世界になんとかへばりついてきた。その認識が変わってしまったのは、啓蒙思想、産業革命以降のここ三百年ほどの話にすぎない。世界は理性と技術でコントロールできると人間は信じた。都市インフラのなかで「制御不能」の自然感覚は忘れられていった。

だが、実際には難破と漂流の経験はとぎれることなく人類を襲い続けている。人類は二十世紀に入ったとたん世界戦争の世紀に突入し、二十一世紀は気候変動による災害と難民の世紀となりつつある。制御不能の世界にわたしたちは立ちすくむ。近代の科学や制度に守られてきた感覚がいかにもろいものか。日本にかぎって見ても、開国以来この百五十年に体験した天災、戦争で自らが難民となった歴史を思い出せばそのとぎれのなさにあらためて粛然となる。

オデュッセウスは波浪から打ち上げられ「全身がふくれあがり、口と鼻からは海水が滝の如く流れ落ち（中略）呼吸《いき》もできず、声も出せずに半死半生の態で倒れていたが、やがて呼吸も戻って正気に返ると、（中略）稔りを恵む大地に口を触れた。苦悩のうちに、己が剛毅の心に語りかけていうには、／『やれやれ、これからどんな目に遭うことやら、とどのつまりわしはどうなるのであろう』」とつぶやく。

「とどのつまりわしはどうなるのであろう」

この小さな地球人のつぶやきは、誰もがいつかつぶやいた記憶がある言葉であり、日々胸に秘める言葉でもある。物語が三千年の時を生き延びた理由のひとつは、基層としてのこの謙虚な地球人感覚を呼び起こすからではなかろうか。

## 神々と夜明けと食欲と

制御不能の世界を受け入れたとたん、非現実的な神々の存在を自然に受け入れることができるようになる。

「小ささの自覚」のもと、自然と向き合ったときの孤独と恐怖と絶望は、むしろ積極的に神々を求め、その臨在を願い、呼び寄せる。畏敬からというより、誰か超越者の意思として理解しないとやりきれないほど自然の猛威は無意味で苛酷だからだ。わが運命は神々の気分で変わる、と思えばあきらめもつく。

物語の中では、繰り返される海の荒天は、オデュッセウスに息子（単眼の巨人キュクロプス）の目をつぶされたことを恨み続ける海神ポセイダオンの復讐とされる。神々の会議のシーンがたびたび挿入される。さて、このオデュッセウスの運命をどうしてやろうかと神々があれこれ議論するのだ。いやはや、勘弁していただきたい。

人間にしてみればたまったものではないが、たとえそれが慈悲ではなく悪意であろうと、神を仮構することによって人間はようやく、無意味に遺棄され有機物に還元されていくみじめな木の葉としての自分から救われる。神の意思を仮構することによって、災難の無意味さから救われ、神に関心を払われる人間としての尊厳を回復するのである。

執拗な復讐の神ポセイダオンがいる一方、母性あふれる守護神もいる。

ゼウスの娘、女神パラス・アテネ。彼女が物語の始まりから終わりまで黒衣《くろご》としてオデュッセウスとその家族を見守り助力する。「眼光輝く女神アテネ」と常に枕詞《まくらことば》つきで語られる都市の守護女神は、万能のスポーティなメインキャラクターとして大活躍する。

「女神は、美々しいサンダルを足に結《ゆわ》えつけたが、これぞ水の上も涯《はて》なき陸の上も、風の息吹きと速さを競いつつ、常に女神の身を運ぶ黄金《こがね》作りの不壊《ふえ》の履物《はきもの》」を履き、「豪勇の武夫《もののふ》たちを薙ぎ倒す、重く頑丈な大槍」を手に取り、「身を翻《ひるがえ》してオリュンポスの峰を翔け降りる」と、たちまちイタケのオデュッセウスの屋敷の門前に降り立つ。いや、じつにカッコイイ。筆者はパラスの登場するシーンを読むたびに、ボッティチェッリが「パラスとケンタウロス」に描いた、槍斧《そうふ》を持つ女神の憂鬱な美貌を思い浮かべる。

『オデュッセイア』の自然描写は、八百万《やおよろず》の自然神と共存する古代人の皮膚感覚にあふれている。世界宗教と近代科学が生まれる以前の古代に生きた人々の、世界を感じ取る感覚の枠組みがいまとは根本的に異なっていたことを思い出させてくれる。

自然描写は太陽の光と海の波に集中する。それ以外の描写はほぼない。光と水。生命の保全に直結する要素だ。なかでも太陽の存在が強く意識され、夜明けが丁寧に描写される。一日は薔薇色の夜明けから始まる。夜明けは「朝のまだきに生れ指ばら色の曙の女神が姿を現わす」と、繰り返し決まり文句で表現される。

第三歌は「やがて陽は、不死の神々には光をもたらし、死すべき人間には穣《みの》りを恵む田畑を照らすべく、美わしい海面を離れて、青銅の蒼穹に昇る」で始まり、「陽は沈み、道々はすべて闇に閉ざされた」で終わる。地中海の人々は、海に上り没する太陽を眺めながら生きていた。二十四時間切れ目のない抽象的なグローバル時間で生きる現代人が、太陽の存在をここまで意識することはない。実用的な電気の灯りが発明される以前の生活感覚なのだ。この感覚はほんの百三十年前まで人類共通の身体感覚だったはずだ。

身体感覚というと、もうひとつ印象深いのは食に関する描写だ。野外の宴席の描写がなんとも野性的でダイナミック。「渚の砂の上に羊の皮を敷いて」「肉を串に刺し炙り」「臓物を取り分けてすすめ、黄金の盃に酒を注」ぎ、「やがて飲食の欲を追い払う」。この「飲食の欲を追い払う」という決まり文句が繰り返し出てくる。食欲も人間を襲う自然の脅威のひとつであり、追い払うべきものと感じられていたようだ。現代人にとっては、食欲は味覚の楽しみをもたらすものでしかないが、飲食の欲＝飢えを生命の危機ととらえると、その脅威の感覚はとても素直に理解できる。

## 生き延びるという本能の肯定

智謀の英雄、戦後、海、船、嵐、漂流、美人妻、妖怪、怨霊という『オデュッセイア』の道具立ての要素を見るうちに、ほとんど同じ要素を備えた謡曲『船弁慶』を思い出した。

『平家物語』『義経記《ぎけいき》』などをもとにした能楽の名曲だ。観世小次郎信光の筆と推定されているが、作者不詳。頼朝に追われる身となり、愛人の静御前《しずかごぜん》を安全のためひとり京に送り返した「漂流者」義経が従者とともに船で逃れる。かつて自らの活躍で平家一門を滅ぼした戦場である瀬戸内の海上で、海に没した平知盛の怨霊と、嵐の中、ふたたび刃を交えるというダークファンタジー。

だが、この二つの物語、道具立ては同じでも、美学は正反対と言ってもいいほど違う。比較すると、『オデュッセイア』の軸がはっきりしてくる。

敗走、漂流の果てに、知盛は海に身を投げ、義経は奥州で自裁し滅びる。かたや、オデュッセウスは生き延びる。オデュッセウスは全裸で浜辺に打ち上げられるほどぼろぼろになりながら、十年以上にわたる漂泊と妖魔との戦いに耐え、生き延びた。

滅びの美の称賛、に対し、生き延びる執着心の称賛。

いさぎよさ、に対し、しぶとさ。

エシカルストーリーではなく、サバイバルストーリーなのだ。『オデュッセイア』は生き延びるという本能と理性の全面肯定の物語である。

おのれの「小ささ」「無力さ」を自覚しながらも、生物として朗々と生き抜くあっけらかんとしたサバイバルスピリットの肯定。なんとか運命を制御して生き延びようと工夫し続ける理性の賛美。それらは、ふだん意識もしない生命の根源に張られた弦をはじく力がある。民族、文化、時代の違いを超えた「生物としての生命力」を目覚めさせる。

「小ささの自覚」と並んで、このほがらかな、生命力の全肯定ともいえる「生き延びる＝善」という感覚が、この作品を汎西洋的な古典に育てていった最大の理由かもしれない。

オデュッセウスのサバイバル行動は気高いというより、かなりずる賢く、せこい。しかも、目の前の欲望に弱い。特に美女に。やれやれ。帰郷を切望しているはずなのに、船をこぐ部下たちの耳を蜜蠟で塞《ふさ》ぎ、自らを帆柱に縛り付けさせて、自分はちゃっかり妖女セイレンの甘い声を聞きたがったり、美貌の仙女キルケやカリュプソとながながと同棲してしまったりする。人間臭く親しみやすいともいえるが、お世辞にも廉潔《れんけつ》とはいいがたい。しかし、生き延びることとの絶対的な善性の前ではそんなことは問題にならないのだ。

## 奸智の肯定

物語の中で、オデュッセウスは繰り返し「知略の人」と称賛される。

敵をあざむいて勝つ、悪くいうとずる賢いだまし討ちが、智謀知略＝人間理性として全面的に肯定される。怪物に一口で食われてしまうのはいさぎよいというよりも、愚者扱いとなる。だました方が勝ち。「生き延びること＝善」という大前提に、日本の中世武士の「名こそ惜しけれ」という行動美の観念は付け入る隙がない。漂流の前に成功した「トロイアの木馬」作戦も、いってみれば一種の詐欺、フェイクである。それが、オデュッセウス、畢生《ひっせい》の智謀の華として賛美される。フェアを表面上尊ぶ現代とはかなり異なるようだが、今もサイバー空間やインテリジェンスの世界は怪しい木馬だらけだ。SNSを駆使した選挙介入に見るように、それが常態といった方がよい。むろん、国家が生き延びるためである。

かたや、栄華を極めた平家の公達《きんだち》たちはおごり、そして美しく滅んでいく。無常のことわり、滅びの美学を詠《うた》った『平家物語』*The tale of the Heike* は世界的にはどのように受けとめられているのだろう。ちょっと、気になるところだ。この日本を代表する叙事詩は『オデュッセイア』の前史にあたるトロイア戦争を描いたホメーロスの『イリアス』に比されることも多いようだ。だが、性格はかなり異なる。書かれた時代が違いすぎるといってしまえばそれまでなのだが、読み手の文化的バックグラウンドによってさまざまな反応の違いがあるかもしれない。

『平家物語』は「滅びの美学」に並んで、「おごりが招く破滅」という共通した戒めを通奏低音として持つ。慢心への戒めにとどまらず、位階精密な組織社会での世渡りの教訓、政治的行動感覚に対する示唆に満ちている。だが『イリアス』『オデュッセイア』には倫理的、組織政治的な説教がない。一個の生命のサバイバルの衝動が全編を貫いている。

人文主義《ユマニスム》の系譜の中、いまもエリート寄宿学校の教室で子供たちがギリシャ語、ラテン語に苦しめられている。そんな少年時代を過ごす欧州の指導層で、必須教養として『オデュッセイア』を通過していない者はない。かたや、『平家物語』の冒頭の一文を知らぬ日本人はいない。二十世紀の半ばまで、『平家物語』の中の数々のエピソードは指導層から一般庶民に至るまで日本社会の常識として浸透していた。

この「常識としての古典」の性格の違いがその後の彼我の文化の無意識に与えた影響は小さくない気がする。無意識のサバイバルスピリットと無意識の滅びの美学。互いの無意識を意識することはふだんあまりない。タフな国際政治の諸相を見るとき、あくまで生き延びる『オデュッセイア』を常識として持つ西洋社会の精神の基層を思い出してもよいかもしれない。

## あっけらかんとした擬態、詐称

生き延びるために、オデュッセウスはしばしば別人に扮する。変身する。

今風に言うと、容姿を「盛る」のだ。守護神パラス・アテネがまさに神業でモーフィング（グラフィック変身）を手助けする。え、いきなりデジタル加工ですか、と突っ込みたくなるような安易さで、背を高くしたり、筋肉を盛り上げたり、美男ぶりを上げたりする。スマートフォンの美顔アプリや映画のＳＦＸである。

難破し、裸でパイエケス人の国に流れ着いたとき、王女ナウシカアをうっとりさせるため、パラス・アテネはぼろぼろのオデュッセウスに思いっきり「美男盛り」をやってのける。「彼の背丈を前よりも高く、身幅も広く見えるように、（中略）房々とした巻毛を頭から垂らしてやった。（中略）女神はオデュッセウスの頭にも肩にも、えもいわれぬ美しさをふりかけてやった」。

故郷イタケに戻ってからは使用人や家族さえずっとだまし続ける。ここでも老人にモーフィングする「逆盛り」をパラス・アテネがやってしまう。オデュッセウスは容姿だけでなく、とうぜん、話も盛る。本性を隠すため故郷でも架空の経歴を語り、敵を油断させ周囲をだまし続ける。物語の最後にいたるまで妻ペネロペイアはボロを着た武人を夫本人であると認識できない。

それにしても、敵から身を守り、敵を駆逐するためとはいえ、「詐欺の常態化」といいたくなるほどオデュッセウスの擬態は徹底している。植物、虫、魚、動物の擬態と同じだ。生き延びるために環境に適応し、姿をカモフラージュし、素顔を隠し続ける。フェイク情報で攪乱《かくらん》する。この擬態、人間として正しいかどうかは別として、生物としては正しいのだ。考える前に、生物はまず生き延びなければならない。この生物としての正しさが、どれだけ人をだまそうと、物語が素朴な明るさを失わない要因かもしれない。国際政治のサバイバルゲームの「恥知らず」の実相を見るにつけ、グローバルなコモンセンスは、どうも太古から一貫して『オデュッセイア』があっけらかんと示す生物的な「生き延びる＝善」のほうのようだ。

ここまで擬態が徹底すると、ナウシカアの父アルキノオス王の宴席でオデュッセウス自らが語った漂流の長い回想譚（このパートが物語の中核で、その荒唐無稽、波瀾万丈ぶりで、もっとも面白いところなのだが）そのものも、すべて諸侯の同情を買い、助力を引き出すために「盛った」ほら話だったのではないかという疑念が読者の脳裏をかすめる。

創作者の姿がちらちらと顔をのぞかせる。フィクションの中のフィクション。フィクションが創作されていくプロセスを開示するような危ういメタフィクションの匂いがスリリングだ。それは現代的な深読みにしかすぎず、二千八百年前の作者は純粋に冒険譚の創作を楽しんでいただけかもしれないけれど。

## 真の危機としての忘却

生き延びるために一貫して嘘をつき正体を隠すオデュッセウスに、常につきまとった危機は、物理的な生命の危機だけではなかった。

トロイア戦からの帰還中に難破遭難し、最初に漂着するロートパゴイ族の国で記憶を喪失させる「ロートスの実」（蓮の実？）を供される。部下たちはロートスの実を食べ、記憶を失い、帰国などはどうでもよいという気になる。オデュッセウスは部下たちが「泣き叫ぶのも構わずむりやり船に連れ帰り、船に乗せると甲板の下へ曳きずりこんで縛りつけた」。

美貌の妖女キルケは「故国のことをすっかり忘れさせるために、恐ろしい薬をその飲物に混ぜ」

て、オデュッセウスの部下たちに飲ませ、豚に変えてしまう。

苛酷な環境が真っ先に攻撃してきたのは「記憶」であり、真の危機は「忘却」だった。

これ以降、次々と襲い掛かる妖魔との戦いは、生命を守るための戦いであると同時に、自分が何者だったのかということを忘れまいとする忘却との戦い、アイデンティティ維持の戦いだった。身を守るために敵にも味方にも嘘をつき続けていたオデュッセウスは、本当の自分を忘れないためにこそ本性を隠していた、といえるかもしれない。秘すれば花。アイデンティティは秘した方が、隠す本人にかえって強く自覚されるという逆説がなりたつ。

本来の身分を捨て、流れ者として美女カリュプソと同棲し、十年にわたる愛人生活を送りながら、海を見つめてひとり望郷の涙を流すオデュッセウス。その姿は、アイデンティティクライシスという人間存在を根底から揺るがす問題が全編の通奏低音となっていることに気づかせる。望郷という素朴な感情をこえて、アイデンティティという人の精神の安定と秩序の基盤を成すものの危機が露出しているのだ。

オデュッセウスが男泣きに泣いて見せるアイデンティティ喪失の恐怖、苦しみは、形而上的な苦しみではない。素朴で等身大のものとして迫ってくる。それはグローバル経済と難民・移民の世紀に生きるわれわれにとって、同時代的でアクチュアルな恐怖であり苦しみだ。大戦後、大陸、アジア太平洋諸国に残留せざるを得なかった日本人とその家族がいる。シリアをはじめ、国家破綻によって他国に逃れ続ける人々の流れはいまも絶えない。

平時でもその危機は静かに人を襲う。グローバルビジネスの世界を生きざるを得ない現代の職場で、ふと襲われる居心地の悪さと自らのルーツカルチャーへの飢え。生命の危機は具体的でわかりやすい。アイデンティティの危機は、環境への適応行動の中、無意識の領域で起こるため強くは自覚されない。だが、人間にとってその危機は、ときに生命の危機より深刻な危機となる。

母国イタケへの帰還は、安全で平和な日常の奪還という物理的な安寧以上に、アイデンティティの回復という魂の安寧を目指した命がけの旅だった。オデュッセウスは未来へ向かうために、まず自らの過去と歴史に向かって全生命をかけて泳ぎ戻らなければならなかった。未知との遭遇に満ちた大いなる旅が、じつは過去を目指す旅だったというパラドックス。『オデュッセイア』は、いっけん素朴で荒唐無稽な冒険譚という見え方の陰に、アイデンティティという人間性の根源に触れる問題を秘めている。「自分は何者か」という危険な問いを人は慎重に避けながら生きていく。だが、その問いが消えることはない。オデュッセウスは特殊な状況で起こる特異な苦しみを耐えたのではなく、生きる上で誰もが抱える普遍的な苦しみを苦しんだのだ。

## 語りと場所のポリフォニー

それにしても、複雑な構成を持った作品である。

『オデュッセイア』は叙述手法とエピソードの豊饒さから、現代にいたるまでのあらゆるヨーロッパ文学の源流とされている。説明不要の常識として西洋の読書人に浸透し、ジョイスの『ユリシーズ』、アーサー・C・クラークの『２００１年宇宙の旅』をはじめ、創作者のインスピレーションのみなもととなった。セルバンテス『ドン・キホーテ』、ヴォルテール『カンディード』も、おそらくその磁場の中から生まれた。近年では、宮崎駿『千と千尋の神隠し』にも残響を聞くことができる。手法の多彩さ、複雑な話法は紀元前八世紀の作とはとても思えない。

まず、最初に触れたように、二重、三重の語りの構造を持っている。

第一の語り手ムーサ（女神）があり、その語りを聴き取った第二の語り手である吟遊詩人が伝聞として語るというお約束の基本構造がまずある。つまり、流離譚は三人称で叙述されるのだが、そこに第三の語り手、オデュッセウス自身の長い遍歴物語の独白が挿入される。全体の三分の一をこの一人称の独白が占めてしまう。しかも、この一人称の語りが「信頼できない語り手」の危うさを秘めているから油断できない。

語りのポリフォニー（多声音楽）に加えて、場所もポリフォニックに同時進行する。妻ペネロペイアが家を守る故郷のイタケ、二日二晩怒濤にもてあそばれ（ふつう死にますけど）裸で漂着するパイエケス人の国、神々が議論する天上の国、その三つが主な場所として並列され、物語は同時並行的に進む。それまでオデュッセウスが遍歴した数々の魔界、冥界、孤島の回想も入れると場所の多声ぶりはさらに分厚さを増す。長々と語られる冥界行は、ダンテの『神曲』地獄篇、煉獄篇（十三世紀末〜十四世紀）がそのまま入ってしまうほどの独立したパートを形作っている。

実に盛りがよいのだ。延々と続く懐石料理のように、食べきれないほどだ。

さらに、驚くことに、物語が始まってから長い間、主人公オデュッセウスは登場しない。冒頭、息子テレマコスの父親捜索行と神々の会議が長々と続く。息子テレマコスは母ペネロペイアと領地を守るため、戦地で行方不明になったままの父親捜索の旅に出る。神々の会議の議題はオデュッセウスの運命の処置だ。肝心のオデュッセウスは消息不明の人物として第三者の発言の端にわずかに聴き取れるにすぎない。

第五歌になってようやく主人公が姿を現す。妖女カリュプソの情夫として。しかも、海を見つめながら膝を抱えてしくしく泣き続ける男として。稀代の英雄が泣き虫の中年男として登場するのは、おそらく周到に考えられた演出だ。この意外な、情けない登場のしかたを仕組むことで、この長大な叙事詩は神がかった英雄賛美の物語ではなく、等身大の人間の苦難の物語として聴き取られることになっていく。

一人の男の漂流譚、冒険譚であると同時に、家族のドラマになっているのも物語の重層的な分厚さを形作っている。『オデュッセイア』は親しみやすいホームドラマでもある。機織《はたお》りを口実に強欲な求婚者たちを退けつつ家産を守りきる妻ペネロペイアの賢婦ぶり、息子テレマコスの少年から青年へ成長自立していく姿は、自分の家族生活の延長にある身近な物語として、当時の聴衆たちをたっぷり楽しませただろう。

## 生き延びるのは言葉

それにしても、およそ三千年前の物語だ。

紀元前八世紀イオニア海で生まれ、吟遊詩人に口承されていただけの、いつ消えてもおかしくない言葉を、二十一世紀のいま、フツーの日本人が碩学の翻訳のおかげで、岩波文庫で読んでいる。この奇跡にあらためて驚かずにはいられない。

主人公オデュッセウス以上に『オデュッセイア』という作品そのものが長い旅をした。オデュッセウスさながら、いや、それを超える苦難の旅があった。

物語は口承で伝わるのみだったが、紀元前六世紀に僭主《せんしゅ》ペイシストラトスの命によってようやく文字起こしが行われたと伝わる。北アフリカ沿岸中心に活動を広げるフェニキア人に対抗し民族のアイデンティティを固めるため、わざわざ独自のギリシャ文字を開発し、文字起こしが行われたらしい。

とにかく文字となり、書物となった。だが、それで一安心というわけではない。戦乱に次ぐ戦乱の歴史が続く。古典時代のペルシャ戦争、ペロポネソス戦争を経て、マケドニアのアレクサンドロス大王の長征に始まるヘレニズム時代に、イオニア海沿岸のギリシャ都市国家ポリスの政治的独立性は衰弱していく。人口も激減した。

だが、国滅びても哲学、科学、文学の文化は生き延びた。アレクサンドロス大王後継の権力者たちに保護され、ギリシャ人知識人が集結した学術都市アレクサンドリアは栄えた。地域一帯がローマ帝国に編入されたのちも、古典時代ギリシャ文化とギリシャ人学者はリスペクトの対象であり、パクス・ロマーナの時代にギリシャ文化は復興する。

キリスト教がローマの国教となったあとも貴族階級では古典時代の学問への情熱は途絶えることはなく、ギリシャ人が支配階層となった東ローマ帝国（ビザンツ帝国）ではコンスタンチノープル大学を中心に学問、文化が継承されていった。『イリアス』『オデュッセイア』は知識人なら暗誦できるのが常識とされていたという。

宗教勢力の隆盛により、苦難の時代が訪れる。キリスト教徒以外が教育を行うことが禁止され、プラトンが創設したアカデメイアも閉鎖された。コンスタンチノープル大学以外の他の都市の学校がキリスト教によって閉鎖されたり、アレクサンドリアなどの学術拠点が回教徒の手に落ちたりしたのちにも、学者たちは貴族の家庭教師として分散し、宗教勢力の迫害を生き抜き、知識を守った。

やがて、オスマン帝国によって東ローマ帝国は滅亡する（一四五三年）。コンスタンチノープル在住のギリシャ人学者が大量にルネサンス期フィレンツェへ亡命。メディチ家に保護され、アカデメイアが再興される。ルネサンスムーブメントによって古代の知識は次々と翻訳され、ギリシャ古典文化は当時開発された印刷技術との出会いによりヨーロッパ全域の人文主義者《ユマニスト》たちの知的インフラとなった。『オデュッセイア』も必修テキストの一つとなり、いまもヨーロッパの未来のエリート少年、少女たちを古典言語の教室で苦しめ続けている。まるで『オデュッセイア』を地で行くような流謫とサバイバルの歴史である。

伝えた人々は皆亡くなり、国々は滅びた。そして、言葉だけが生き残った。

言葉は地球最強のサバイバーなのだ。

ナショナリズムや学術的権威だけで生き残ったわけではない。この物語に心動かされ、伝える情熱を持った人々のつながりが世代から世代へ受け渡していった。人間の根源にあるバイタリティの弦をはじき共鳴させるからこそ、この物語は生き延びた。『オデュッセイア』で真に生き延びたのはオデュッセウスその人ではない。言葉、とそれに揺り動かされた人々の心だったのかもしれない。

その旅はいまも続いている。

## レモンドゥリズルケーキを焼く

いやはや、長い物語に少々疲れました。あっけらかんとしたオデュッセウスの姿を追っていると、明朗な焼き菓子でお茶を飲みたくなってきます。

　レモンドゥリズルケーキはイギリスの伝統的な焼き菓子だ。イギリスの焼き菓子にはオレンジやレモンを使ったものが多い。ジャムでもオレンジマーマレードに特別な地位が与えられている。気候変動によって事情は変わりつつあるが、ブリテン島は元来寒冷の地だ。寒い国の人々にとって柑橘は海のかなたの温暖な異国をイメージさせる。長く暗い冬を過ごす人々の、陽光あふれる世界へのあこがれがこの島ならではのケーキやジャムになった。大航海時代以降、船員の壊血病に苦しんだイギリス海軍は船内でレモンの栽培を義務付けた。かつて七つの海を支配した大英帝国の成立にレモンは重要な役割を果たしたことになる。

　日本には明治期に輸入され、長らくレモンは欧米文化の象徴だった。今は国産のレモンが輸入品よりも高い評価を受け、市場に出回るようになっている。このケーキには果皮《かひ》を使うので、なるべく無農薬有機栽培、防カビ剤なしのレモンを手に入れたい。旬は冬だ。今回は運よく自宅ベランダの鉢植えレモンが収穫できたので、それを使用した。別に丹精したわけでもなく、ほったらかしていたら勤勉なミツバチのおかげで実がなっただけなのだけれど。

　黄色い表皮をすべてすりおろしてパウンド生地に混ぜ込む。揮発性の香り成分のほとんどは果皮の油分にある。おろし金から爽快な香りが立ち上がる。

黄色い表面部分がなくなった果実二つ分を絞り、果汁に粉糖を加えシロップにする。これを焼き上がった直後の熱々のパウンドケーキに注ぎかける。かける前にパウンドケーキに竹串をぶすぶす突き刺して大量に穴を開ける。中までレモン果汁を浸透させるためだ。そこにぶっかける。じつに乱暴、無造作。あふれたシロップは外にしたたり落ちる（drizzle する）。あとは中までしみ込むのを待つだけだ。冷めたらラップにくるみ、冷蔵庫で一晩寝かせて落ち着かせる。

オデュッセウスは健啖家《けんたんか》として描かれている。飲食のシーンはすべて野性的でダイナミックな情趣にあふれている。ナウシカアの父、アルキノオス王の饗宴を受け、「このいまいましい胃の腑より厚顔無恥なものはありますまい。いかに疲労困憊しておろうと、いかに悲しみを胸に抱いていようと、自分のことを忘れるでないぞと強引に迫ってきます」と言って豪快に飲みかつ食らう。

饗宴が催されたアルキノオス王の邸宅の門の傍らには広大な果樹園があり、「見事な実をつける梨、石榴《ざくろ》、林檎、甘い無花果《いちじく》に繁り栄えるオリーヴ」などが一年を通じて絶えることがなく、「豊かな収穫のある葡萄園」もあるが、レモンや柑橘の記述はない。

冷えたのを切る。果汁でしっとり湿った切り口は黄色があざやかで美しい。

ひとかけ齧る。酸味と、ほのかな苦みのなかに爽やかな果実の香りが広がる。

アルキノオス王の宴会に焼き菓子も出ただろうか。まだ古代ギリシャにはレモンは伝わっていなかったかもしれない、などと三千年前に思いをはせつつ、少し厚めに切った一切れを、濃く淹れたほうじ茶とともにいただいた。

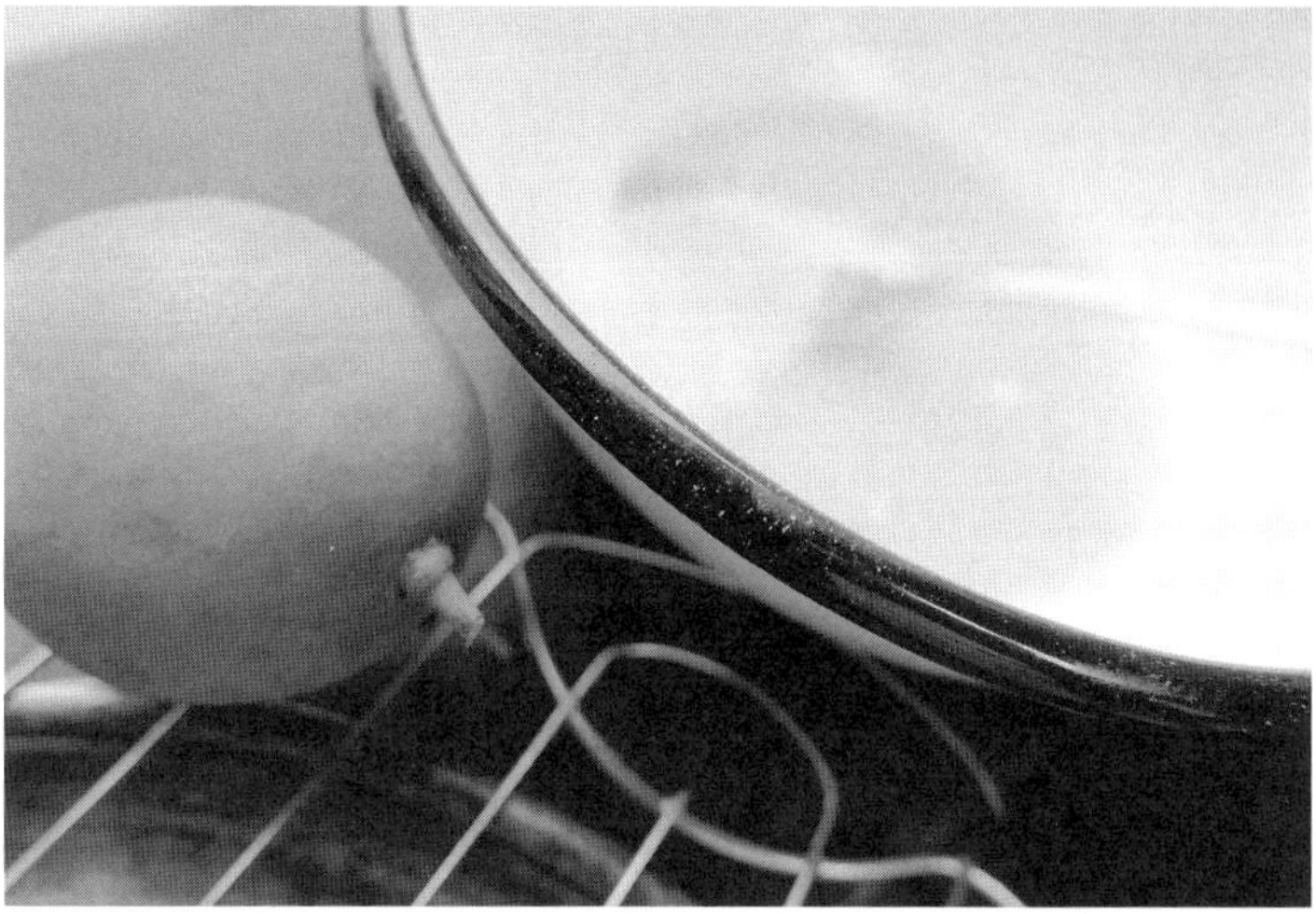

「ムーサよ、わたくしにかの男の物語をして下され……」

## 7 菅原孝標女『更級日記』とゆで小豆

### 冷めるときにしみ込んでいくもの

ゆで小豆《あずき》は意外なほどの透明感に溢れている。

煮あがった豆がうっすらと光を通すのだ。豆をつぶした餡《あん》の濃い闇は美しい。ゆで小豆は美しい闇に至る前の薄明の時間にひととき安らいでいる。

豆を煮て、砂糖を加えて冷めるのを待つ。それだけの甘味。餅などに添えられ、何かをくるむ役はたしても、それじたいが主役と見なされることはあまりない。本当は主役なのに脇役のような顔をしている。

糖分がしみ込むにつれて、豆は形を保ったまま艶やかな透明感を増していく。その姿には静けさが漂う。豆は時間のカプセルである。それまでの記憶と、次世代の夢が両方詰まっている。植物の最晩年の姿。それが透明感を帯びて静かに佇んでいる。

『更級日記《さらしなにっき》』を読んでいると、そんなゆで小豆の姿が浮かんできた。

## 何も起こらない

『更級日記』を読み直してみた。

岩波文庫、西下経一校注。薄くて、上品な佇まい。現在、さまざまな版が手に入るようで、校訂によってかな、漢字、句読点といった表記に違いがあるようだ。筆者の手元にある岩波文庫の刷りは二〇〇〇年代のものだが、改版が一九六三年と古い。初版は一九三〇年だ。一昔前の文庫本は総じてフォントの級数が小さい。とくに脚注は虫めがね級で、若者でもスマホ老眼なら読めないかもしれない。昔はバリアフリーじゃなかったのね、字が小さくてツライわーと思いつつ、ゆっくり文字を追った。

作者は菅原孝標女《すがわらのたかすえのむすめ》（一〇〇八〜？）と伝わる。まだ紫式部が現役で、『源氏物語』の文献が初めて世に出たと言われる年に作者は生まれている。

地味といえば、これほど地味な散文作品もないかもしれない。「で、それが何か?」と言われてしまってもしかたがない。日記、と後世の読者の手でタイトルをつけられているが、日付のある備忘ダイアリーではない。平安時代の地方任官官吏の娘として生まれた人物が生涯を振り返って書いた回想記だ。だが、よくある成功者の自画自賛の履歴書とも異なる。

何もなかった人生の記録である。

平和な時代に生きた普通の人々の、普通の人生。特別な才にも幸運にも恵まれなかった、とはいえ破滅的悲劇も幸い避けられた、そんな無名の人生がつづられる。

劇的なことは何も起こらない。その何もなさを正直に書いた。そのことによってはからずも人生の深部に筆が到達してしまった。そんな作品ではないだろうか。地味なのに、忘れがたい感情を残していく優れたフィクションのような不思議な力がある。

じつのところ、この魅力に気づくのに長い時間がかかった。作者がこの作品を書いたのは五十歳台だとされている。その年齢に近づかないと、本当にはこの味わいはわからないかもしれない。筆者はそうだった。更級日記の味わいがわかるにはすこし生きる時間を重ねる必要があるようだ。ゆでただけの豆。その味がわかるようになったのはいつ頃だったろうか。砂糖を入れる前の、素顔の小豆の滋味がしみじみとうまい。

更級日記は、まさに「ゆで小豆の味」である。

## 少女という必滅の時間

『更級日記』は憧れと幻滅と受容の物語である。

回想記は数え十三歳の少女の旅から始まる。実質的には十一〜十二歳ぐらいだから、現代では小学校六年生ぐらいだろうか。「あづま路《ぢ》の道のはてよりも、なほ奥《おく》つかたに生《お》ひいでたる」少女が父の帰任にともなって京に上る旅に出る。上総国《かずさ》(今の千葉県)に生まれ育った少女にとって京は違う星ほど遠い、憧れの文明の地だった。

なぜなら、そこは「物語のおほく候ふなる」星だったからだ。

東国では姉、継母《ままはは》に物語の断片を聞くだけで、写本の実物がない。京に上れば写本が手に入る。

まだ見ぬ物語の写本に少女は身を焦がして憧れる。その憧れ方がなんとも子供らしく、熱狂的で、純真なのだ。祈念のための仏像まで作ってしまう。

「等身《とうしん》に薬師仏《やくしほとけ》をつくりて、手《て》あらひなどして」身を清めて「身をすてて額《ぬか》をつき、祈《いの》り申す」。「京《きやう》にとくあげ給《たま》ひて、物語《ものがたり》のおほく候《さぶら》ふなる、あるかぎり見せ給へ」と。

一途に、一片の疑いもなく、ひたすら文学に憧れる無垢な少女の姿を作者は回想している。『源氏物語』が宮廷周辺に流布し始めてほんの十年ほどしかたっていない時期の話だ。「物語のおほく候ふなる」という言葉に、平安中期の宮廷文学隆盛の状況がしのばれる。

少女という時間は、世界すべてが未知の期待に輝いている時間だ。知らないこと、それじたいが幸福を保障する短い時間。だが、幸福な時期を描くその筆致はどこか哀切の感情を湛《たた》えている。自分自身のことでありながら、他者を見つめるような距離を置いた描写。憧れはやがて現実に敗れる、ということを知った視点から遥か過去の少女時代が振り返られているからだろう。そのことを直接嘆く言葉は一言もない。それゆえ、よけいに失われた生活世界、失われた内面世界への哀傷が行間から立ち上る。執筆時点の更級作者はすでに老境を迎えようとしており、みずからの晩年を意識していた。

憧れから静かな幻滅へ。人生の避けがたい航路である。あまりに当たり前すぎて言挙げされることのない心模様でもある。この日記は誰もが生きる過程で体験するその心的プロセスを、飾ることなく、激することなく、淡々と記録していく。

ありそうでない文章だ。

子供から大人へ長ずる中で、わたしたちの多くはその痛みを忘れ、覚えていても子供時代の無知と無垢を恥じ、冷笑する。『更級日記』を読んだ大人のわたしたちは憐れむような笑みを浮かべながらつぶやく。そうだね、自分にもそんなことはあったかもしれない。子供のときはそんなものでしょ、と。だが、胸の奥の甘い痛みの感覚は去らない。

## 苛酷な旅が予告するもの

京に上る旅の過程に多くの記述が費やされている。

子供時代の鮮烈な記憶だったのだ。「京にとくあげ給ひて」と仏像に拝んだ念願の帰京の旅は、待ち望んだ旅ではあっても苛酷だった。苦難に満ちたプロセスが丁寧に記録されている。数十年後、仏心を発して初瀬詣で（奈良の長谷寺への参詣）をするときの危険な山越えの旅も、構成上のバランスを欠くほどページが多く割かれ丁寧に記される。これが創意による意図的な構成なのかは定かではない。だが、この人生最初の旅の苛酷さが、無意識のうちにその後の語り手の人生の苦難を予告するものになっている。

当時の旅は命がけだ。アウトドア・アドベンチャーと言ってもよい。この十一世紀頃の旅の記録は貴重である。現代人はインフラがない世界を想像しにくくなっている。ハイテク先進国日本に住んでいればなおさら想像が及ばない。一千年前の日本は、五〇〇メートルおきにコンビニがあるわけではない。

車に乗って上総国を出発する。車といっても当時は牛車《ぎつしや》だ。牛の歩みの速度で移動する間、身体は自然の脅威に直接さらされ続ける。山中はもちろん、道中は常に強盗殺人を警戒し続けなければならない無法の世だ。庶民の民家に宿の助けを乞える場合もあるが、家主が信頼できるとは限らず警戒は解けない。貴族の旅でも基本は野宿である。夕闇迫る中、河原や山の中に宿泊用の庵《いおり》を組むのだが、庵といっても、要は簡易の板戸や幕を組み立てたテントだ。雨風を防ぐのは限界がある。

「かりそめの茅屋《かやや》の、しとみなどもなし。簾《すだれ》かけ、幕《まく》などひきたり。南ははるかに野の方《かた》見やらる」

「庵《いほ》なども浮《う》きぬばかりに雨降《ふ》りなどすれば、恐《おそ》ろしくていもねられず、野中に岡《をか》だちたる所に、たゞ木ぞ三《み》つたてる。その日は雨にぬれたる物ども乾《ほ》し、国《くに》にたちおくれたる人々待《ひとびとま》つとて、そこに日を暮《くら》しつ」

同行していた乳母《めのと》は旅の途中の武蔵の国境で出産する。そのため別行動となる。世話する男衆《おとこしゅ》もおらず「いと手《て》はなちに、あらあらしげにて、苫《とま》といふ物を一重《ひとへ》うちふきたれば、月残《のこ》りなくさし入《い》りたる」ありさまで乳母は産後の身を横たえている。

「まだ暁《あかつき》より足柄《あしがら》を越《こ》ゆ。まいて山の中《なか》の恐《おそ》ろしげなる事いはむ方なし。雲は足《あし》のしたに踏《ふ》まる」

「二《ふた》むらの山の中にとまりたる夜《よ》、大《おほ》きなる柿《かき》の木のしたに庵《いほ》を作《つく》りたれば、夜一夜《よひとよ》、庵《いほ》の上《うへ》に柿《かき》の落《お》ちかゝりたるを、人々拾《ひろ》ひなどす」

その仮宿に暗闇からたびたび遊女のグループがどこからともなく現れ、歌舞を演じていく。優美というより庶民の暮らしの厳しさをもの語る痛々しい風景である。

「野山、蘆荻《あしをぎ》のなかを分《わ》くるよりほかのことなくて」、いたるところで、雨、雪、風、波に襲われ続ける。これは、もう、サバイバルツアーだ。自然環境に直接さらされる身体感覚を伝える旅行記はあるようでない。身体感覚に溢れた筆致は、わたしたちの人間らしさの根っこに、自然の中で無力な存在である「こころもとなさ」と、「謙虚さ」があることを思い出させてくれる。当時の苛酷な旅に驚きつつ、読むうちに人間としての物理的な限界感覚を取り戻し、どこかホッとするのだ。

身体が本来備えるべき、場所に結びついた物理的限界の感覚。それは、生きる場所からの逃れがたさを受け入れ、与えられた環境と折り合っていく知恵と慎《つつし》みを人々に教え、ときに気高さを与えた。折り合いの努力が独自の地域文化を生んだ。

ITと安価な高速交通機関が人間から自然内存在としての謙虚さを奪って久しい。スマートフォンとLCC（格安航空会社）はオーバーツーリズムという形で今日も伝統に培われた地域生活圏の文化と尊厳を破壊し続けている。場の宿命を受け入れることによって長い時間をかけて育まれてきた地域の生活様式、生活文化は見世物の対象となった。

大容量高速通信規格のスマートフォンとLCCが普及し始めたのは、二〇一〇年以降でほんの十年ほど前のことに過ぎない。場所に結びついたおのれの身体の物理的限界の忘却、生活の知恵と慎みの忘却が何をもたらすか。それをわたしたちは確かめ切ったわけではない。おそらく、気候危機もその忘却と無縁ではない。すでに文明の前提になった技術と万物の市場化を異物として意識するのは難しい。テクノロジーとマーケティングの進化と共にわたしたちはさらに多くのものを忘れていくだろう。老いと死すら忘れかねないのだ。

旅の途中に語り手が目撃する風景。その自然描写が簡潔で、みずみずしく、身体感覚に訴える。

その短い描写の喚起する心象は絵画的で美しい。

噴煙を上げる活動中の富士山も描写される。「さまことなる山の姿《すがた》の、紺青《こんじやう》を塗《ぬ》りたるやうなるに、雪《ゆき》の消《き》ゆる世もなく積《つも》りたれば、色濃《いろこ》き衣《きぬ》に、白《しろ》き衵《あこめ》着たらむやうに見えて、山の頂《いたゞき》のすこし平《たひら》ぎたるより、煙《けぶり》は立《た》ちのぼる。夕暮《ゆふぐ》れは火の燃《も》え立つも見ゆ」。

くろとの浜では月明りに浮かび上がる白砂青松の描写が印象的だ。「その夜《よ》は、くろとの浜《はま》といふ所に泊《と》まる。片《かた》つかたはひろ山なる所の、すなごはるばると白《しろ》きに、松原茂《しげ》りて、月いみじうあかきに、風のおともいみじう心細《ぼそ》し」。

風景を描写する言葉は少ない。だが、選ばれた言葉は強い喚起力を持つ。映像的な文章である。「にしとみといふ所の山、絵よくかきたらむ屛風《びやうぶ》をたてならべたらむやうなり」。風景をモノではなく画像としてとらえる感性が生んだ文章。解像度の高いパノラミックな動画が眼前に広がるのを感じる。まだ排出ガスのない世界のクリアな映像だ。

## 憧れの物語世界

「はしるはしる、わづかに見つゝ、心も得《え》ず心もとなく思ふ源氏を、一の巻《まき》よりして、人もまじらず、几帳《きちやう》の内《うち》にうち臥《ふ》してひき出《い》でつゝ見る心地《ここち》、后《きさき》の位《くらゐ》も何《なに》にかはせむ」

胸が痛くなるようないじらしい青春のひとコマが一行に凝縮されている。

長旅のはて、「物語のおほく候ふなる」と身を焦がして憧れた京に師走に到着し、ようやく郊外の家に落ち着いた翌年、伯母にあたる人から源氏物語全巻をプレゼントされた作者は「源氏の五十余巻、櫃《ひつ》に入《い》りながら、（中略）物語《ものがたり》ども、一袋《ひとふくろ》とり入《い》れて、得《え》て帰《かへ》る心地《ここち》の嬉《うれ》しさぞいみじきや」と自宅に駆け込んで、熱狂のうちに綴じ本を開く。その気持ちが「はしるはしる」に集約されている。

語義解釈は諸説ある。胸に動悸が走る身体感覚と、矢も楯もたまらず家路を急ぐ心理と、本を抱えて小走りに廊下を駆け抜ける動作がトリプルイメージとなって迫ってくる。少女の胸の高鳴り、はやる心を伝えて余りある言葉である。

「昼《ひる》は日《ひ》ぐらし、夜《よる》は目のさめたるかぎり、火を近《ちか》くともして、これを見るよりほかの事なければ、おのづからなどは、空《そら》におぼえ浮《う》かぶ」ありさまで、少女時代の作者はひたすらフィクションの世界に没入する。まだ小学校高学年だ。程度の差はあれ、子供時代に同じような経験を持たない人は少ないのではないだろうか。

オタクや腐女子といった今風のタームで概念化し、レッテルをはって整理してしまわない方がよい。概念化は効率と引き換えに、ときに複雑さを複雑さのまま受け止める豊かさを失わせることがある。いまも、世界中の子供たちがマンガやアニメに夢中になり、ハリー・ポッターの新刊を胸に抱えて「はしるはしる」の時間を持っている。子供の時間は憧れの時間なのだ。それは大人に保護された特権的時間でもある。時がたてば、守ってくれる保護膜は失われ、憧れる能力さえ人は自ずと失っていく。

憧れは、無意識のうちに現実の圧力を感じ始めているからこそ爆発するのかもしれない。継母が去り、乳母が急死した。だが現実が本格的にその姿を現すのはもうすこし後のことだ。現実から子供を守る保護膜に包まれた時間。壊れやすく、危うさを孕《はら》む時間。その時間は短い。回想の中にしか浮かび上がらないかけがえのない時間は美しい。

世俗の海を漕ぎぬくのに懸命な大人の目から見れば、子供の妄想でしかない。戦乱や悲劇に比べると、平和は記録されにくい。地味さきわまりない『更級日記』が貴重なのは、価値を見いだされにくい人生の一時期のことを子供の視点から記録し、すくいとって提示してくれたことにある。見方によれば、『ちびまる子ちゃん』は『更級日記』の伝統を引き継ぐ存在なのかもしれない。

## 霧の中の記憶

記憶の中の風景は霧の中から唐突に現れる。

霧に包まれた川を船で進むうちに不意に現れる岩のように。その間も船は進み、あっと思う間もなく岩礁は霧の中に消えていく。記憶が個人の内面に立ち現れては去っていく、そんな感覚をこの日記の文章は思い出させてくれる。運航計画があるようでなく、実際は大きな川の流れに流される旅である人生。作品全体を覆う、霧の中を歩むような印象は、予期できない運の連続としての人生の真の姿を暗示するかのようだ。

『更級日記』の記憶の中の情景は、ときに断片的で飛躍のある構成の中に描かれ、時の経過の長短も曖昧《あいまい》だ。飛躍のある構成と共に、説明を排した描写の簡潔さが文章全体の曖昧さを醸し、霧の中の風景を描いた水墨画のように美しい印象を作り出している。

霧の中の印象をもたらしているもう一つの要因には、「わたし」のない一人称の文体があるかもしれない。人称代名詞としての I, my, me がないのだ。外部環境と主客一体化した内的一人称視線からつづられた文章は、客観描写と語り手の思念の区別が曖昧になる。これは当時の日本語一般の特徴であり、更級作者の作為ではない。この一人称代名詞の省略は現代日本語も引き継いでいる。映像が霧の中から立ち上るような印象をつくっている要因にはこの日本語の特徴も大いに貢献しているようだ。

さらには、語義が確定できない単語も多い。なにせ、一千年前の言葉だ。解釈は研究者の間でも意見が分かれたままらしい。そういった古語を一般の現代人が読み解く際に生じる多義的な意味の振幅《しんぷく》（要は、外国語みたいでよくわからないということなんですが）もまた、霧の中の風景という印象をもたらす。

迷子になりそうだ。でも、こちらは素人なんだからわからなさも味のうち、と誤読の可能性は棚に上げ、ずぼらにかまえて霧の中の散歩を楽しむことにいたしましょう。学究の現代語訳のクリアさもありがたい。しかし、多少のわからなさを抱えたまま、古語の醸す霧のような古楽のサウンドスケープに身を浸す快感は他に代えがたく、それこそが日本語を母語とする一般読者の身にひそかに許された日本語古典の楽しみ方かもしれない。

## 定家も首をひねった

だが、単語の語義問題以上に、書写の過程で文字の脱落、誤写、ページの乱丁が生じ、失われた部分もあったため生まれた曖昧さも多かったと想像される。

「伝々之間、字誤甚多、不審事等、付レ朱、」。書写でこの作品の保存に貢献した藤原定家（一一六二〜一二四一）が写本の奥書《おくがき》で、原本の写しの不完全さを指摘し、つながらない部分や疑問点に朱を入れたと記している。これ誤字だよな、どうもつながらない、ページ抜けてないか、おかしいな、と定家も首をひねったのだ。それでも書き写して保存する価値があると、この地味な作品の価値を見抜いた定家の慧眼《けいがん》に、後世のわたしたちは感謝しなければならない。定家が生きた時代よりも百五十年も前の作品だ。更級日記という書名さえ、誰がつけたかわからない。定家が手に取った時点で作品全体が忘れられ、失われていたとしてもおかしくなかった。

定家は天才歌人であると同時に稀代の古典読者であり、時代を超える価値を発見する鋭い鑑識眼の持ち主だった。その膨大な知識と鑑識眼から、数百年にわたる和歌のコンピレーション『百人一首』が生まれる。頭が切れすぎて、強情だったと伝わる定家は後鳥羽院の怒りを買って謹慎を命じられた時期があった。若い時に新嘗祭《にいなめさい》の最中に宮中で同僚と言い争いになり、乱闘事件を起こしてしまうぐらいの性格だからしかたがない。謹慎の間、居宅に引きこもり、あまたの書物を書き写した。古典を現代に伝えるいわゆる「定家本」が量産される。勅勘《ちょっかん》が天才に無為の時間を与え、人間プリンターを生んだ偶然。その偶然が『更級日記』を今日に伝えた。ぎりぎりの幸運だった。運の強さも古典の生き延びる条件かもしれない。

## 記憶の濃淡

バランスを欠いて多くの記述が割かれているのは少女時代と、旅だけではない。「春秋のさだめ」

と校訂者に分類されているひとときの思い出は、些細な出来事にもかかわらず、人生のハイライトシーンとして詳しく記述されている。

記憶の濃淡は正直だ。

春か秋か、どちらの季節が興趣深いかという宮中での女官同士の問答を偶然耳にした通りすがりの公達《きんだち》が問答に加わった。教養ある優雅な公達とのひとときの知的な会話。定家本の奥書によると源資通《すけみち》とされている。武官から文官に転じ、のちに従二位まで出世した。琵琶の名手と伝わる。

恋の華が開いたわけではない。源資通は大人の男の余裕と慎みをもって二度と接触することはなかった。ほんの十分ほどの会話と歌のやり取りである。そのほかに何も起こらなかった。その短い時間の記憶の多くは本人の思い込みであったかもしれない。だが、更級作者にとっては人生の中の輝く宝の時間となった。作者三十五歳のときだった。

人生に意味を与えることとは何だろうか。

記憶には濃淡があり、濃淡は「人生に意味を与えるなにごとか」が決める。九九パーセントが無意味でも、一パーセントでも意味があれば、その凝縮された時間の濃度で人は生きていける。

一瞬が永遠になる。

そういうことがありえることを、この章は教えてくれる。

## むき出しの現実との遭遇

京に戻り、憧れの物語を手に入れ、源氏の世界に耽溺する少女を、立て続けに現実が襲っていく。

まず、継母が家を去る。当時の貴族社会では一夫多妻制によって複数の母が存在するのが普通だった。五歳の子を連れて出て行ってしまった。父との関係が悪くなったらしい。事実上の離婚だった。

年が明けて三月、こんどは実母以上に近しい存在の乳母が突然、流行の疫病で病没する。さらに、京に到着したときに書の手本をもらう縁のあった侍従大納言の娘が、同じ時期に若くして（十五歳）没したことを聞く。

翌年、火事で家が焼ける。大納言の娘の生まれ変わりと信じた猫もその火事で焼け死ぬ。火事の翌月、物語愛好をともにした姉が子供を残して出産事故で若死にする。やがて実母は出家し同じ敷地内で尼僧として暮らし始める。作者は姉の残した幼い姪たちを育てる主婦役を引き受けることになり、おそらくそのため婚期、出仕の機会を逸するがそのことは詳しくは書かれない。父が長らく待ち望んだ任官が決まった。任地は再び東国だった。出世コースとは程遠い左遷人事である。父は蛮地の悪環境を思い、生きて再び会えないであろうことを嘆きながら単身赴任する。

夢見る少女が見たのは、死別、生別が途切れなく続く無常の現実だった。

厄を払うべく仏心を起こして清水《きよみず》や初瀬に詣でるが、信仰にもいまひとつ身が入らない。やがて父が東国での単身赴任を終えて京に戻ってきた。父はすでに出世をあきらめた老人となっていた。

いつしか自分も二十代半ばに達し、当時としてはオールドミスの年齢で宮中に出仕する。局《つぼね》（独立した執務部屋）を与えられたが、夜は他の若い女房たちと一つ部屋にマグロのように並んで寝る日々。幼い宮の寝所の隣の部屋での夜通しの番なので、実際にはほとんど眠れない。宮仕えはつらいだけだった。

これが源氏の君に見初《みそ》められるかもしれないと憧れた宮廷生活なの？　イケメンの公達なんてどこにもいないじゃない。作者は索漠たる思いにとらわれる。「思ひしことどもは、この世にあんべかりけることどもなりや。光《ひか》る源氏ばかりの人は、この世におはしけりやは」。

年長の身での出仕は長くは続かず、両親に家に戻され、結婚させられてしまう。自分の結婚のことは明確に書かれず、夫に関してまったく記述がない。推して知るべしであろう。

そのうち、宮廷からは若いものを出仕させよと言われ、しかたなく自分が育てた姪を連れて随行者として不定期に宮仕えを再開する。何人かの語らい合う女房友だちもできたようだが、なにせ場違いの高齢女房である。職場での居心地はけっしてこころ満たされるものではなかった。

「世の中に、とにかくに心のみつくすに、宮仕《づか》へとても、もとは一《ひと》すぢに仕《つか》うまつりつがばや、いかゞあらむ、時々立《た》ちいでば何《なに》なるべくもなかめり」（世間には気ばかり使うものだけど、宮仕えも、わき目もふらずにキャリアを極めていたならいざしらず、不定期勤務ではキャリアアップの成果がえられるはずもなかろう＝拙訳）とあきらめの境地。「年《とし》はや、さだすぎ行《ゆ》くに、若《わか》々しきやうなるも、つきなうおぼえならるゝうちに、身の病《やまひ》いとおもくなりて」（年齢は盛りを過ぎていき、若ぶってもイタくなってきたなと感じるようになるうちに、病気がひどく重くなってしまった＝同）。いつのまにか、老いと病が作者を襲うようになっていた。

無役だった夫（橘俊通）がようやく任官するが、父のときと同様、不本意な東国勤めに落胆する。どうも夫にも出世の望みはなさそうだ。息子の仲俊が同行するも、単身赴任をさびしく送り出す。

地味でツキのない夫は任国、信濃から翌年無事帰国した。ところが、帰京直後に病を発し、三か月ほどであっという間に没してしまう。

夫の死は、ダメ押しの一撃だった。作者は夢から完全に覚める。夢見た源氏物語の世界は現実には存在しない。自分は何も達成していない。父も夫も、みな下積みの無名官吏人生をさびしく歩んだだけだ。そしてみんな死んでいった。

気がつけば、親類、友人も離れ離れになり、自分は元の家に一人暮らしている。

「月もいででやみに暮《く》れたるをばすてになにとてこよひたづねきつらむ」

と、一人住まいの自分を久しぶりに訪ねてきた「六郎にあたる甥」に詠みかけるところで更級日記は終わる。更級という書名はこの最後の歌の中の「をばすて（姨捨）」という言葉から連想された信濃の地名によると言われている。

**日記ではない。小説である。**

憧れの物語の中にあるような特筆すべきことは何も起こらなかった。起こったことといえば、近親者との死別と生き別れだけだ。別れの連続としての人生。だが、終章の文体は寂寥のなかにもそこはかとない安堵の表情を漂わせている。憧れに始まり、幻滅を経て、受容へ至る道筋。作者は悲嘆に暮れて、自分の人生を否定しているわけではない。静かな悲しみに耐えながら、受け入れている。避けがたさを受け入れること。それは敗北ではない。つよさであろう。

これははたして素朴な日記なのだろうか？

振り返られる価値もない、記録される価値もないつまらない人生だったのだろうか？

作者はある意図を持って「何もなかった人生」を記録したのだと思う。

「あづま路の道のはてよりも、なほ奥つかたに生ひいでたる人」と三人称で自分を突き放して語る冒頭の一文が、この回想記に小説的距離感を与えている。途中、何度も夢見のシーンが挿入される。夢の中での問答が未来の伏線となっている。実人生を記録した回想記を超えて、仮構され創作された作品、普遍性を目指した小説として読み取りたくなる誘惑にかられる。

作者、菅原孝標女は文学的、学問的環境のなかに育った。父方は菅原道真の直系の菅原家、母方の伯母に『蜻蛉《かげろう》日記』の作者、藤原道綱母がいる。定家による奥書に「よはのねざめ」「みつのはま松」「みづからくゆる」「あさくら」（多くは欠落、散逸し、残っていない）などの作者であると伝わっていることが記されている。確証はないが、他の物語作品の創作経験があったらしい。個人的な体験を記録として記述することをこえて、自らをモデルに人生の一典型を描き出そうとする小説的意思がさりげなく表出されている、と受け止めてもよいのではなかろうか。自分を描くのではなく、人の一生の普遍的な性格をさぐりあてたい。そんな創作ビジョンをぼんやりと感じるのだ。

語り手の少女時代のやや誇張された夢見がちな姿には素直な自画像ではなく、表現的に加工された典型としてのキャラクター性を感じる。アンバランスな記憶の濃淡は、自然と吐露した濃淡かもしれないが、一方で、意図的な構成かもしれないという読みも誘う。生きる意味とは何か、という作者の問いが秘められた記憶の再構成ではなかったか、と。

そんな作者の創作意図は明示的ではない。だが、読み終えたあとに残る後味は個人的手記をこえた普遍性を帯びている。人は憧れ、幻滅し、やがて老い、病み、死んでいく。それは事件ではない。作者だけを襲った特別な悲劇ではない。誰もがたどる避けがたい道のりである。だが、避けがたさを見定めたところで、この虚しく過ぎ去る時間をどう受け入れていけばよいのか。そんな言葉にならない思いを、この何も起こらない回想記は柔らかく受け止め、吸い取ってくれる。江戸徳川時代に広く庶民に読まれたらしい。どれほど多くの「何もなかった」人生を慰めたことだろう。

『更級日記』を創作されたフィクションと仮に考えてみると、周到に劇的要素を排除する創作意図に貫かれた現代的な作品に見えてくる。セッティングを平安期にした擬古文の現代作品として読むことも不可能ではない。ドラマチックなロマン性を排した淡々とした記述が、結果的に文章に時代をこえさせる力を与えたのかもしれない。

現代的な印象をさらに強める役割をはたしているのは、先に触れたように、やはり映像的な文章だろう。簡潔だが鮮やかな風景描写がすばらしい。最小限度の言葉で目の前にくっきりと解像度の高い映像が浮かび上がる。なによりも明暗の感覚、色彩感覚が卓越している。何度も描かれる月明りに照らされた夜の風景が清涼で、とりわけ美しい。絵画的構図で描かれた精緻《せいち》なアニメーションを見るような感覚をおぼえる。更級作者は、現代に生きていれば、優れた映画作家かアニメ作家になったのではなかろうか。

筆者はアニメとともに、小津安二郎監督作品を思い出した。老若男女、子供から老人まですべての世代を含む家族を人生の縮図として提示する手法。劇的要素の意図的な排除。避けがたさを受け入れる受容感覚。そして端正な絵画的構図。『更級日記』は『東京物語』『麦秋』など小津の代表作品と共通性を多く持っている。両者とも退屈と感じる人には、耐えがたいほど退屈なように。小津が『更級日記』を映画化していればどんな作品になっただろう。
ふと、そんな空想をしてみたくなった。

## 小豆を煮る

豆が煮えるのを見つめていると過去の思い出がよみがえってくる。別に見つめていなくてもよいのだけれど、つい鍋を見つめてしまう。静かに湯気を立てながら、ゆっくり変化していく姿は瞑想を誘う。

小豆を煮るのは簡単だ。乾燥した豆をさっと水で洗って、そのまま煮始める。他の豆のように一晩水につけてもどす必要はない。沸騰したら渋抜きのために最初のゆで湯を捨てる。再び水から煮なおす。極弱火にし、鍋が静かに湯気を上げる状態を維持しつつ、浮かんでくる灰汁《あく》を根気よくすくいとる。

鍋を見ている時間は、なかなか良い。不思議と心が鎮まっていく。

灰汁を取り続けて約四十分。豆の形がしっかり保たれている段階で火を止める。数粒含んで、固めかなと思うぐらいがよいようだ。加糖前のそのままの味わいが深い。半分は小豆粥にするためにそのまま取り置いた。熱いうちにのこりの半分に砂糖を投入する。量は好みだ。冷める過程で糖分が豆の内部にしみ込んでいく。蜜に浸され、とろりとした透明感を帯びたゆで小豆が完成する。

冷めながら蜜を吸い込み透明感を増していくもの。

ときに灰汁を吸い込み透明感を失うこともあるだろう。はたしてわが歩みはいかがなりしや、と窓の外の流れる雲を見上げつつ、ひんやりした煮豆を木《き》匙《さじ》ですくって食べた。

普通は緑茶でというところだが、浅煎《い》りの豆でコーヒーを淹れた。我ながら変な組み合わせだなと思いつつも、なぜかゆで小豆にはあっさりした薄めのブラックコーヒーがあうような気がする。

ゆで小豆は意外なほどの透明感に溢れている。

# 8 ヴォルテール『カンディード』とフラップジャック

## 壊れるお菓子

フラップジャックは英国の庶民的駄菓子だ。

オーツ麦、ナッツ、ドライフルーツなどを、粉を使わずバターと糖蜜で固めて焼く。商品として流通するというより、基本的には家庭内で手作りされるものらしく、客に供するタイプのものではなかったようだ。少し前まで、英国の地方都市を行くと、昔ながらの小さなベーカリーで見かけることがあった。パンに交じって、棚の端に手書きの値札とともにひっそりと置かれていた。ところが、最近では食物繊維の健康効果が再評価され、ロンドンにおしゃれな専門店があるほどという。時代は変わる。

このお菓子の最大の特徴は「壊れる」というところだ。

日本では大阪の「あわおこし」が近いだろうか。雑穀を飴でつないだだけの堅めの食感、四角い形にぽっきり折るあたりもほぼ同じ。思わぬところで折れて、壊れる。食感は、ざくざく、ぽろぽろという感じだ。バラバラになったものにミルクをかけると朝食用のグラノーラに限りなく近い。

ヴォルテールを読んでいると、ふとフラップジャックが食べたくなった。

むろん、ヴォルテールとフラップジャックは何の関係もない。だが、ヴォルテールの書く辛辣《しんらつ》なコントのポキポキした文体がじつに小気味よく壊れているのだ。フラップジャックのように。フラップジャックは素材をもとの姿のまま焼き固めてポンと提示する。これが世界の素顔ですと告げるヴォルテールのコントのように。

## ロックスター

ヴォルテール（一六九四〜一七七八）の哲学コント（寓意的説話）の代表作と言われる『カンディード』（一七五九）。正確には副題まで含めると『カンディードまたは最善説《オプティミスム》』。植田祐次さん新訳の岩波文庫。ふと、読み直す気になった。発表から二百六十年の時を経て、二〇二〇年代の世界の壊れっぷりが『カンディード』を呼び戻したのかもしれない。

ヴォルテールを思う時、ロックスターの姿を思い浮かべてしまうのは筆者ぐらいだろうか。たたずまいと人生がロックのスーパースターのそれとかぶる。啓蒙思想の代表的哲学者とされるヨーロッパ思想史上の巨人をロックスターとはいかがなものかと思いつつも、この連想がどうしても止められない。ヴォルテールの創作活動が音楽と無縁ではないこともある。ヴォルテールはジャン＝フィリップ・ラモー（一六八三〜一七六四）と共作でオペラの台本を多く書いている。

名前がまずロックしている。スティング、U2のボノと同じく、ヴォルテールは姓でも名でもなく雅号だ。諸説あって、どうもアナグラムの造語らしい。本名フランソワ＝マリ・アルエ。ヴォルテールはヴォルテールを演じている。自己のメディア化、劇場化に自覚的で、ヴォルテールという文人の人物像じたいが作者にとって作品だったのかもしれない。その作られたキャラクターからクールな筆で数々の哲学コントが繰り出された。

肖像画が多数残っている。

自信と稚気に満ちあふれた顔だ。いたずらっ子の顔と言えるかもしれない。脳内の知的活動を抑えきれず、なにか皮肉の一言も発さずにはおれない性格がはっきり出ている。風貌といでたちからは都市の匂いがする。パリの富裕なブルジョア家庭の生まれだった。生まれながらの町っ子で、元来、土を知らないタイプだ。

烈しい人生である。

生涯、論争の渦中に身を置き、喧嘩が絶えなかった。もしかしたら、著述作品より波瀾万丈の人生の方が知られているかもしれない。なんせスター。フランスに始まりイギリス、プロシア、スイスとヨーロッパ中を遍歴し、生涯を通じて当代一流の知識人、科学者、芸術家、貴族、王侯と関わった（と同時に喧嘩した）人生の波瀾万丈ぶりはその作品にまさるとも劣らない。実人生の方が面白いぐらいだ。筆禍による投獄、事実上の亡命、宮廷勤め、追捕《ついぶ》、隠遁が連続する人生だった。人生行路の烈しさは現代のロックスターをはるかに超えている。

## 壊れた世界

さて、『カンディードまたは最善説』に戻りましょう。

『カンディード』は裸眼で世界を見る苦痛の記録である。

作品全体から絶望の高笑いが聞こえる。ひきつったような笑いだ。壊れた世界が壊れたリズムとブラックジョークの無表情なトーンで描かれていく。読み始めは悪い冗談としか受け取れない。だが作者は意地悪で笑い飛ばしているのではない。ブラックジョークの姿勢を取らないと、とても直視できないほどの人類社会の愚行と悲惨が描かれているのだということが次第に理解されていく。

主人公の名前カンディードcandideはフランス語で「純真な、無邪気な」を意味する形容詞だ。英語だとnaiveがあたるだろうか。「うぶな、だまされやすい」というニュアンスを含む。カンディード青年は流行最先端のライプニッツ哲学「最善説Optimism」を恩師に説かれ続け、「どんな凶事もすべて最善に至るための神の配剤だ」という、一種の思考停止、事後追認思想に呪縛された戯画的キャラクターとして設定されている。神意によって「すべては必然的につながっていて、最善のために配剤されている」はずのこの世の「道徳上の悪と自然の悪」をカンディード、つまり「純真クン」はつぎつぎと目撃し、自ら体験していく。

故郷の男爵家の城を追放されたカンディード青年が、男爵の令嬢、最愛の恋人十七歳のキュネゴンド嬢を探し求める長い旅が物語の軸になっている。その旅は壮大だ。ドイツのウェストファリア地方から始まりブルガリア（実際はプロシア）、オランダ、リスボン、カディス、そこから一気に船で南米ブエノス＝アイレスへ渡る。南米大陸を北上し架空の桃源郷エルドラードを経て、再び船でフランスのボルドーに戻り、パリ、イギリスのポーツマスを経て地中海を渡り、ヴェネチア、そしてコンスタンチノープルに至って物語はようやく終息する。その間、最善説の師である哲学者パングロス博士とたびたび別れたり、再会したりしながら、カンディード青年は自らを呪縛していた最善説を疑い始め、自立していく。

カンディード青年の幻想をはぎ取っていく現実世界の描写が簡潔にして容赦がない。文体は無表情という表現がぴったりだ。感情を排したブラックジョークのタッチで悪徳に満ちた現実が列挙されていく。

たとえば第三章。カンディードが兵士として拉致徴発された戦場の淡々とした描写がすさまじい。執筆中、まさに七年戦争（一七五六～六三年）が新大陸の植民地争奪戦も巻き込んで欧州中を破壊していた。

「この両軍ほど美しく、優雅で、華やかさにあふれ、世にも整然としたものはなかった。ラッパ、横笛《ファイフ》、オーボエ、太鼓、大砲が、地獄にも決して聞かれない快い調べを奏でていた。まず大砲は双方の陣営でおよそ六千人を倒した。つぎに一斉射撃が最善の世界から、その地表を汚すならず者どもを九千から一万ほど取り除いた。銃剣もまた数千人の死の充足理由となった」

「ここでは弾丸を浴びた老人たちが、血まみれの乳房に乳飲み子を抱いたまま喉《のど》を切り裂かれて死んでゆく妻たちを眺めているかと思えば、かしこでは幾人かの英雄の自然の欲求を満足させた後、腹をえぐられた娘たちが息を引き取ろうとしていた。（中略）地面には、切り取られた腕や脚のわきに脳味噌が散乱していた」

ジェットコースターのように描かれるのは、階級差別、殲滅《せんめつ》戦争、略奪、難民、人身売買、奴隷経済、異端処刑、植民地侵略の非道ぶりだ。詐欺、暴力が常態化し、貪欲と虚偽と無法が支配する世界の実像が暴かれていく。全編を費やして皮肉られる最大の虚偽が悪事も神の配剤だとする最善説である。

それら人間の犯す「道徳上の悪」に加えて「自然の悪」たる破滅的自然災害がカンディード青年をうちのめす。海上暴風による難破の悲惨を味わった後、泳ぎ着いたとたんリスボン大地震（一七五五年）に遭遇する。都市の壊滅と大量死、被災地での治安崩壊、略奪、粛清《しゅくせい》の風景。災害を生き残ったものを暴力の応酬と傷病、老い、貧困が襲う。

## プログレッシブロックとしての『カンディード』

読み始めて、すぐ「あれ、ページを飛ばしたかな?」と思い、何度もページを繰りなおす。普通なら数ページ使って描写されるような状況が二行か三行で済まされる。数行抜け落ちているとしか思えないそのスピード感、急激な加速減速は予測不能だ。

たとえば第五章。カンディードたちがリスボンに向かうあたり。「一枚の板にすがり、波に運ばれてやっと浜辺にたどり着いた（中略）パングロスとカンディードは少しわれに返ると、リスボンのほうへ向かって歩いた」。難破船から打ち上げられて波打ち際から歩き始めるまで三行。リスボンの町に入ったとたん大地震に遭遇する。到着して地震まで一行。リスボンの町の崩壊の描写は三行で済まされる。

第九章冒頭でカンディードとユダヤ商人ドン・イサカルとの刃傷《にんじょう》沙汰は二行で事件のすべてが終わる。「彼は生来いたって素行の穏やかな若者だったが、剣を抜く。すると、イスラエル人は美しいキュネゴンドの足元の床石にばったり倒れて息絶えた」。これだけだ。フィルムのコマが紛失しているか、デジタル編集で意図的に数秒間デリートされた動画を見るようだ。

プログレッシブロックである。

変調、無調、変拍子、速度急変、意図的な音抜き、小節落とし、本来続かない異質な楽想の接続、民族音楽の導入。一九六〇年代後半から七〇年代前半の前衛的なロック、いわゆるプログレサウンドをほうふつとさせる音響空間が言葉で展開される。芸術的な壊れ方と言えばいいだろうか。同じことが物語の叙述で行われているのだ。

ヴォルテールとオペラを共作したジャン＝フィリップ・ラモーは機能和声法、調性理論の完成者として知られる。バッハ、ヘンデル（一六八五年生）と二歳違いの同世代だ。オペラ共作者として、ラモーの体系化した和声、調性の理論にヴォルテールが無関心だったとは思えない。音には秩序があることを解明したラモー理論が、かえって文体の調性破壊の逆ヒントとなったのでは？と、興味をそそられるところだ。

スピード感あふれる画像のコマ落とし、切り貼りが文字で行われている。アヴァンギャルドアニメーションを見るような感覚にとらわれる。全体の印象はノートの端に手書きで描いたパラパラ漫画に近い。登場人物がすべてペラペラの二次元の紙人形みたいなのだ。軽い。その紙人形たちが悲惨極まりない壊れた世界をほがらかに飛び回る。悲惨と軽さ、そのギャップの妙が作品全体を貫いている。物語叙述でこの奥行きのない二次元性を維持するのは意外に難しい。意図的にコントロールされなければ実現できない世界だ。技巧を駆使したアヴァンギャルドでありながら、ワヤン・クリ（インドネシアの影絵人形芝居）を見るような素朴な叙事詩の香りもある。

このペラペラ感を未熟、へたくそな文章と受け取るのは十九世紀以降の自然主義小説の枠組みに侵された感覚だろう。『カンディード』は十八世紀半ばに生まれた作品だ。過去にさかのぼった方が過激な実験精神が発見できるという逆説に読み手は遭遇する。これはロックやジャズが二〇二〇年代の現在より五、六十年前の方がはるかに実験的、創造的という事実と同じ現象である。

まったく古くならない衝撃力がある。読む側の感覚が組み替えられていく。だが、この壊れ方は気持ちがいい。芸術的意図に基づいた実験性は疑いがないが、この実験も作者の精神のスピード感あっての実験であり、常人の精神の速度を超えてしまった人ならではの世界ではなかろうか。

## 虚偽の眼鏡

大地震の瓦礫《がれき》の山の中で「パングロスは事態はそれ以外にはありえないのだと断言して一同を慰めた。／『なんとなれば』と、彼は言った。『こうしたことはどれも最善であるからだ。』」

リスボン大地震も最善とする哲学者パングロス博士は、たまたま隣にいた現地の宗教裁判所の取締官にその発言を聞きとがめられる。原罪を信じていないかどでその場で捕らえられ、無裁判で絞首刑に処せられる。被災地の治安維持のために異端者の火刑が見せしめに公開処刑で行われており、その一環としての処刑だった。

ヴォルテールは全三十章のうちのまだ第六章で第二の主人公とも言えるパングロス博士をたったの一行で殺してしまう。後半部で彼は奇妙な再登場をはたすのだが、いきなり副主人公とも言える登場人物を消してしまうのはじつに過激だ。

カンディードとパングロスの珍道中はセルバンテスのドン・キホーテとサンチョ・パンサの組み合わせを思い起こさせる。永遠の恋人キュネゴンド嬢はドゥルシネーア姫だ。『カンディード』はいうまでもなく『ドン・キホーテ』（一六〇五）の磁場の中から生まれている。さらにさかのぼればホメーロスの『オデュッセイア』の残響が響いている。彼らはみな遍歴する。そして苛酷な体験を重ねる。

ドン・キホーテはみじめな現実から目をそらすため騎士道物語の世界に住み、「騎士道物語の約束事」の眼鏡を通してしか現実を解釈しようとしなかった。「虚偽の眼鏡」をかけることによって自分を押しつぶそうとする現実からようやく身を守った。その滑稽な姿から滲む人間的弱さは、誰もが抱える弱さであり、爆笑を誘いながらも多くの読者の胸を打った。誰も現実は直視したくない。人は幻想の世界に生きるドン・キホーテに爆笑しながら、身につまされ、愛憐せずにはいられない。「騎士道物語」の眼鏡に相当するのが、カンディードの場合「最善説」の眼鏡ということになる。どんな非道と悲惨に遭遇しても「最善の世界に至る神意の配剤のプロセスにすぎない」と解釈することで納得しようとする。悲運の前に無力感にとらわれた人間が自己を説得し、なんとか現実を受け入れようとする。眼鏡をかけることは苦しみに耐える一つの方法である。だが、夢の中に住み続ける思考停止であることもまた明らかだ。ヴォルテールは「最善説」を悪の事後追認にしかすぎない精神の怠惰であると考え、それからの脱却を『カンディード』に託した。

「『最善説ってなんです』と、カカンボは言った。／『ああ！　それはなあ』と、カンディードは言った。『うまくいっていないのに、すべては善だと言い張る血迷った熱病さ』」

主人公の青年が思想という眼鏡を疑い、裸眼を獲得していく。人間が夢から覚めていくプロセスが『カンディード』という物語である。夢から覚めるために、カンディードは地獄めぐりをしなければならなかった。また逆に「エルドラード（黄金郷）」と呼ばれるユートピアも目撃する必要があった。眼を覆いたくなる非道な現実。桃源郷の死に至る退屈。いずれにおいても人間存在を根底から揺るがす幻滅にカンディードは襲われる。

十八世紀当時の世相を取り上げながら、このブラックコメディはなぜ古くならないのか。執筆当時の生々しい現実だった七年戦争、リスボン大地震などを記録する同時代ジャーナリズムを超えて、その非道な事実を裸眼で見ることのできない人間の普遍的弱さこそが探求されているからだろう。人は世界のすべてを、その裸の姿を知ることに耐えられるほど強くはない。現実を見たくない、現実から逃げたいという人間の本質は時代を経ても変わらない。裸眼で世界を見つめ、それでもへこたれないことがいかに困難か。ここには世相だけではなく、人間の変わらぬ「弱さ」が描かれている。

変わらぬのが人間の弱さだけならよかったのだが、悲しむべきは現実世界の非人道ぶりもそれほど変わってはいないということだ。壊れた世界が過去のものになったのかというと、あらためて言葉を失うしかない。

二十一世紀の現在も、内戦、テロ、不法拘束、異民族抑圧、人身売買は日常であり人道は踏みにじられている。内戦を逃れた難民がキャンプにあふれ、強制収容所で大量の人々が洗脳され、人身売買の犠牲者が奴隷労働の漁船から生きたまま海に放り投げられている。国際的な約束は平気で反故《ほご》にされ、ネット詐欺が横行し、独裁国家による厚顔無恥な虚偽のプロパガンダが常態化している。フェイク情報に煽動されたデジタル衆愚の暴走は制御不能だ。そして気候危機による巨大災害とパンデミックが世界を襲う。

ヴォルテールの著作を啓蒙思想という思想史上の位置づけで整理してしまい、過去の棚にしまってしまうことができない現実が今も続いている。それゆえ『カンディード』は古びることがない。この物語が古びないことを喜ぶべきか、悲しむべきか。悩ましい世界にわたしたちは住んでいる。

## マルチンという老学者

「『ああ、マルチン！（中略）この世界とはなになんだろう』（中略）『恐ろしく狂った、いまわしいなにかですよ』と、マルチンが答えた」

新大陸からの帰途、カンディード青年はマルチンという老哲学者を同行者に雇う。その時の募集要項がまた笑える。

「現在の自分の境遇にだれよりもうんざりしていて、この地方でもっとも不幸な者であること」

エルドラードで得た運びきれないほど大量の宝石を荷運びの赤い羊もろともすべてオランダ商人の船長に騙し取られたカンディードが、うつ状態の果てに告知した募集要項だった。その募集に「一つの船団にも収容できないほどの大勢の志願者が殺到した」というのもきついブラックジョークだ。

「アムステルダムのいくつかの出版社を兼ねた書店のために十年間働いた学殖豊かな哀れな学者に決めた。それ以上に嫌悪すべき職業はこの世にない、と彼は判断したのだった」

自虐ギャグ爆裂である。家族にも裏切られ、すべてを失い、このニヒリズムの極北にたどり着いたようなマルチンという知識人キャラクターのモデルは、執筆時点のヴォルテールそのひとであろう。マルチンの人柄の自虐的描写と無垢なカンディードとの対話の絶妙なリズム、苦い笑いが秀逸である。

カンディードはマルチンに訊ねる。「こうしたことすべてについてどうお考えですか。道徳上の悪と自然の悪についてあなたのご意見はいかがですか」と。自称マニ教徒マルチンの語る世界像には希望のかけらもない。だが、絶望の世界像はいちいち説得力がある。

「隣の町の破滅を願わない町はほとんど見たことがありませんし、どこかほかの家族を皆殺しにしてやろうと思わなかった家族に会ったこともありません。いたるところで弱者は、強者の目の前では這いつくばっているくせに、内心では憎んでいます。そして、強者は弱者をまるで毛や肉が売りに出される家畜の群れのように扱っています。連隊を編成した百万人の殺人者の群れがヨーロッパの端から端まで駆けめぐりながら、パンを稼ぐために規律正しく殺人と略奪を実行しています。それというのも、それ以上にまっとうな職がないからです」「ずい分と奇妙なことを見てきたので、奇妙なことなどもうなにもないのです」とまでマルチンは言い切る。

「人間はいつも嘘つきで、腹黒く、人を裏切り、恩知らずで、悪党で、意気地なしで、移り気で、卑怯で、ねたみ深く、食いしん坊で、のんだくれで、けちん坊で、野心家で、血を見たがり、根も葉もない中傷をし、放蕩者で、狂信的で、偽善者で、そのうえ間抜けだとお考えですか」と訊ねるカンディードに、マルチンは「これまで鷹はずっと性質を変えなかったのに、なぜ人間はその性質を変えたと思いたがるのです」と聞き直す。裸眼で捉えられた人類の悪徳を列挙する連音符のパッセージに暗澹としつつ、笑うしかない。

「『いったいこの世界はどんな目的で作られたのでしょう』と、カンディードは言った。／『わたしたちを激怒させるためですよ』と、マルチンは答えた」

淡々としたマルチンの語り口にヴォルテールの正直な吐露が聞こえるようである。

## 暴力の応酬を超えて

カンディード青年は世界を覆う悪に絶望しながらも、幾度も最善説に戻ろうとする。終盤近く、キュネゴンド嬢のいる終着点コンスタンチノープルに向かうトルコのガレー船の中でもまだカンディードはこんなことを言っている。

「『マルチンさん、もう一度くり返しますが、パングロス先生の言葉は正しかったのです。すべては善なのですよ』／『そう願いたいものですな』と、マルチンが言った」

そのガレー船を漕ぐ徒刑囚の中に、死んだはずのパングロス博士とキュネゴンド嬢の兄の男爵の姿を発見し再会する。彼らの死からの再生、ガレー船の漕ぎ手へ至る顛末もブラックジョークの極みだ。「絞首刑にされ、解剖され、めった打ちにされ、そのうえ漕役刑でガレー船を漕いで」もパングロス博士はおのれの最善説を捨てようとしない。「なんとなれば、要するに、わしは哲学者であるからな」と。ブラックな笑いは徹底している。
一同はコンスタンチノープルの大公家で洗濯奴隷に身を落としていたキュネゴンド嬢と再会する。キュネゴンドは「見ると、男爵の顔から血の気が引」くほど変貌していた。ヴォルテールはヒロインのキュネゴンドを「肌は日焼けしてくすみ、目は充血し、胸は丸味がなくなり、頬はしわがより、両腕の皮膚は赤くうろこのようにむけている」老いた姿で登場させる。キュネゴンドは自分が醜くなっていることを知らなかった。

カンディードは大公に身代金を払ってキュネゴンド嬢と従者の老婆を解放し、意地になって色香あせたキュネゴンドと結婚する。エルドラードで得たすべての財宝はすでに奪われたり使い果たしたりで、一文無しになっていた。一同は近くの小さな農地を手に入れ、畑を耕しながら、ヒッピー・コミューンのように暮らし始める。小さな平和が訪れたかに見えた。

だが閉塞感と退屈が彼らを襲う。

エルドラードで薄々気付いたように、世俗と隔絶した隠遁の地は退屈で人を殺す。老婆が言う。「私たちみなが味わったありとあらゆる不幸な出来事を経験するのと、それともここにいてなにもしないでいるのと、いったいどちらが耐えがたいのか知りたいものですよ」と。それに対し、「マルチンは、人間は不安による痙攣か、さもなければ倦怠の無気力状態の中で生きるように生まれついたのだ、と結論づけた」。

苛酷か退屈か。人間に安住の地はない。

一同は近くに住むイスラム教修道僧に教えを乞う。僧の答えは「沈黙することだ」だけだった。

イスラムの僧の答えは逃げをうち、どこか投げやりだ。だが、重い印象を残す。

その帰途に一行はオレンジの木立で涼をとるトルコ人の老農夫に出会う。老人は異国人たちを家に招き入れ、息子や娘たちも加わり、手作りのシャーベット、レモンの皮の砂糖漬けを入れた飲み物、オレンジ、レモン、パイナップル、ピスタチオなど自分の農地の作物や上等のモカのコーヒーでもてなす。豊かな自然の幸、思想に侵されない穏やかな日常、テクノロジーに拡張される前の身体の能力の範囲にとどまったつつましくも豊かな暮らしは一行に強い印象を与える。

一貫して略奪と破壊のイメージに覆われていた物語は、生命あふれる農園とその収穫のイメージの中で終幕を迎える。「『わたしの土地はわずか二十アルパンにすぎません』とトルコ人は答えた。『その土地を子どもたちと耕しております。労働はわたしたちから三つの大きな不幸、つまり退屈と不品行と貧乏を遠ざけてくれますからね』」。カンディードは帰り道、深く考え込む。

やがて、小さな共同体の仲間は、菓子作り、刺繍、指物など、それぞれの得意分野に従って働き始める。そして、有名な最後の一行にたどり着く。最後まで最善説を説き続けるパングロスにこう答えて、この物語は断ち切るように終わる。

「『お説ごもっともです』と、カンディードは答えた。『しかし、ぼくたちの庭を耕さなければなりません』」

切断的な終幕は、長い余韻を残す。

この最後の「庭を耕す」という言葉は労働賛美のシンボルとされ、その後のフランス革命を予言した言葉として独り歩きする。はたして、これは労働者に対する階級的賛美だったのだろうか？

それとも、小さな世界へ引きこもる遁世《とんせい》道学にしかすぎなかったのだろうか？

庭は、言葉が直接さすものよりもう少し大きく、開かれているかもしれない。カンディードの目の前の庭を耕すことは自分の力の及ぶ範囲に責任をはたすことであり、その責任は世界へつながっている。空虚な神学や、やり逃げの野蛮からの脱却の象徴が「ぼくたちの庭」ではなかろうか。神学でつじつま合わせするのではなく、現実を裸眼で見ること。誰が一番多く奪うか、ではなく、どう一人一人が自分の力の及ぶ周囲の実存的環境に責任を持ち、それを持続させるか。それが世界を持続させるのだと。

詐欺、暴力、略奪、そのあげくのやり逃げの連続が人類の歴史だったことをヴォルテールは直視した。悪は決して責任をとることなく、やり逃げで涼しい顔をしている。やられた方が間抜けなのだと言わんばかりに。エゴが愚劣な奪い合いを繰り返す現実を直視し、それでも生きていくという生のエネルギーの注ぎ先は遠い世界ではなく、自分の責任で良くも悪くもできる目の前にある「庭」の持続可能性しかない。

だが、ヴォルテールはそれで答えを得たとは思ってはいなかっただろう。答えのない宙ぶらりんのグレーゾーンに耐えながら、懐疑の苦い笑いを浮かべ続けていたのではなかろうか。苦い認識の中から希望を見いだす意思を持続するのは難しい。ヴォルテールにとってグレーゾーンに耐えるための唯一の方法は「庭を耕す」イメージよりも「笑い」と「破調」だったかもしれない。本来ならシリアスきわまりない素材。それを『カンディード』は笑い飛ばす。苛酷な現実への怒りと絶望を笑いのエネルギーに転化することで、悲惨を乗り越え、未来へ踏み出そうとする意思が立ち上がってくる。そのための方法が『カンディード』に結実したブラックユーモアであり、作品全体を覆うプログレッシブな破調の叙述スタイルだったと思えてならない。その破調には、作為のあざとさがほとんど感じられない。苦悩の中でほとんど無意識に探り当てられた自己救済の方法だったのかもしれない。

## フラップジャックを焼く

さて、全三十章お疲れさまでした。長い古典にはやはりお茶とお菓子ですね。フラップジャックを焼くことにいたしましょう。

作り方はいたって単純だ。英国の子供が最初に作り方を教わる家庭菓子という。無塩バターを小鍋で溶かし、ブラウンシュガー、ゴールデンシロップ（粗糖の糖蜜）を溶かす。そこにオーツ麦、レーズン、塩ひとつまみを入れてぐるぐると混ぜ、バットに薄く平らに流し込めばおしまい。あとはオーヴンで二十分ほど焼くだけだ。こんがり焼けてもまだ柔らかい。粗熱が取れると蜜が固まり始める。固まり切らないうちにナイフで切れ目を入れておく。

ヴォルテールはパリジャンだが、若き日、筆禍でバスティーユ監獄に投獄された後、ロンドンに事実上亡命し、数年を過ごしている。ヴォルテールは庶民的な食べ物には縁薄かったと思われるが、ロンドン時代にフラップジャックを食べる機会があったかもしれない。

伝わるところによると、ヴォルテールはコーヒーを一日五十杯も飲む（ほんとに？　ふつう、身体壊します）コーヒー愛好家だったらしい。そこまで行くと愛好家というより依存者だ。漱石のジャムを超えるかもしれない。それでも、八十歳を超える人生を全うした。となるとここはコーヒーを合わせるべきかもしれないが、そこは英国の駄菓子、やはり紅茶でいくことにした。

英国にビルダーズ・ティーという紅茶のスタイルがある。大工のお茶という意味で、ポットは使わず、大きめのマグカップに直接ティーバッグを入れて作る。そこにたっぷりのミルクとたっぷりの砂糖を入れて建築作業の疲れをいやす。味は濃い。ティーバッグは最後までカップに入れたまま、スプーンでぎゅうぎゅう押してとことん抽出する男たちも多いという。「庭を耕す」現場の疲れた身体が求めるお茶のスタイル。俺たちの毎日。いい感じだ。今回はこれでまいりましょう。ただし、フラップジャックはかなり甘いので砂糖は抜きで。

フラップジャックは冷めたらバットをひっくり返して（フラップはひっくり返すという意味）全体を取り出し、切れ目に沿って割る。キッチンに立ったまま味見する。ふむ、これは、やはり「バターおこし」ですね。

英国流おこしでビルダーズ・ティーを飲んだ。ふと見ると、今日もテレビのニュースは世界の「道徳上の悪と自然の悪」を伝え続けている。

フラップジャックもヴォルテールも、
小気味よく“壊れる”のが身上。

## 9

# 世阿弥「鵜」「頼政」とカントゥッチ

### 二度焼く

イタリア、トスカーナの焼き菓子にカントゥッチ、広くはビスコッティとも呼ばれるものがある。十五世紀ルネサンス期、嫁ぎ先のマントヴァ領を事実上統治したフェッラーラのイザベラ・デステ（一四七四～一五三九）がトスカーナの地方菓子を知り、お抱え料理人にイタリア中に広めさせたという話が伝わるが、起源は正確にはわからない。おそらく中世以前からの、ひょっとしたらローマ時代からある庶民的な焼き菓子だ。

カントゥッチとは「小さな歌《カント》」が語源らしい。ぽりっとかじるときの音を表したと伝わる。アーモンドをそのまま卵と砂糖と粉で焼き固めたもので、硬く乾いた食感を持つ。ビスコッティという通称の通り、二度（bis＝ラテン語）焼くからだ。世阿弥《ぜあみ》（一三六三頃～一四四三頃）の謡曲を読んでいると、ふとルネサンス期のビスコッティを食べたくなった。

### 処世訓から離れて

神格化された芸術に近づくのは難しい。

神殿へ至る参道を歩き、階段を上るだけで力つきてしまう。荘厳な神殿を見ただけで、作品そのものとまったく出会わなかったという喜劇も起きかねない。古典を楽しもうとするときいつも思うことなのだが、神棚から下ろすのに少々手間取ることがある。なかでも世阿弥は、かなり下ろしにくい場所に置かれている気がする。

もともとは民衆芸能であった申楽《さるがう》は室町幕府の保護を受け、やがて徳川幕府の式楽に引き上げられた。武家政権の宮廷芸能のポジションに長くあり、申楽師は宮廷楽師として権威をおびていた。それに加え、五百年の忘却の後に再発見された世阿弥が『風姿花伝《ふうしかでん》』によって芸能者を超えた受け取られ方をしはじめてからさらに近づきがたい存在になった。一九〇八年に『風姿花伝』を含む演技技術の伝書『十六部集』が発掘される。それまで世阿弥は能楽師の間でさえ忘れ去られた存在だった。『風姿花伝』は次第に自己啓発本の文脈で受け取られはじめ、「自己研鑽《けんさん》、処世術の聖典」のように扱われはじめる。

敬意のあまり、ついつい神棚に祀り上げてしまうのは人情だ。だが、天才作家とはいえ、一人の人間だった。そのことを後世の人間は忘れがちになる。

世阿弥を自己啓発の聖賢のポジションから解放したいと思う。聖と俗に引き裂かれ、達観と我執の間を揺れ動き、喜びと苦しみを等しく味わいながら矛盾のなかを何とか生き抜いた普通の人間の一人。そのつぶやきを聞き取りたい。神棚から下ろし、カフェでコーヒーでも飲みながら世間話をするようにつきあってみたいと思う。

## 平家物語という楽譜

世阿弥からビスコッティ（二度焼き）を連想したのは、運命を観じきったどこか乾いた味わいを持つ作風もさることながら、古典を「二度焼き」した作品がそのほとんどを占めることによる。世阿弥はすでに当時の人々によく知られた古典のエピソードを再構成した。なかでも世阿弥によって最も多く二度焼きされたのは平家物語である。

平家物語は世阿弥の楽譜だった。

世阿弥が活動した室町時代初期（足利義満、義持、義教《よしのり》の時代）、平曲《へいきょく》語りは京に三千人いたと伝わる。平家物語の膨大なエピソードの数々は誰もが知るパブリックドメインとなっていた。マエストロはパブリックドメインから別の宝石を作る。優れた演奏家、指揮者が数百年前に記述された記号でしかない楽譜から個性あふれるサウンドを再構築するように、世阿弥も原本のほんの数行のエピソードから新たな悲劇を作り出した。原譜を無視して別の旋律に書き換えているわけではない。多数書き残した伝書のなかで「平家の物語のままに書くべし」（『三道』）と世阿弥自身も述べている。楽譜に忠実に沿いながら徹底的な読みと解釈によって新たな美を引き出す。演奏家の態度と同じと言っていい。

世阿弥は平家物語を楽譜とした修羅能《しゅらのう》を多く残した。「鵺《ぬえ》」「頼政《よりまさ》」「実盛《さねもり》」「忠度《ただのり》」「敦盛《あつもり》」「清経《きよつね》」「八島《やしま》」が世阿弥作と伝わる。世阿弥作の修羅能を順にたどるだけでも、原典の平家物語のエッセンスに触れることができる。概要を伝えるアイの語りには平家物語の原文がほぼそのまま引用されている。

今回は「鵺」「頼政」を読み直してみた。申楽（能楽）なのだから、舞台の謡《うたい》を聞く、見る、感じるのが本来なのだけれど、機会をとらえるのは難しい。聞くものだった平曲もいつしか読むものになった。謡曲も書籍化されたテキストで読むのが現実的なアクセス、と考えて読んでいくことにいたしましょう（引用は『謡曲集』新潮日本古典集成に依った）。

## わかりにくい人、頼政

「鵺」と「頼政」。両曲とも源三位《げんざんみ》頼政《よりまさ》（一一〇四〜八〇）が主要人物として登場する。世阿弥は、なぜ二度も同じ人物を取り上げたのだろう？

頼政はわかりにくい。

頼政はカッコ悪い。

英雄ではない普通の男。運命に翻弄され、内的分裂を抱えながら迷いの中に生きたどこにでもいる人間。「鵺」「頼政」はそのような凡人の悲劇として立ち上がってくる。

生涯の事績をざっと振り返ると、頼政はどっちつかずの曖昧な人物である。

頼政は「源氏嫡々《ちゃくちゃく》の正棟《しょうとう》」摂津《せっつ》源氏の嫡系だった。保元《ほうげん》、平治《へいじ》の乱（一一五六〜五九）では、途中で平氏側につき、中央政界で生き延びた。結果的に日和見《ひよりみ》的行為で義朝の河内源氏を見捨てる形となった。

数千人の山門の大衆《だいす》（僧兵）たちが御輿《みこし》を押し立てて内裏《だいり》に強訴《ごうそ》に押し寄せたとき（一一七七）、

三百騎で防衛に出陣した頼政はとっさに馬から飛び降りて甲《かぶと》を脱ぎ戦わず、あちらの東門を小松殿（重盛《しげもり》）が固めておられるのでそちらに訴えを持って行かれては？　といきり立つ僧兵たちに勧めて矛先《ほこさき》をそらし、難を逃れる。重盛軍は三千騎と十倍の兵力で守備していた。自軍の実力を見切った合理的判断とはいえ、戦闘放棄、敵前逃亡と言われても仕方がない（『平家物語』巻第一「御輿振《みこしぶり》」）。

源氏でありながら軍事貴族として清盛政権の中に居場所を得た。だが、平氏の子弟たちが高位を占めていく中、四位以下の中途半端な地位に長くとどめられた。律令制では三位以上が公卿（国政の大臣クラス）とされる。四位と三位の違いは大きかった。たびたび自作の歌で不満を漏らし、清盛の恩情で七十四歳の老体で三位に昇進する（一一七八）。運動の果ての異例の人事だった。清盛は「頼政がいることをうっかり忘れていた」と笑ったという。

野性的な坂東武士とは異なり、都育ちで、公家的感性の持ち主だった。武人でありながら歌人願望が強かった。その点、平忠度《ただのり》に似ている。藤原俊成（藤原定家の父）と交流し、名人と目され、歌は勅撰集に多数採用された。私家集も編んでいる。

「此頼政《このよりまさの》卿は、六孫王《ろくそんおう》より以降《このかた》、源氏嫡々《ちゃくちゃく》の正棟《しょうとう》、弓箭《ゆみや》をとッて、いまだ其《その》不覚を聞かず。凡《およそ》武芸にも限らず、歌道にもすぐれたり」と御輿強訴の老僧に敬意をこめて評される（同）。

ところが、三位に昇進した翌年、突然出家し家督を譲る（一一七九）。その翌年（一一八〇）、以仁《もちひと》王《おう》の令旨《りょうじ》による平氏打倒の挙兵に参加する。平氏独裁のため皇位継承の可能性を絶たれた若き皇族の反乱だった。以仁王の同母姉は藤原定家の恋人と伝わる新三十六歌仙の一人、式子内親王《しょくしないしんのう》である。

このときも頼政は以仁王討伐に編成された平氏軍団の一員として名を連ねていた。討伐軍編成のときに至っても清盛は頼政の裏切りに気づいていなかった。八十歳近い老人の決起など誰が想像できただろう。ちなみに平氏軍団全体を統括する事実上の軍のトップ、重衡《しげひら》はこのとき二十四歳である。平氏軍団を抜け出して以仁王と合流するも、たちまち重衡、維盛《これもり》軍に敗戦。橋合戦のすえ、宇治の平等院に追い詰められ、自刃《じじん》して数え七十七歳の生涯を閉じた。ドタバタ決起による無意味な死に見える。だが、この事件を契機に歴史は加速する。源平の争乱は一気に全国に拡大し、三年後、平家は都を捨て、五年後、壇ノ浦に没し滅亡する。

念願の三位に昇進したのに、なぜその直後に平氏政権を裏切ってむちゃな反乱に加担したのか？一見、理解不能の迷走である。以仁王の令旨は頼政の教唆策謀とされるが、真実は不明のままだ。平家物語では、宗盛《むねもり》が頼政の子息の名馬の譲渡を強要したトラブルの怨恨が理由としてもっともらしく描かれている。だが戦略的曖昧さが身上の政治家がそんな子供じみたいさかいでキレるだろうか？　歌人として名をはせつつ、権力政治の中、日和見とも見えるきわどい処世で生き延び、熱心に猟官し、念願の昇進の直後、高齢の身で決起し敗死する運命。隠忍なのに軽率。器用なのに不器用。高雅にして世俗的。矛盾に満ち、実に人間臭い。

清盛、義仲、義経といった、いわゆるキャラ立ちしたメインキャラクターに比べるとバイプレイヤーと言っていいだろう。だが、頼政のすべてが中途半端だった曖昧な生涯に、決して歴史の主人公にはなれない「不発」に終わった人物に、世阿弥は無関心ではいられなかった。頼政に恰好よくは生きられない普通の人間の悲しみを見出し、それに世阿弥は耳を傾けた。

## 語りだす鵺

謡曲「鵺」は頼政の壮年の日の小さな功績に材をとっている。

毎夜黒雲とともに御殿の上空に現れ、近衛《このえ》天皇（一一三九〜五五、二歳で即位し十七歳で崩御、母は美福門院藤原得子）を恐怖で悩ました物の怪＝鵺を頼政が弓で射落とし、退治した。

鵺退治は平家物語のサイドエピソードにすぎない。源平の争乱とは直接的には無関係の逸話である。軍事貴族としての頼政の政権内ポジションを説明するのに、ほかに華々しい軍功がないからしかたなしに採用、もしくは創作した伝説とも受け取れる。謡曲「鵺」はその大胆な変奏である。

「主上《シュジョオ》夜な夜な御悩《ゴノオ》あり」「武士に仰《オオ》せて警固あるべしとて　源平両家《ゲンペイリョオカ》の兵《ツワモノ》を選《セン》ぜられけるほどに頼政を選《エラ》み出《イ》だされたり」

頼政は郎等の猪《い》の早太《はやた》を一人だけ連れて単身、紫宸殿《ししんでん》で待機した。丑《うし》の刻《こく》、「黒雲一《クロクモヒト》むら立ち来たり　御殿の上に蔽《オオ》ひたり　頼政きつと見上ぐれば　雲中《ウンチウ》に　怪しきものの姿あり」。

「矢取つてうち番《ツガ》ひ　南無八幡大菩薩《ナムハチマンダイボサツ》と　心中《シンジウ》に祈念して　よつ引《ビ》きひやうど放つ矢に　手応《テゴタ》へしてはたと当《アタ》る」

地表に落下した怪物を駆け寄った猪の早太が滅多突きに「九刀《ココノカタナ》ぞ刺《サ》いたりける」ところ、闇から浮かび上がった化け物の死体は「頭《カシラ》は猿尾《サルオ》はくちなは（注：蛇）足手《アシテ》は虎のごとくにて　鳴く声鵺《ヌエ》に似たりけり　恐ろしなんども　おろかなる形《カタチ》なりけり」。

近衛天皇の御悩は平癒し、褒美として獅子王《ししおう》という御剣を下される。宇治左大臣藤原頼長から御剣を手渡され、かしこまって殿上から階《きざはし》を降りる途中、郭公《かっこう》が頭上を鳴き過ぎた。即興で宇治の大臣が「ほととぎす　名をも雲居《クモイ》に上《ア》ぐるかな」と詠むと、「頼政　右の膝をついて　左の袖《ソデ》を広げ月を少し目にかけて　弓張月《ユミハリヅキ》の　いるにまかせて」と下句をつけた。化け物の死体は空舟《うつおぶね》に乗せて封印し、川に流し去られた。

御剣獅子王と伝わる刀剣は現在、上野の国立博物館に展示されている。

一見シンプルな武勲譚に見える。実際は権謀術数《けんぼうじゅつすう》うずまく宮廷のなかでの出来事だった。御剣を手渡した藤原頼長は悪左府《あくさふ》の異名を持つやり手だった。近衛天皇が十二歳で元服した年、養女多子《まさるこ》十一歳を入内させ皇后としていた。頼長の養父である関白忠通も競うように同じ年に養女呈子《ていし》二十歳を送り込み後継天皇を巡って対立。権力闘争のさなかにあった。病弱だった近衛天皇はほどなく崩御。後継天皇擁立を巡る保元、平治の乱に突入する。鵺退治はその直前の小さな出来事である。

平家物語では、頼政一生の会心事として描かれる。

世阿弥はこのエピソードにまったく別の光を当てた。

射落とされ、滅多切りに斬殺された鵺の亡心《ぼうしん》（霊）を主人公にした。主客が逆転し、死した鵺の霊が語りだす。人間の英雄から化け物へ。勝者から敗者へ。視点の逆転は意表をつく。

## 夢幻能という発明

「鵺」は、複式夢《む》幻能《げんのう》の定型どおり、ワキの「諸国一見《ショコクイッケン》の僧」が熊野を経て京に上る途中、芦屋の里に到着するところから始まる。

夜更けの浦に「舟の形《カタチ》はありながら　ただ埋れ木《ンモギ》のごとくなるに　乗る人影もさだかなら」ない空舟《うつおぶね》が現れる。塩焼きの里人の言によると「不思議なる舟人《フナビト》の　よるよる来《キ》たる」という。「なにと申せども人間《ニンゲン》とは見えず候　いかなる者ぞ名を名乗り候へ」と僧が舟人に問うと「頼政が矢先《ヤサキ》にかかり命《メイ》を失《ウシナ》ひし　鵺《ヌエ》と申しし者の亡心《ボオシン》にて候」と正体を告白する。「その時のありさま委《クワ》しく語つて聞かせ申し候ふべし　跡《アト》を弔《ト》うて給はり候へ」と僧に鎮魂を依頼し、シテの鵺の亡霊が、殺された側の視点から頼政鵺退治の始末を語りだす。

幽霊が語る。

複式夢幻能をわかりやすく言うと、生者とオバケが対話する芝居ということだ。複式とは前場《まえば》後《のち》場《ば》の二場に分かれ、現世と冥界、現在と過去が交錯する時空のパラレル構造のことを指す。

オバケが主役といっても、恐怖を楽しむホラーではない。執心を語る霊の言葉は哀しい。冥界の冷え冷えとした闇と空気は美しい。夢幻能を見終えた者は、いったん死者の国に触れることで、かえって乾いた明るさに帰還する感覚に包まれる。死者との対話には生きる側の魂の浄化作用があると見抜いた世阿弥の発明である。それは、万人の内面に秘された言葉にならない無念の思いを慰撫し、美に昇華するフレームの発明でもあった。

### たくまざるサブカルチャー

夢幻能という魂鎮《たましず》めの劇。この死者との対話劇は、「顕幽二界の交通が繁く」（柳田国男『先祖の話』より）あった日本古来の死生観、自然観とも深く結びついていたため、素直に受け入れられたものと思われる。中世の人々は誰もこれをファンタジーとは思わなかったかもしれない。「日本人の多数が、もとは死後の世界を近く親しく、何かその消息に通じているような気持を抱いていた」「死してもこの国の中に、霊は留まって遠くへは行かぬと思った」時代（同『先祖の話』）。霊、怨霊とともに生きた人々の感覚。柳田国男は日本古来のこの感性を先祖教と呼んだ。

これらの信条はいずれも重大なものだったが、空気のような感受性であったため集団宗教の経典のように言語化されることは一度もなく、人も互いにその感性の一致を確かめることもしなかったと柳田は言う。この古代からの民衆のコモンセンスは、今もわたしたちの無意識の底に深く沈んでいる。

世阿弥の当時、魂の浄化を求めて仏に祈り、仏との出会いを希求するのが外来文化によって文明化された上層知識人のエスタブリッシュメントカルチャーであったとすれば、身近な死者と親しく出会いなおし鎮める物語は、無意識のうちに発露した古代からの民衆のサブカルチャーだったといえるかもしれない。

## 鵺の正体

鵺退治。これが頼政一生の会心事だったのだろうか。

平家物語の原本では「此人《この》一期《いちご》の高名とおぼえし事は」（『平家物語』巻第四「鵼《ぬえ》」）と紹介される。

華々しい合戦ではない。飾らず言えば害獣駆除だ。公家に奉仕するサーヴァントとしての武家のポジションをあらためて自覚させる小粒な便利屋仕事である。病弱繊細な少年天皇のノイローゼにすぎないと頼政は内心思っていただろう。宮廷内権力闘争の絡んだ一芝居の匂いもする。

「頼政申けるは、『昔より朝家《ちょうか》に武士をおかるゝ事は、逆反《ぎゃくほん》の物をしりぞけ、違勅の物をほろぼさんが為也《ためなり》。目にも見えぬ変化《へんげ》のものつかまつれと仰下《おおせくだ》さるゝ事、いまだ承及候《うけたまわりおよび》はず』と申ながら、勅定《ちょくじょう》なれば召しに応じて参内《さんだい》す」（同）

「勅定なれば」とは、命令だからやりました、というニュアンスだ。自ら手を挙げて化け物退治をしたわけではない。どちらかというと引き受けたくなかった気配が濃い。公卿詮議の結果、源氏の嫡系だからという理由だけで指名されて、仕方なしに弓を取り、武家のリーダーのメンツを保ったにすぎなかったのではないか。

物の怪退治という小さな武功は、日和見、不遇、激発、自滅という汚名も負いがちな、どっちつかずの曖昧な人生を対比的に思い出させる。世阿弥が演じた当時、この曲を聴いた観客は頼政の日和見的世渡りから暴発自裁へ至る不発の生涯を、平曲語りを通じて常識として知っていた。

頼政は「源氏嫡々の正棟」摂津源氏の嫡系としてイエのサバイバルの責任を負った男だった。イエの保持のため本人はさまざまをのみ込み、こらえ続けたはずだ。だが、頼政のどの行為も、生涯を通じてはた目には情勢を見極めながら世間を泳ぐ日和見的態度にしか見えなかっただろう。頼政の背負った宿命とそれゆえの曖昧な人生を知る視点から見るとき、鵺退治は単純なヒーロー譚で済まない色彩をおびてくる。

もとの平家物語にも、謡曲にも、鵺が何者かという合理的説明は何もない。鵺は、もともとは鳥のトラツグミを指した名だった。不気味な声で夜鳴く習性を貴族から忌み嫌われた。三〇センチほどの大きさの鳥だが、夜のため鳴き声の正体が確定できず、化生《けしょう》のものというイメージに転じたらしい。やがて、鵺は得体のしれない、つかみどころのない人物の比喩となる。

闇のなか、灯火に浮かび上がる化け物の無残な斬殺死体。異なる種の動物のパーツを寄せ集めた非現実的な姿は、鵺が現実の動物ではなく何事かのアレゴリーであることを示していると考えていいだろう。通常、害獣駆除は捕獲の包囲網を作るため多人数のチームで行う。ところが、頼政は従者一人連れたのみで討伐部隊を編成せず、頼政一人と鵺が一対一で鏡のように対峙する構図となっている。これも不自然で寓意的だ。頼政は闇夜に飛来する黒雲を、ただ一人、弓をつがえて見上げる。きりきりと引き絞られる弦の音を耳元に聞きながら、雲のなかに頼政は何を見ただろう。

鵺は頼政自身ではなかったか。

歌人と軍事政治家、プライドと卑屈、栄耀と屈辱、勇気と保身、強さと弱さ、攻めと逃避、両極の間で揺れ、迷い、不徹底に生きた自分。生き残るために押し殺し、封印した何事か。頼政が射落とし、空舟《うつおぶね》で流し去ったのは、ほかならぬそんな自分自身ではなかったか。見たくなかった自分自身の姿ではなかったか。そう考えれば、頼長が「名をも雲居に上ぐるかな」と称賛する上の句に対し、すかさず「弓張月の　いるにまかせて」と付け句を詠んだときの芝居がかったポーズが痛々しい。謡曲「鵺」は孤独な魂のドラマである。

### 埋もれ木

鵺は頼政。筆者個人の印象にすぎず、勝手な誤読かもしれない。世阿弥作品には勝手な読みを誘う簡潔と抑制がある。その雅量は古典として生き残る作品が等しく持つものだ。

頼政の内面は「鵺」のなかでは一言も語られない。だが、もう一つの曲「頼政」では以仁王の乱に加担し、橋合戦をへて宇治平等院で「ただ一筋《ヒトスジ》に老武者《ロオムシャ》の　これまでと思ひて」自害する顛末を亡霊となった頼政自身が「今はなにをか包むべき　これは源三位《ゲンザンミ》頼政《ヨリマサ》　執心《シウシン》の波に浮き沈む　因果のありさま現はすなり」と旅の僧にわが身の無念を語る。

「埋《ンモ》れ木《ギ》の　花《ハナ》咲くことも無かりしに　みのなる果《ハ》ては　あはれなりけり」（『平家物語』では「みのなる果てぞかなしかりける」）

自刃の前に軍扇に記したとされる有名な辞世の句は、ながらく押し殺し続けた心情を語って余りある。自刃の場所は今も平等院境内に「扇の芝」として保存されている。首は宇治川深く沈めて隠され、亡骸は敵の凌辱《りょうじょく》を避けるべく猪の早太が運び出し葬った。

本質は育ちの良い芸術志向のシティボーイだったのだと思う。義仲、頼朝の野育ちの太さは頼政にはない。マルチにそつなくこなす文武両道の才人だった。だが、どの道も一途に極める立場には立てなかった。どっちつかずの不完全燃焼感を本人は抱え続けただろう。生き延びるための無意識のバランス感覚。そつのない人生。それが、ある時点で限界を迎えた。それは猟官運動の果てに七十四歳の高齢でようやく三位に昇進し、公卿の地位に列したときではなかったか。

以下は想像である。大臣、参議たちが集まる廟堂の末席に初めて座り、集まった男たちの顔を見たとき、おそらく頼政は思った。

なんだこれは、と。

おごりと猜疑心を練り混ぜたような顔の男たちが、互いの顔色をうかがいながらすまして座っている。

その顔、顔、顔。

お前はこんなことのために屈辱に耐え、恥を忍び、自分を押し殺してきたのか。

命じられるままにただ雲の中を射て虚名を挙げた。それがどうした。乱の中、ぎりぎりの決断で平氏について家を守った。それがどうした。大衆《だいす》の強訴の矛先を機転でそらし破滅を逃れた。それがどうした。歌を歌壇の権威に売り込んで、勅撰集にも入れた。それがどうした。清盛に頭低く嘆願し続けて三位に昇進し公卿に列した。それがどうした。源三位頼政。いったい、それがどうしたというのだ。気が付けば、七十四歳の老体。人生の時間はもういくばくも残っていない。

頼政の胸の空洞の中で何が動いたか。闇の中、鵺が長い尾をはねて鳴いている。どんなときも、事あるごとに自分は鵺を空舟《うつおぶね》に押し込めて川に流してきたのかもしれない。

「うつおぶね」はわが胸か。

反乱に参加し自刃するのは二年後のことである。

謡曲「鵺」の終幕、シテの演じる鵺の亡霊は頼政が御剣を受け取るさまを頼政に成り代わってその身振りとともに演じる。

「頼政　右の膝をついて　左の袖を広げ　月を少し目にかけて　弓張月の　いるにまかせてと」

鵺が舞台でそのポーズをとったとき、鵺と頼政はシテの動作の中で瞬時にオーバーラップされ一体化する。

「つかまつり御剣《ギョケン》を賜《タマ》はり　御前《ゴゼン》を罷《マカ》り帰れば　頼政は名を上げて　われは　名を流す空舟《ウツオブネ》に押し入れられて」大川を流れていく。

そして、最後の詞章が、冷えに冷えた凄美《せいび》で聞き手をノックアウトする。

「月日《ツキヒ》も見えず暗《クラ》きより　暗き道にぞ入りにける　遥《ハル》かに照らせ山の端《ハ》の　遥かに照らせ　山の端の月とともに　海月《カイゲツ》も入《イ》りにけり　海月とともに入りにけり」

「暗きより暗き道にぞ……」は『拾遺集』（一〇〇二）に採られた和泉式部の歌からの引用である。世阿弥の時代からおよそ四百年前の作品で、さらにさかのぼれば法華経の経文に行きつく。同じ言葉に過去の感情の物語が重なり、響きあう。当時、能を見た人々は、この謡を、時を超えたフーガのように聞いただろう。

## ものまねと聞き取り

権力者は酒席から酔った声で世阿弥に命じただろう。「さるがうつかまつれ」と。

少年期には美童として足利義満（一三五八～一四〇八）の稚児《ちご》の役目をつとめ、最下層身分ながら足利将軍家の御用芸人として、ぎりぎりの緊張感の中で世を渡っていた世阿弥は頼政に自らを重ねなかったろうか。権力の間近にいた芸術志向の男。きわどい処世で生き延びた男。屈辱に耐え、矛盾に耐え続けた男として。おのれの不遇の晩年を漠と予感しながら。

「暗きより　暗き道にぞ入りにける」

一見、人生を失敗なく安全に歩んできたように見えるすべての人の胸の奥深くにこのつぶやきがうずもれているのかもしれない。

世阿弥は、死者の霊の執心を通りがかりの旅の僧が聞き取り慰撫するという物語構造を発明し、複式夢幻能という美の型に高めた。なぜこの無縁の者が「黙って聞く」という構造を型として繰り返したのだろうか。

世阿弥は芸論（『風姿花伝』第二「物学条々《ものまねのじょうじょう》」）で「ものまね」の大切さとその要点をあらゆる対象ごとに事細かく論じている。キャラクターづくりの上でどのような動作が必要かという、後進の役者に対するきわめて具体的な指導である。そこで語られているのは、一見、冷徹な人間観察と残酷なリアルコピーの技術のようでありながら、その本質は徹底的に当事者の立場になりきる共感共苦の姿勢だ。世阿弥の言うものまねとは他者に共感し寄り添うこと、おもいやることではなかったろうか。

おもいやる、とは思いを遣ることだ。

相手の内面におのれを派遣し体験を共有すること。そのずば抜けた共感共苦の能力の高さが世阿弥に夢幻能を作らせ続けたのだろう。世阿弥は権力世界の住人を描きながら、敗者の立場に心を寄せた。はた目には英雄に見えるものの内側の苦悩に寄り添った。権力に翻弄され、蹂躙《じゅうりん》され、それでもなお権力世界に執着する人間の視点に立ち続けた。

ただ黙って聞き取るという旅の僧の姿勢は心理療法のセラピストの態度に通じる。告白者に対して聞き手は何も評しないし、助言もしない。決して手を取っていっしょに泣いたりしない。ただ耳を傾ける。ワキの「諸国一見の僧」は地謡《じうたい》の横、右舞台袖でじっと座っているだけだ。

なんとか運命を受容しようと苦闘するシテの語る精神的苦痛。運命は、誰しもただ耐えるしかない。語り手の痛みをしっかり受け止めながら、沈黙するワキ。べたべたしない、突き放したやさしさ。夢幻能に怨恨や感傷から距離を置いたクールでハードボイルドな後味が残る秘密は、この黙って「運命の受容」を聞き取るという構造にあるようだ。

何かに似ている。夢幻能は、実はハードボイルド小説に少し似ている。フィリップ・マーロウと旅の僧の距離はそれほど離れてはいない。

## ハードボイルドな甘み

さて、死者の世界から現世に戻り、甘いものでお茶にいたしましょう。

カントゥッチ、通称ビスコッティはまるのままのアーモンドと松の実を粉、重曹、砂糖、卵で練って焼いただけの焼き菓子だ。バターなどの油脂は入れない。大きなナマコの形に整えた生地をオーヴンで一度焼く。焼き上がった塊《かたまり》を、端から切り餅ぐらいの厚さに切り分けていく。切り口を上にして天板に並べ、再びオーヴンで焼く。二度の加熱でからりと乾いたカントゥッチが焼き上がる。

スパッと切られたアーモンドの断面が鮮やかだ。焼き上がりは固く、嚙んでも簡単には割れない。男性的でハードボイルド。イタリアではカプチーノなどの飲み物に浸して柔らかくしてから食べる習慣がある。観阿弥、世阿弥のルーツは伊賀という説があり、伊賀には忍者の携帯保存食として有名な堅焼きせんべいがある。日本のカントゥッチと言ってもよいかもしれない。

世阿弥とカントゥッチの連想は、おもにその乾いた味わいが誘うものだが、室町時代とイタリア・ルネサンス期の共時性と同質性も同じ連想を誘う。十四世紀から十五世紀にかけて、絶えざる内戦の中、その後の日欧の文化を決定づける新たな文化が一斉に花開いた。コジモ・デ・メディチ（一三八九〜一四六四）は世阿弥より二十歳ほど下の世代の、ほぼ同時代の人である。

頼政自刃の地、平等院のある宇治は銘茶の産地として今も高名だ。頼政の生きた平安末期は、茶はまだ一般に栽培されていなかった。宇治の茶園を本格的に保護育成したのは足利義満と伝わる。義満は世阿弥と日本の緑茶文化を育てたことになる。パトロンとして、文化史上はたした役割の大きさはフィレンツェのコジモに引けを取らない。

連想が連想を呼び、カントゥッチはカプチーノではなく、宇治の煎茶でいただくことにした。頼政と世阿弥。さて、耐え続けた男たちにもお茶とケーキの時間はあったろうか。

イタリア・ルネサンス期からの焼き菓子カントゥッチ。
乾いた味は、どこか世阿弥を連想させる。

# 10 エミリー・ブロンテ『嵐が丘』とジンジャーパーキン



## 生姜と呪術

欧州全域で生姜を使った焼き菓子は多い。

ヨーロッパは生姜の栽培に適さず、中世では胡椒と同様に貴重品で、五百グラムほどがひつじ一頭と交換されていたという。新大陸発見後は西インド諸島で栽培され消費量が増えた。やがて、ジンジャークッキーはクリスマスの飾りつけに欠かせないものとなる。ドイツのレープクーヘン、英国各地のフェアリングと呼ばれるジンジャービスケットなど生姜味の菓子は季節の歳事に焼かれることが多い。どれも庶民的で親しみやすい焼き菓子だが、どこか世界宗教以前の土俗的な呪術性をたたえる。

ジンジャーパーキンはガイ・フォークスデイ（一六〇五年十一月五日の議事堂爆弾テロ未遂事件を記念する祭り）に焼かれるヨークシャー地方の名物である。歴史的テロ未遂の日を記念するお祭りとお菓子があるとは驚きだが、もともとは冬の到来を表す古代ケルトの祭りで、焚き火を焚いて太陽の復活を祈った行事が習合したらしい。

なぜ歳事の菓子に生姜が使われるのだろうか。さわやかな刺激に霊力を感じ、魔除け、厄除けの効果を期待されたのかもしれない。アジア、日本では生姜を日常の料理に多用するが、西洋ではお菓子に生姜を使っても、料理にはあまり使われない。料理文化史上の謎である。

小説『嵐が丘』は西ヨークシャーを舞台とする。起伏にとんだ荒地がはてしなく広がる丘陵地帯だ。薄い表土と砂にヘザー（エリカ属の常緑低木、ピンクパープル色の小さな釣鐘状の花を咲かせる）が生い茂るだけで、耕作や牧畜には適さない。人口密度は低く、文明の匂いが絶えた無人の荒野に砂交じりの風が吹きすさぶ。霊気漂う原始の風景。そんな荒涼の地を舞台にした『嵐が丘』を読むうちに思い浮かんできたのは、やはり霊力を秘めた生姜味の焼き菓子だった。

## 歴史的名訳タイトル

エミリー・ブロンテ（一八一八〜四八）作『嵐が丘』*Wuthering Heights* を十年ぶりに読み直した（河島弘美訳、岩波文庫）。

日本語に移しにくいタイトルだ。とくに、wuthering という単語はこの作品以外ではあまり目にしない。ケンブリッジ辞書によると、非常に強い風が吹く様子や場所を示す擬音形容詞とされる。もともとはヴァイキングが使った古代スカンジナビア語、古いノルウェイ語だったらしい。

これがもし「嵐が丘」という訳（斎藤勇訳）を得ていなかったら、ここまで日本で読まれただろうか？「吹きさらし高地」とか「北風館」ではお話にならない。小説中では地名ではなく、主人公ヒースクリフの屋敷の名前として紹介される。玄関の扉に一五〇〇年の定礎の数字が刻まれた築三百年を超える古民家だ。だが、館、屋敷ではなく「丘」、と土地の広がりをイメージさせる訳にしたところが功を奏した。表題だけで詩的イマジネーションを喚起する歴史的名訳である。

## 酷評と再評価

発表当時（一八四七年）、英国では酷評、無視がほとんどだったと伝わる。幸か不幸か、発表された翌年、作者エミリー・ブロンテは三十歳の若さで没してしまう。再評価されるのに、およそ百年の時間が必要だった。

いまも毀誉褒貶《きよほうへん》さまざまらしい。ドストエフスキー『カラマーゾフの兄弟』と並び立つ世界文学の金字塔と称賛する人もいれば、少女趣味の安っぽいゴシックホラーと切り捨てる人もいる。サマセット・モームは「手際のよい小説ではない」としながらも、「偉大な詩と同様、深刻で力づよい」「生活を根底からくつがえさないではおかない経験をもつことになる」（*Books and You* 一九四〇。『読書案内』西川正身訳、岩波文庫）と評した。原文の会話の叫びあうような激越な調子、荒々しいヨークシャー方言のわかりにくさが野蛮な印象を与えるのはいなめない。エクセントリックすぎてリアリティを欠く登場人物のキャラクターも拒絶反応を引き起こしただろう。

十九世紀発表当時の酷評の最大の原因は複雑な構成にあった。未整理、未熟とされた。複数の話者が切り替わり、過去と現在が頻繁に交錯する。登場人物の世代交代と錯綜した婚姻関係、同一の名前が母子で継承されたり、同一の呼称で姓と名が入れ替わったりすることがわかりにくさに拍車をかけている。名前の継承、重複をテーマに深くかかわる作為と読み取るかどうかによって評価は分かれてくるのだが、奔放に見えてじつは精密に設計された複雑な構成は当時の小説観を超えていた。

大胆な切り替えが長い物語を飽きさせない句読点の役割をはたしている。現在と回想がシームレスに交代する映画的なカットバック編集が施されているのも当時の理解を超えていたかもしれない。映画的と言ったが、実際、たびたび映画化されている。読むと、なるほど撮りたくなるのはわかるような気がする。精密なカットバック構成は、すでに完璧に構成されたシナリオができているようなものだからだ。

いったん読み始めると、たちまち異世界に連れていかれる。読み終えて戻ってきたときには、以前の自分には戻れない。常識の外套を吹き飛ばされ、忘れていた人間の古層を呼び覚まされるような体験。そんな嵐のような体験を読者に与える作品ではないだろうか。

## 夢幻能に通じる構成

舞台となった風土の特異性もさることながら、異世界に連れていかれる感覚を生むうえで大きな役割をはたしているのは、「事件の聞き取り」という小説の基本構造そのものだろう。外部から来た旅人の「ぼく」が、自分とは無縁の世界で起こった近過去の物語を他者が語る目撃譚、追想として聞き取るという、あらかじめ対象から距離をおいた構造である。

主な語り手は家政婦ネリー・ディーンだ。まさに「家政婦は見た」のである。家政婦の語りを旅人ロックウッド氏が聞く。そのロックウッド氏の話を読者がさらに聞くという二重の伝聞が基本構造となる。つまり、読者は何重もの覆いを通して、この世ならぬ異世界の伝説を聞く立場に立つ。異世界の物語の登場人物のほとんどはすでに死者となっており、最後には「ぼく」が直接接した主要人物も死の世界へ去ってしまう。生の世界に取り残された聞き手（読者も）は、ただ呆然と立ち尽くす。

聞き手の旅人が最初に登場し、当惑したまま死者たちの霊（ここでは日記や手紙）とその目撃者の物語を聞くという構成は、世阿弥が開発した夢幻能の構成にきわめて近い。世阿弥は過去と現在、現実と幻想が交錯する幽玄の美を追い求めた。夢幻能の美の世界に通ずる荒涼たる凄愴《せいそう》の美が、同様の構成を持つ『嵐が丘』からも立ち上がっている。夢幻能の冒頭に名乗りを上げるお定まりの「諸国一見の僧」に相当するのがロックウッド氏だ。

## 文明の衣をはぎ取る力

物語は一八〇一年に都市遊民ロックウッド氏が人里離れたイングランド北部、ヨークシャー地方を訪れるところから始まる。

ロンドンの喧騒を離れて隠遁できる屋敷、スラッシュクロス屋敷を借りようと大家のいる嵐が丘を訪ね、家主のヒースクリフと出会う。

ロックウッド氏は、お人よしなのだが、少々おめでたい、裕福なうぬぼれ屋のシティボーイという性格設定になっている。自分は異性にモテるタイプだとひそかにうぬぼれていたりする。美しき土地、人間嫌いのための完璧な天国という冒頭のロックウッド氏のヨークシャー評は、上から目線で田舎を見下す皮肉である。ロックウッド氏が意図的に「薄っぺらな」人物として設計され、都市、現代文明（十九世紀当時のモダン）を体現するキャラクターとして戯画化されていることに注意すべきだろう。

「ぼくの属しているのはここじゃない。ぼくは忙しい都会の人間で、都会に戻って行かねばならない身ですからね」。その現代文明側にいる人物が、文明と隔絶された土地の驚くべき人々と出会い、驚くべき物語を聞き取っていく。

都市と荒野の出会いの物語。

この小説全体を形作る大きなフレームはそういうものだ。嵐が丘とスラッシュクロス屋敷、荒野に建つ二つの古民家の住民の間の葛藤に物語が集中しているため見えにくくなっているが、この都市生活者感覚という新しい時代の常識が、人里離れた北方の土地に揺さぶられる物語としてこの異様な小説は成り立っている。そして、ヒースクリフとキャサリンの物語は、ロックウッド氏がまとっている文明の衣をはぎ取るほどすさまじいものだった。

## ヒースクリフとは誰か？

Is Mr. Heathcliff a man?「ヒースクリフさんという人は人間でしょうか？」

ヒースクリフと結婚したイザベラ・リントンが家政婦ネリーに手紙で尋ねるこの一言にこの小説の謎を解くカギが隠されている。

人間ではないなにものか。

これは比喩ではなく、イザベラ・リントンの実感ではなかったか。そう解釈すると、この小説が読み手を揺さぶっているものの正体がおぼろげながらわかってくる。『嵐が丘』は一見、閉ざされた環境に住む家族間の嫉妬、怨恨、憎悪、恋愛といった、人間関係の葛藤を描いたホームドラマの姿をとっている。しかし、次第に読者は人間関係ドラマを超えた別次元に連れ去られていく。ヒースクリフの復讐劇は通常の人間の行為としては過剰すぎる。恨み、愛憎のどろどろ、といった「人間らしい感情の発露としての行為」のレベルを超えてしまっているのだ。

リヴァプールで路上生活をしていた浮浪児が、出張中だった農園の大旦那アーンショー氏に拾われて嵐が丘に連れ帰られたところから驚異の復讐劇は始まる。「悪魔がよこしたみたいに色が黒い」「ぼろをまとった汚らしい、黒い髪の」浮浪児は、アーンショー氏によってヒースクリフと命名される。幼くして亡くした息子の名だった。なんという名だろう。Heath 荒野、cliff 崖。「荒野の崖」という名の男の子。この名がすでにヒースクリフのポジションを暗示しているといっていい。

アーンショー家には十四歳の兄ヒンドリーと五歳の妹キャサリンの二人兄妹がいた。浮浪児ヒースクリフは年齢不詳だがキャサリンと同い年ほどだ。キャサリンとの運命的な愛、ヒースクリフ少年を奴隷として虐待するヒンドリーとの宿命的な敵対の始まりだった。

古く粗野な気風を残す荘園主アーンショー家と、キャサリンが嫁ぐことになる上品で文明的なリントン家。対照的な両家を破滅させるヒースクリフの三世代にわたる長く、悪魔的なまでに徹底的な復讐が全編を貫くメインストーリーとなる。幼少時からの差別と虐待と恋人の裏切りへの恨みを晴らすどろどろの感情劇。一見するとよくある愛憎ホームドラマに見えてしまうのだが、制御不能の徹底した破壊は人間の常識の枠を突破していく。洪水のようにすべてを押し流してしまうヒースクリフの復讐は、人間の理性を超えたなにものかの奔流を感じさせずにはおかない。

「ヒースクリフさんという人は人間でしょうか?」

答えは、おそらくノーだ。

人間を超えているのはヒースクリフだけではない。運命の恋人キャサリンのエクセントリックな性格も常識を逸脱したレベルだ。その激情は人間離れしている。キャサリンは野人ヒースクリフと文明人の夫エドガー・リントンの間で引き裂かれ、正気を失い、死んでからも霊となって二十年近く屋敷の周囲をさまよい続ける。

ヒースクリフは人間か? キャサリンは人間か? という問いが頭をもたげたとき、ようやく二人が目に見えない何事かのメタファーとして読者の無意識の扉をこじ開け始める。ヒースクリフが徹底的に破壊しようとしたものは何だったのだろう? そして、ヒースクリフがキャサリンに、キャサリンがヒースクリフに狂おしいまでに求めたものは何だったのだろう?

### 自然と文明の相克

普段、良識が抑圧している差別、嫉妬、憎悪、執着、復讐心。通常の社会生活では露出が禁じられている激情に触れることによるカタルシス。この小説は、悪漢小説が提供する代償的なモラル破壊の快の文脈で受け止めることはできる。だが、読後残る、見てはいけないものを見てしまったような不穏な感覚は何なのだろう。そして、不穏に襲われながら、同時にどこか故郷に帰ったような安堵に似た感覚を覚えるのはなぜなのか。治りかけの傷のかさぶたをむりやりはがし、まだぬれた再生途中の皮膚を露出させてしまったときのような、後悔と喜びに同時に襲われるひりひりした感覚。これはいったい何なのだろう。

内なる生命の古層が露出する。

われわれ読み手を深層から揺さぶっているのは、そういう体験ではないだろうか。はがされたかさぶたは、おそらく、本来の皮膚に代わって人類の新たな皮膚となった技術革新と啓蒙思想という近代文明だ。

物語の舞台となった時代、実際に小説が出版された年代にあらためて注目してみたい。

小説の設定は、一八〇一年。そのときヒースクリフは四十歳前後、つまり一七六〇年代生まれということになる。『嵐が丘』が出版されたのは一八四七年。ヴィクトリア朝（一八三七〜一九〇一）の初期である。つまり、ヒースクリフが生まれ、作品が出版された時代はぴったり産業革命期に重なる。

産業革命は一七六〇〜一八三〇年ごろに漸進的に進展、成熟した。一七六九年ジェームズ・ワットにより新方式の蒸気機関が発明される。一七八五年蒸気機関を動力としたカートライト織機が開発され、生産性が加速度的に向上した。一八一一〜一二年、失業を恐れた労働者たちが自動織機を破壊するラッダイト運動が猛威を振るう。一八〇四年蒸気機関車が発明され、一八三〇年リヴァプール・マンチェスター鉄道が世界初の商業鉄道として開業。『嵐が丘』の作者が亡くなった一八四八年、奇しくも美術界ではロセッティ、ハント、ミレイがラファエル前派兄弟団を結成する。近代美術規範を否定し、幽玄な中世、初期ルネサンス美術へ回帰する運動だった。翌一八四九年、ディケンズは産業革命の結果生まれた近代都市と市民生活の記録とも言える『デイヴィッド・コパーフィールド』の連載を始める。

小説の登場人物が生まれたころに産業革命は始まり、小説が出版されるころにはそれ以前の自然経済の世界を一掃した。人間社会はそれ以前に得られなかった利便と富を得た。そして、何か大きなものを失った。そんな文明の根底的変化の中から生まれた、人間の内なる古層の反逆の寓話。『嵐が丘』はそんな物語として理解できるかもしれない。

おそらく、意図されたテーマではないだろう。無意識が作為を超えた力を与え、作者自身も想像しなかった地層まで筆が到達したのだ。

作者エミリー・ブロンテは、高い教育を受けた近代人だったが、生まれ育ったヨークシャーを生涯離れなかった。生まれ育った風土への愛がなければこのような物語は生まれない。

子供時代のヒースクリフとキャサリンは原始の子として嬉々として荒野を駆け巡る。荒野の子供たちは文明のモラルから逃走し、始原の世界に回帰しようとする。文明の常識は二人には通用しない。二人の姿にわたしたちは嫉妬する。そして、破滅しかない二人の関係に、決してかつての世界に戻ることのできない文明人の悲しみを直感する。失われた世界が二人の激情に形象されているからだ。文明によって覆い隠された、人間がもともといた場所。二人はそれを象徴する精霊なのだ。小説『嵐が丘』が時代を超えて人間の郷愁を揺さぶり続ける理由はそのへんにありそうだ。

読者は、自然存在としての自分と、文明存在としての自分の内なる分裂をあらためてつきつけられる。見てはいけないものを見た、考えてはいけないことを考えたような当惑は、近代以降に生きる誰もが抱えるその矛盾から来るのかもしれない。始原と文明の相克。それは人間だけが持つ宿命であり、正邪の判断の対象ではない。技術の進化は止められない。

いま、次世代大容量通信網と深層学習機能を得たＡＩと遺伝子編集が人間社会に根底的変化をもたらしつつある。その技術が人間の生の感覚に与える変化は十八、十九世紀の産業革命のインパクトをはるかに超えるといわれている。いま、自然は気候危機とパンデミックという返答を文明に与えつつある。それらの新しい技術に自然はどのような返答をもたらすだろうか。その答えがどうあれ、人間が自然から遊離していけばいくほど『嵐が丘』の原始的衝迫力は新たな生命を獲得し、不滅の輝きを増していくことだろう。

## 原子の結合

I am Heathcliff ――（中略）not as a pleasure,（中略）as my own being ――「わたしはヒースクリフなの」。キャサリン・アーンショーが家政婦ネリー・ディーンに告白する言葉だ。

結婚前にヒースクリフとエドガーの間で揺れる苦悩を告白するときに、自分とヒースクリフの関係をキャサリンはこう説明した。I am Heathcliff と。喜びの次元を越えて、自分という存在そのものなのだ、と。文学史に残る究極の愛の言葉だろう。なんと深い洞察に満ちた愛の言葉か、と感動すると同時に、自我の自立性を揺さぶられるような恐怖を覚える言葉でもある。

子供時代、ヒースクリフと野原を駆け巡り、野生を謳歌していたキャサリン・アーンショーは、知的で文明的ライフスタイルを持つリントン家の貴公子エドガーにあこがれ、結婚を決意する。ヒースクリフは養父アーンショー氏の死後、実子の長男ヒンドリーによって下男の立場に落とされ虐待されていた。奴隷と結ばれることはできない。ヒースクリフを愛しながらも、キャサリンは現実的判断をする。だが、自然から文明への移行を暗示するエドガーとの結婚には、やはり矛盾と苦痛があった。

かたや、ヒースクリフもキャサリンを失った苦しみを家政婦ネリーにだけは隠さない。その言葉の激越さも通常の人間感情を超えている。

「キャサリン・アーンショーよ、おれがこうして生きている限り、安らかに眠ることのないように！（中略）いつもそばにいてくれ。どんな姿形でもいい。おれの気を狂わせてくれ。（中略）おれの命なしで生きるなんてできない。おれの魂なしで生きるなんて無理だ」「キャサリンに結びつかないようなもの、キャサリンを思い出させないものなんか、おれには一つもない（中略）一つ一つの雲、一本一本の木に。夜は大気いっぱいに、（中略）この世はすべて、かつてキャサリンが生きていたことと、おれがあいつを失ったことを記したメモの、膨大《ぼうだい》な集積だ！」

通常、恋愛は地域と時代の文化の枠組みのなかで、一定の手順と落としどころを持つ。恋も共同体の文化の一つだ。だが、二人の場合は違う。文化としての恋愛感情を超えた巨大な力がキャサリンとヒースクリフを一つに溶け合わせようとしている。それは、不安定な原子どうしが安定を求めて電子の共有結合によって分子を形成するときの、誰にも制御できない自然現象を思わせる。水素と酸素が$H_2O$になろうとする原子と分子の原風景。二人の愛の姿には宇宙の原理をつきつけられるような衝撃がある。共感し、感情移入に浸れる人間の感情のドラマの域を超え、それをはるかにさかのぼった始原のドラマであり、それは、文明にマヒした人間の目を覚まさせる衝迫力を持つ。人間の深淵をのぞき込む恐怖とともに、始原の暗闇に堕《お》ちていくような破滅的な陶酔感が読むものを揺さぶる。

激しい。だが、どこか懐かしい。

『嵐が丘』を読むと、「陰惨なのに、ほっとする」という不思議な感覚を味わうのは筆者だけだろうか。普通、エクセントリックな人々が演じる陰惨な復讐劇をもう一度読もうという気にはならないものだ。だが、『嵐が丘』は、時がたつと、陰惨さの記憶が残っているにもかかわらずなぜかもう一度読みたくなる。その世界に帰りたくなる小説なのだ。ヒースクリフとキャサリンのわがままな狂乱に寄り添うことによって、読み手は人間がもともといた懐かしい場所に帰っていく感覚を味わう。それが、「陰惨なのに、ほっとする」「忘れたころに読みたくなる」理由ではなかろうか。

## 土から生まれ土に還っていく

登場人物が次々と死んでいく。

劇的な事故死ではない。全員の死が、花がゆっくりと枯れていくような自然死であることは注意を払われてもいい。不慮の断絶というより、定められた元の場所に帰っていくような淡々とした退場が全編を覆っていることに気づく。死が特別なものではなく、大きな秩序の中心をなしている世界。現代人が忘れているもともとの人間の自然な世界観だ。

親世代のアーンショー氏、リントン氏に続き、子供世代のフランシス（ヒンドリーの妻）、キャサリン・アーンショー、ヒンドリー・アーンショー、イザベラ・リントン、エドガー・リントンが順々に死に、孫世代の病弱なリントン・ヒースクリフ、そしてついに主人公ヒースクリフが謎の衰弱死を遂げる。明示された死者の数、なんと九人。

死者の一方で子供も次々と生まれる。ヒンドリーとフランシスの息子ヘアトン、キャサリンとエドガーの娘である二代目キャサリン、ヒースクリフとイザベラの間の遺児リントン、と三人の子供が生まれ成長していく。二代目キャサリンは、母キャサリン・アーンショーの死の二時間前に七か月の早生児としてこの世に生まれる。死が次の生を生むという自然の摂理を象徴するかのように。物語の終幕に残ったのは二代目キャサリン・リントンと、ヘアトン・アーンショーの二人だけだ。『嵐が丘』は、二つの家系の三世代にわたる世代交代の物語でもあるのだ。

物語は一八〇二年九月、美しい晩夏の荒野の風景のなか終わる。

早々にロンドンの都市生活に逃げ帰っていたロックウッド氏は、七か月後、北部地方に住む友人に誘われ、猟に出かけた。たまたま嵐が丘の近くを通りかかったため、まだ賃借契約の残るスラッシュクロス屋敷を訪れる気になる。嵐が丘に戻った家政婦ネリー・ディーンを訪ねると、ヒースクリフは三か月前に亡くなっていた。

本人の希望どおり、十八年前に亡くなったキャサリンの墓の隣に棺は埋められた。キャサリンを挟んで一年前に亡くなった夫エドガー・リントンが埋められている。ディーンさんからヒースクリフの最期の話を聞き終え、帰りに、月光に浮かぶ丘の斜面の三人が並ぶ墓をロックウッド氏が訪れるシーンで小説は長い物語を閉じる。「草の葉一枚一枚が見分けられるほどの、明るい月夜」だった。穏やかな空のもと、優しい風が夏の名残の緑を揺らし、時間は止まることなく流れている。丘の上から眺める月夜の荒野の風景は何も変わっていない。命が新しい世代に入れ替わっただけだった。

土から生まれ、土に還っていく。

原文の末尾の文章が美しい。

——wondered how any one could ever imagine unquiet slumbers, for the sleepers in that quiet earth.

あの静かなる大地に眠る人々の、静かならざるまどろみをいったい誰が想像できただろうか（拙訳）。宇宙の秩序の感覚が、人間の感情の嵐を鎮めていく。

## バルテュスとエミリー・ブロンテ

『嵐が丘』の衝撃から自分の芸術を出発させた画家がいた。

バルテュス（一九〇八〜二〇〇一）だ。

二十代前半のバルテュスはヨークシャーを旅する。当時、ベルンの名家の令嬢アントワネット・ド・ヴァトヴィルに苦しい恋をし、『嵐が丘』を耽読していた。荒涼とした風景の美しさに魅了された若者は、その土地を舞台にした『嵐が丘』の挿絵を描く。

インクとペンで描かれたモノクロームの連作だ。一九三五年にパリのシュルレアリスム雑誌『ミノトール』に発表された。バルテュスはその挿絵に「多くのものを込めたい」と述べ、「僕たち自身の心の奥底に隠されているすべて、卑劣な偽善の厚い皮を剝ぎ取った、人間のあらゆる本質的な要素のイメージ。人間がなお偉大であることができるなら、このようであろうという、人間の総合的な絵画」を目指したと書き残している（二〇一四年『バルテュス展図録』より）。

十四作の連作は、バルテュスの生涯の画業のエッセンスのすべてが内包された作品となった。画家は、その後この挿絵の変奏曲とも言える大作を次々と生みだしていく。その時から数えて、およそ百年前に書かれた小説が二十世紀最後の巨匠と称賛される画家を生んだ。

古典が古典を生んでいく風景である。当初、特異な前衛作家と見なされたバルテュスの素顔は古典主義者だった。十代後半にイタリアを旅し、ピエロ・デッラ・フランチェスカ（一四一二～九二）の模写から画業をスタートした。近代を懐疑するラファエル前派の画家たちと同じ感受性から出発していたことが、バルテュスを『嵐が丘』に引き寄せたとも言えそうだ。

バルテュスは八十歳を超えるまで実り多い仕事を続けた。そのバルテュスの画業を導いた『嵐が丘』の作者エミリー・ブロンテの人生は短い。三十年の生涯だった。

一男五女の六人兄弟だったが、二人の姉は幼くして亡くなり、生き残ったのは四人だった。母は末子アンを出産した翌年三十八歳で亡くなる。生き残った兄弟もエミリーを含む三人が三十歳前後で相次いで病死する。エミリーは生涯に一作だけを残し、本作を出版した翌年に結核でこの世を去った。最も長く生きた姉シャーロットも三十八歳で出産事故のため死去している。死に覆われた家族だった。

Les Hauts de Hurle-Vent
Illustrations de Balthus

作者のバイオグラフィーと作品を直接結びつけるのは慎重でなければならない。バルテュスも個展が企画されたとき、スキャンダラスに自分のバイオグラフィーが取りざたされるのに辟易し、「バルテュスのバイオグラフィーはない。ただ、絵を見よう」と言ったと伝わる。

現実から養分を得ながら現実を離陸し、内なる発酵物を寓話にまで蒸留する作家の想像力、洞察力にこそ敬意を払うべきであろう。だが、まるで『嵐が丘』を生むためにこの世に現れ、役目を終えるやたちまち去っていった人生は、なにか運命じみたものを感じさせずにはおかない。エミリーの彗星のような人生の軌跡が、鬼気迫る迫力を作品に添えているのは否定できない。

## 場所に結びついた焼き菓子

『嵐が丘』が生まれたヨーク地方のカントリーサイドは、God's Own County と称されるという。素直にとれば、神に祝福された美しく豊かな土地という意味だが、あるいは、人間を拒絶する厳しい自然の婉曲表現を含むのかもしれない。

物語が生まれた土地にちなんだ焼き菓子を食べたいと思った。ジンジャーパーキンはヨークシャー地方の伝統菓子だ。パーキンを食べる歳事のきっかけになった十七世紀のテロリスト、ガイ・フォークスはヨークシャーの古都ヨークの人だった。歳事に使われるものだったが、十八〜十九世紀ごろからは産業革命期のイングランド北部労働者階級の保存食として日常的に焼かれるようになったらしい。ヨークシャーの最大都市リーズは、毛織物、綿織物産業で十九世紀の産業革命の中核を担った工業都市だ。現代も「北の首都」と呼ばれ、ＩＴ、金融センターとして発展を続けている。

その大都市から三十分も車で移動すると、原始の美をたたえる広大な荒野がはてしなく広がる。ヨークシャーは長らく原始と近代がせめぎあう土地だった。

パーキンにはブラックトリークルという黒い糖蜜をたっぷりと使う。粗糖を精製する過程で生まれる余剰物で、本来捨てるものだ。さらにオーツ麦も使用する。オーツは今や健康食品だが、かつては安価な代替増量食材だった。焼きたてより二、三日置いてからのほうが食味は良くなり、二週間ほどそのまま保存できるため、労働者の求める高エネルギーの保存食としての役割もはたした。

溶かしたバターに黒糖蜜をたっぷりたらし、牛乳、生姜、シナモン、卵、粉、オーツ麦、重曹を加え、木べらでただぐるぐる混ぜる。焼く前の生地は暗灰色で、食品のイメージとは程遠く、正直言ってぬかるみの泥にしか見えない。型に流し込みオーヴンで焼くこと約五十分。大地からスコップで切り出した泥炭のような、どっしりした黒褐色の塊が焼きあがる。北方の地ヨークシャーの荒野が育んだということがうなずける、土から生え出たような迫力がある。

レンガ状の塊を切る。手づかみでかぶりつく。ねっとりした糖蜜の食感と野性的な生姜の風味が口のなかに広がる。大地の味だ。

風吹き渡る北の荒野の風景が浮かんだ。

子供のころ、ヒースクリフとキャサリンはヨークシャーのムーアを駆け巡って遊んだ。「二人にとっては、朝から荒野に逃げ出して行って一日じゅう遊んでいるのが何よりの楽しみで、あとで罰を受けることとくらい何でもありませんでした」。

大地の精霊のような二人の姿を思いながら、濃いめのミルクティーを淹れた。

ヨークシャー地方の名物、ジンジャーパーキン。
ヨーロッパでは、生姜味の菓子が季節の歳事に焼かれることが多い。

# 11 スタニスワフ・レム『ソラリス』と焼きメレンゲ



## 泡の後味

焼きメレンゲは一見しっかりした固体に見える。

だが実際は泡なのだ。

口に放り込むと崩れ、すぐに舌の上で溶けて消える。すぐに消えるのに後に存在感のある甘い食感が長く残る。焼きメレンゲの食感は記憶の中の風景に似ている。スタニスワフ・レム作『ソラリス』の海の泡が作り出す情景を久々に読み返すうちに、ふと、焼きメレンゲを思い出した。

## 一人歩き

『ソラリス』（一九六一）は二十世紀世界文学の古典と言われる。

作者スタニスワフ・レム（一九二一〜二〇〇六）が亡くなってまだそれほど時間がたたない。古典と呼ぶには若すぎる作品かもしれない。しかもセッティングは未来。未来予想の多くは時とともに陳腐化する。だが、たとえテクノロジーが小説に描かれたレベルを超える時代が来ても、『ソラリス』は陳腐化することなく、古典として長く読み継がれていくだろう。作者の意図を裏切り、それを超えていく作品。それが古典として成長していく作品に共通した大きな特徴ではないだろうか。生まれた場所を離れて勝手に育っていく力。読者の世代が交代しながら、場所を変えても生き延びて巨大化していく生命力。作品の力が作者を置いてきぼりにしていく。それが真の古典だ。その意味で、生まれて六十年しかたたないにもかかわらず『ソラリス』は二十世紀世界文学を代表する古典の資格を最も備えている作品かもしれない。

この作品は読者の中でさまざまに「誤読」され、賛嘆され、多面的な解釈を誘う寓話として読み継がれ、古典に育ってきた。いまなお映画、現代音楽、現代美術など、数多くの他ジャンルの芸術家をインスパイアし続けている。

作者は「誤読」に反発した。

レムはサイエンスフィクションというジャンルの「楽しみ方の約束事」を超えた読まれ方に不満を表明し続けた。『ソラリス』を映画化したアンドレイ・タルコフスキー監督との喧嘩別れは有名だ。だが、それはポーズではなかったろうか。

小説が発表されたのは一九六一年、ソヴィエト支配下のポーランド。冷戦のさなか、フルシチョフ時代である。タルコフスキーによる映画化（一九七二。ロシア、モスフィルム製作）も社会主義体制のなかで行われた。タルコフスキーは検閲に苦しみ続け、結局、晩年に西側に亡命した。

今もショスタコーヴィチの楽曲を聞くたびに、全体主義社会に生きる芸術家の恐怖を想う。ある日突然、隣人が消える粛清が日常の社会。作品から政治的メタファーを読み取られる危険を回避するのは自然な自己防衛だ。レムのサイエンスフィクションというジャンルの約束事への固執は、政治から距離を置くための防護服だったのかもしれない。が、ソヴィエト崩壊後、ハリウッドで再映画化(二〇〇二)されたときもレムはラブストーリー化に不満を表明した。真意はいまもわからない。

＊日本語訳はロシア語版をもとにした飯田規和訳と、ポーランド語版をもとにした新しい沼野充義訳がある。双方参照しつつ、引用は飯田訳『ソラリスの陽のもとに』ハヤカワ文庫・新装版によった。

## ジャンルを超えて

セッティングは百年ほど先の未来である。

ジャンル分けの通念に従うと、大分類はサイエンスフィクション、そのなかのファーストコンタクト系となるのだろうか。地球外生物と遭遇した場合、人類はどうふるまうか、ふるまうべきかを大真面目に想像するジャンルである。膨大な作品群を生んだジャンルであり、サイエンスフィクションの王道とされている。作者レムはそのジャンルの約束事通り読まれ、額面通り受け取られることを望む発言を繰り返していた。これはファーストコンタクトの物語なのだと。それ以外の読み取り方は誤読である、と。

エンタテインメントのジャンルは、悪気はなくともいつの間にか党派性、排他性を帯びる場合がある。愛好家に暗黙のルールが生じ、そのルールに反することはマナー違反、もしくは無知な素人の粗暴なふるまいと軽蔑される。ゲームには楽しみ方にルールとマナー、独自の評価基準があるのは当然である。パラダイムからの逸脱はゲームをしらけさせる。

筆者はサイエンスフィクションには縁遠く、無知の輩である。正直に告白すると『ソラリス』以外、きちんと最後まで読んだSF作品はないに等しい。出会いがしらに予備知識なしで読むしかなかった素人だ。古典だけが持つ雅量に甘えて、ジャンルのルールに無知な人間が、いわば誤読することを許していただきたい。たまたまセッティングを未来にした一芸術作品として読むことを。

## 美しい不穏

発見以来、謎の太陽系外惑星として百年以上にわたり、人類の研究対象だった惑星ソラリスが舞台である。舞台は密閉された調査シェルターのなかに限定される。ある種の密室劇である。ソラリスに設営された調査基地に心理学者クリス・ケルビン博士が地球から派遣される。

母船から小さなカプセルでソラリスの大気圏に突入し、基地に着陸する。同行者はなく、単独の派遣だった。基地内はごみや物資が散乱し、荒廃している。赤と青の強烈な斜光を放つ二つの太陽が数時間で交代する。基地には三人の科学者が観測のために滞在していた。一人はすでに死亡し、二人の科学者たちは精神を病んだとしか思えない奇妙な言動とおびえを示す。そして、いるはずのない他の人物の気配。

冒頭から不穏の気配に満ち、得体のしれない恐怖が小説全体を支配している。

クリス・ケルビンがソラリスの観測ステーションで体験した想像を超える事件が主人公の視点、一人称で語られていく。この一人称の語りの響きがこの作品全体の不穏なトーンを決めている。三人称は全知の客観視点から世界を解説する。一人称は個人の認識の限界を最初から語り手に課す。

不可知は不安と迷いの友達だ。不穏を醸し出すのに最適の語り口である。

ケルビンがソラリスに派遣された理由は一言も説明されない。そもそも、なぜ十八か月もかけてソラリスの観測ステーションに行かなければならなかったのか理由が語られないのだ。滞在中の研究者に健康問題が発生し、その調査に派遣されたらしいことが次第にわかってくるのだが、この意図的と思われる説明排除が、小説の冒頭から不穏な情緒をかき立ててやまない。

だが、この不穏さの奇妙な美しさに読む者は魅了されるだろう。抽象的な形態の現代美術作品のもつ美しさに通じる美である。

## 現代美術

『ソラリス』は現代美術である。

凄美ともいえる美にあふれている。小説『ソラリス』の最大の美質は、同義反復のようだがまさに「美しい」ことにある。古典としての生命力を持ち得た要因として見落としてならないのは、その美の与える快感ではないだろうか。美しいから長く愛される。『ソラリス』は何よりも美しいのだ。

文章が美術的イマジネーションを喚起してやまない。映像作家タルコフスキーが深くインスパイアされたのも当然だ。セッティングとそれを描写する文章の芸術的美感に圧倒される。

閉ざされた観測ステーション内部の荒廃の醸す、インスタレーション作品のような退廃美。宇宙基地に不似合いな、天井までの書架を持つ厚い絨毯が敷かれたクラシックな図書室の静謐。閉所の迷宮美と対照的に、ソラリスの海は広大だ。果てしなく広がる海。二つの太陽。短い周期で入れ替わる昼と夜。交互に海を染める赤と青の斜光。架空のソラリス学の文献に記録された壮大な天候現象と超現実的な擬態変容を繰り返す海の表情。

濃密な情景描写はグロテスクだが美しい。静けさと叫びに満ちた美しさだ。フランシス・ベイコンの絵画に通じる、意味を介さないダイレクトな美的インパクトがある。設定の卓抜さに目を奪われ、文章の醸す美に意識が向かわないかもしれない。だが、『ソラリス』の魅力は、実は文章そのもののマチエール（絵肌）にある。『ソラリス』はメッセージよりも、まずマチエールを味わいたい作品だ。

絵画を前にしたとき、絵画そのものを見つめず、これは何を言おうとしているのだろうと、先に概念的意味を読み解き始めるのは人間の性《さが》だ。だが、レオナルドやゴッホ、ベイコンの例を出すまでもなく、優れた絵画は絵の主題よりも絵筆のタッチが多くをもの語り、見る側の感情を揺さぶる。何が描かれているかと同様に、いやそれ以上に「どう」描かれているかが芸術的な歓びを左右することにあらためて気づかされる。

意味を読み解く前に、ダイレクトに身体的に感じたい。翻訳でも十分その濃密な書き込みと、抑制された意図的な余白の醸しだす美的世界が伝わってくる。同じ東欧圏を代表する世界文学としてカフカ作品と並び称されることも多い『ソラリス』。だが、美術品としての強度は並みいる作品のなかでも際立ち、二十世紀世界文学のなかで屹立している。

## 内側から生まれる他者

不穏演出の語り口として一人称の有利さを指摘した。それ以上に、テーマを掘り下げるうえで一人称は必然的に選択された叙述のスタイルだった。三人称ではこの作品は成立しなかっただろう。なぜなら、この物語は外部の驚異の物語ではなく、人間の内面の物語だからである。未知の宇宙は外にではなく、内側にあった。と言うと、作者レムからやんわり抗議されそうだ。いやいや、それは誤読です、と。だが、レムが物語の守備範囲を地球外生物の異質性、外部性に限定しようとすればするほど、ソラリスの海は人間の無意識のメタファーとして立ち上がってくるのだ。

星全体が巨大な生体と考えられている惑星ソラリスは、来訪者の深層記憶の実在化という方法で人間を迎える。来訪した人間一人一人の深層心理を読み取り、その人間が心の奥底に封印した最も隠したい記憶を目の前に肉体を持った存在として再現、擬態して見せる。記憶の中の人間を現前させるだけではなく、海は壮大な変容によって故郷の町を再現して見せたりする。サイバネティックス学者スナウトが憤りにふるえながら言う。「われわれが望んでいたもの、つまり他の文明との接触、交流（中略）を実現しているというわけだ。（中略）われわれ自身の醜悪さを何百倍にも拡大したかたちでね」。客人に対する好意によるおせっかいか、悪意の嘲笑か。ソラリスの擬態の意図は最後まで不明だ。

クリス・ケルビンの場合、ソラリスが再現して見せたのは十年前に些細な仲たがいから薬物事故で失った恋人ハリーだった。ハリーは十九歳で亡くなった当時の姿のまま現れる。記憶の現前は、理想の恋人像を小説の歴史の中に新たに書き加えることになった。

ここでのハリーは、自らの美しさに無自覚なまま、自己を懐疑する謙虚な美しい生物として純化されている。「わたしのすることなすことすべてがあなたにとっては拷問同然の苦痛の材料になる」「相手の幸福を願い、相手を愛することさえ」拷問の道具になる、と自己の存在を否定する。若さと美しさに恵まれているにもかかわらず、自己愛を持たず、自己犠牲的な愛を男にそそぐ姿。

ハリーはケルビンの遠い過去の記憶のなかから生まれた存在だ。それも最も切実な愛の記憶のなかから生まれた。愛するにもかかわらず相手の女性を傷つけ、損なった罪悪感、悔恨、喪失の悲哀、それらを封印した闇のなかから。ハリーというキャラクターの魅力が多くの男性読者にとって小説『ソラリス』の魅力の大きな部分を占めることになっていった理由は、おそらく、ケルビンに代表される男たちの集合的な「愛の記憶の投影」にある。愛の記憶は時の力で洗浄され理想化される。理想とは男の幻想にほかならない。うーん、こまりました。男性読者はハリーにやられてしまっても、女性読者は男の幻想を鼻で笑ってしまうかもしれない。

記憶から生まれた幻像でありながら肉体を持った実存でもあるハリーという女性を軸に、物語は自己と他者認識という人間存在の本質の井戸にバケツを下ろしていく。ハリーという恋人の設定は、自己にとって他者とは何か、という根源的な問題に触れる性格を持ってしまった。おそらく計算外。作者の意図の外にあったことであろう。

## 他者を理解することは可能か

小説の中の歴代の科学者たちは、まったく原理の異なる生命体である惑星ソラリスを理解しようと努力を重ね、多くの論文を残してきた。他者理解の努力の長い歴史。だが、それは不可知の記録であり、おのれの無意識の淵をのぞき込んだ人間の恐怖の記録でもあった。絶対的他者としてのソラリスを理解しようと探求した結果、立ち現れてきたのは自分自身だったからだ。

神が作った世界の成り立ちを理解したい、もしくは完璧性を証明したいという欲求が西洋近代科学を発展させた。探求は素粒子の次元へ突き進んだ。量子力学が認識の確率（たまたまその時、自分にはそう見えた）の世界に近づいて行ったように、突き詰めれば世界の姿は自分の立ち位置によって大きく異なり、対象は自分の認識能力の延長に浮かぶ像にすぎないという難問につきあたる。他者理解の問題は自分に返ってくる。

他者とは自分なのだ。

ハリーは他者でありながらケルビンの自己だった。イマヌエル・カントの認識論がフィクションに昇華されたような世界が展開する。カントは、理性の究極の関心は「わたしは何を知りうるか」「わたしは何をなすべきか」「わたしは何を望んでよいか」の三点に集約されるとした。『ソラリス』はそんな根源的な問いに直面した男たちの悲劇のようにも思えてくる。サイバネティックス学者スナウトは涙ながらに叫ぶ。「自分にどれだけの値打ちがあるかを知りたいばかりに、銀河系の端から端まで自分の糞をひきずって歩いているのが人間だ」。

他者を理解したい、という人間にしか持てない欲求こそが人類に意識を与え、科学を発展させ、ソラリスまで旅させ、ソラリスを百年以上にわたり研究させたにちがいない。人間に意識が生まれ魂が宿るとはどういうことか？　という永遠の難問がある。どれだけ脳科学が発展しても解けない謎と言われている。かたや、人工知能に意識は宿るか、という議論がある。ＡＩは、人間を超える能力で環境判別、損得勘定はしても他者理解の欲求は持たない。そのかぎり、AIに意識があるフリはできても、真の自発的意識が生まれることは永遠にないだろう。アラン・チューリングが、外部に表現されたフリこそが意識なのだと断言しても、他者理解の欲求がない場所に意識（コンシャスネス）、魂（スピリット）は生じない。他者理解という可憐な欲求は、生き延びるために他者との協働を必要としたひ弱な人類の宿命だったようにも思える。

ソラリス世界の設定は、他者を求める人間の宿命と限界の寓話である。他者欲求は愛の形をとる。その意味で、愛の歓びと苦しみの寓話と言ってもいいかもしれない。その惑星は「他者を求める自己の内面の鏡像」という人間の他者認識の本質を体現し、不可知の海に人間を放り込んだ。それが自分の無意識から生まれた像でしかないゆえに、ケルビンはハリーという他者の不可知性に苦しみ、その不可知な他者への愛に苦しむ。

## メタフィクション

ハリーはケルビンの記憶にしか過ぎないゆえ、現れた直後は魂の抜けた人形のようだ。生成のデータソースである記憶の持ち主ケルビンのそばを離れては生存できない。一人にしようとすると非現実的な力を発揮して抵抗する。

だが、ハリーは次第に自立した人間としての意識と苦悩を獲得していく。新しいハリーは過去のハリーに嫉妬し始める。生まれた当初は三次元コピーの空虚さしか持たなかったものが次第に独自の魂を宿し、意思を持って一人歩きし始めるさまは感動的だ。

記憶の中から人物が生まれ、人格を獲得していくプロセスは何かに似ている。じつは、これは白紙の上に架空のキャラクターが像を結んでいく小説創作のプロセスにほかならない。フィクションの書き手の多くは、ハリーが一人歩きし始めるあたりでそこはかとなく面映ゆさを感じ始めるだろう。楽屋を覗かれているみたいだ、と。

その視点で見ると、壮大な擬態で地球の街まで再現してしまうソラリスの海は、さながらカオスから物語を紡ぎだす作家の無意識そのものである。基地内の図書室に積み上げられた架空のソラリス学の学術論文の歴史も創作の歴史のパロディのようだ。『ソラリス』は、小説が作家の脳髄から生まれる創作現場のマジックを開示するメタフィクション（創作に自己言及するフィクション）としての性格も持ってしまっている。

メタフィクション性は作者の戦略だったろうか。無意識の肉体化という設定がたまたま人間の創作活動の核心を探り当ててしまっただけなのかもしれない。作品が勝手に動き出し、知らぬ間に意図せざる深部に手が届いてしまう。古典へ成長していった多くの作品が共通して持つ幸福な偶然を見る思いがする。

## 記憶に苦しむ男たち

無意識が肉体をもって現れる現象に遭遇するのはケルビンだけではない。ギバリャン、スナウト、サルトリウスといった他の科学者たちもそれぞれの記憶から生成した「お客」に苦しむ。

誰かが彼らのそばにいる気配が暗示される。だが彼らは必死にその存在を隠し続け、隠すためにステーション内での互いの接触を極力避けようとひきこもる。見えない誰かが押し開けようとするドアを背中で抑え、研究室に閉じこもり、置き手紙かテレビ電話でしか接しようとしない。ステーションの廊下を歩く太った半裸の黒人女性も謎のままだ。男たちが隠そうとするものが何なのか最後まではっきりしない。

他者には推し量ることもできない深層から現れた存在。露出した内面の秘密。誰もが秘めたる記憶を持つ。人生そのものに呪われ、過去に向き合う苦痛にもだえる男たちが描かれる。

ケルビンのように、人はかつて自分が他者に向かって口にしてしまったたった一言の不用意な暴言の記憶に生涯苦しめられる。なぜ、あんなことを言ってしまったのか、なぜあの人の心を深く傷つけてしまったのか、どこまで自分は愚かなのか、と。叫びだしたいほどの自責の念が何十年たってもふいによみがえり人を襲う。その記憶を無意識に閉じ込め自分を守るのは自然なことだ。だが、ソラリスは無邪気にその蓋を開けてしまう。罪の意識、激しい自責の念と悔恨が本来誠実な男たちの胸を食い破る。ギバリャン博士はおそらくその責め苦に耐えきれず命を絶った。

スナウト、サルトリウスは一見、他者に心開かず、猜疑心にあふれ、奸計《かんけい》をめぐらす悪党に見える。だが、科学者たちは特殊な人種ではない。他者には語りえぬ後悔の苦痛を抱えた普通の男にしか過ぎない。無意識の蓋をあけてしまった人間の苦痛と錯乱をじっと見守るようにレムは描く。ただのステレオタイプな悪役ではなく、記憶に苦悩する人間としての普遍的な質量を持っているがゆえに、苦しむ科学者たちの姿は痛切である。

## 生の一回性と記憶

記憶は生の一回性と結びついている。

この一瞬、一瞬、そのすべては二度とない。誰も生の一回性を逃れることはできない。もし繰り返せるなら、記憶の価値の多くは失われるだろう。一回性ゆえ、記憶は金銭ではあがなえない宝となり、同時に生涯の責め苦にもなりうる。過去を読み替えることはできる。より深く理解することもできる。だが書き換えることはできない。人は一回性の歓びと悲しみ、一度きりという恍惚と残酷、二度とないという高揚と無念を双方背負って生きていく。

一度きりの時間をどう生きていくか。人々は悩み、前を向き、過去を切断し、今を生きていく努力を重ねる。だが、ソラリスは一回性の封印を解く存在としてケルビンの前に現れた。新しいハリーを得たケルビンは生の一回性を突破しようと試みる。

やりなおしたい。

誰もが一度はとらわれる切実な願望だ。かつて理解の努力を怠り、損なった恋人に真剣にむきなおり、再びともに生きる努力を始めるケルビン。だが、不可能な希望が与える苦痛は、絶望の与える苦痛より大きい。地球へ二人で戻った時の生活の夢を語りあうシーンは悲痛だ。それは内心、不可能だと直感している未来の話だった。

「お互いに嘘をつき合っているという意識は、私たちの最後の自己逃避であった。私とハリーは、地球にもどったときの暮らしぶりについてさまざまに話し合った。（中略）庭を設計し、生垣だとか……ベンチだとか……のささいなことについても計画を練った。私はそれらのことをたとえ一瞬たりとも信じていただろうか？」

自分たちのありえない未来を守ろうと苦闘し、かすかな可能性にすがろうとするケルビンの姿は、人間ならだれしもそうするだろうという切実さゆえに痛ましい。ケルビンの「やりなおせるのではないか」という夢は無残な結末を迎える。

## 出会いと喪失

すべてを失った後も、ケルビンは新たな未知との遭遇に希望をつなぎながら惑星ソラリスにとどまり続けようと決意するところで小説は終わる。

これは何を意味するのだろう。

あくまで前向きに未知の世界を理解し続けようとする人類の未来志向の称揚なのだろうか。それとも、無意識の海と向き合い続け、新たな創作に邁進《まいしん》する作家の決意表明なのだろうか。未来の新たな出会いと相互理解に対する期待を前向きに語るかのように見えるが、ケルビンの心理は揺らいでいる。その揺れは終始曖昧にしか記述されず、いかようにも解釈できる幅を持たせられている。

おそらく前向きな意思を描こうとした作者の意図とは裏腹に、後味として残るのは深々とした喪失感だ。ひとり地球に帰還してもむなしい虚偽の生活が待っているだろうと予感する述懐は、静かな諦念が胸を打つ。

「私には大勢の知人ができるだろう。ことによると心の奥底をわかち合うことができるような一人の女性にめぐり合えるかもしれない。（中略）やがてはすべて正常にもどる。新しい興味や新しい仕事が生まれてくるだろう。しかしそれらのことに全身全霊をあげて没頭するようなことはないにちがいない。もはや何に対しても誰に対してもそのようなことはできない。そしておそらく、夜になれば空を仰ぎ、（中略）ありとあらゆることを思い出すだろう。（中略）私は自分の過去の狂気と希望を思い出すだろう」

すでに人生を半ばまで生きた男の深い喪失感。

出会いと喪失の短い時間としての生。漠と直観しているそんな人生の本質を、少し長く生きてきた大人の読者はケルビンとともに受け入れるだろう。

登場人物全員が人生の残酷さに耐え、内的な苦しみの時間に浸され続けるこの物語は暗鬱なのになぜか読む者を詩的に慰撫する。徹底した苦しみの物語に、人は浄化の感情をいだく。悲劇の効用であり、宗教感情の生まれる原風景だ。『ソラリス』は読む人に、とりわけ大人の男たちに弱音を吐く場所を与える聖堂のような小説なのかもしれない。

タルコフスキー監督の映画では、バッハの教会コラール「Ich ruf zu dir, Herr Jesu Christ われ汝に呼ばわる、主イエス・キリストよ」（BWV639）のプレリュードが使用された。この一曲でバッハに初めて出会い、魅了された人も多いと聞く。『ソラリス』に深くインスパイアされた一人、音楽家の坂本龍一氏が記録映画の中でブゾーニ編曲のピアノ版を演奏されている。バッハのコラールを耳にするたびに『ソラリス』を思い出す。今回の再読のきっかけも、たまたまネットラジオで聞いたバッハだった。

## メレンゲの味

メレンゲを初めて作った時、卵の白身がここまで変化するのかという驚きを禁じ得なかった。卵の白身に砂糖を加えて湯煎しながらホイッパーで根気よく攪拌《かくはん》し泡立てる。ただそれだけで元の数倍の嵩《かさ》の白い積乱雲のような物体が出現する。おお、海の泡より生まれいでしアフロディテ。ソラリスの海もこんなマジックを使ったのだろうか。かすかな記憶から壮大な擬態が作り出される。だが泡はたちまち元の海に回収されていく。記憶の風景はなんと淡くはかないものだろうか。

はかない泡を焼いて形をとどめよう。

焼きメレンゲは、焼くというより乾かすというほうが近い。天板にスプーン山盛り一杯分の泡を重力に任せて自由落下させ、一〇〇度に設定した低温のオーヴンに二時間ほど放置する。卵の白身と砂糖だけの場合、高温だと表面の白さを維持したまま内部の泡まで固めることはできない。今回はココナツのフレークを混ぜて焼いた。

あらためて焼きあがった姿を眺めると自然の力の不思議に打たれる。素朴極まりないのに、宇宙物理法則がそのままお菓子の形になったような不思議な未来感覚を覚える。

口の中にひとつ放り込む。たちまち蒸発するように消えていく。乾いた泡状の飴。

ケルビンがハリーに夢見たのはこんな甘い泡に似た何かだったのだろうか。

本を閉じ、エスプレッソコーヒーの苦みといっしょに一粒齧った。甘みがひろがったのもつかの間、別れを惜しむ間もなく、泡はたちまち舌の上で溶けて消えていった。

ケルビンがハリーに夢見たのは
こんな甘い泡に似た何かだったのだろうか……。

# 12 モンテーニュ『エセー』とミルフィーユ

## 千の葉

折りたたみパイ生地が発明されたのはいつごろなのだろう？

バターの使用量はあらゆる焼き菓子の中で最も多い。にもかかわらず、透明感さえ帯びる薄い層の一枚一枚は紙より薄く、軽い。幾重にも折りたたまれたバターの層が溶けて空洞となり、その薄さと軽さを作る。クロワッサンも同様の製法で作られ軽やかな食感を持つが、薄く板状に延ばされ、からりと焼かれたパイ皮の軽さはその比ではない。リッチなのに軽い。いや、リッチなのにではなく、リッチだから軽いのだ。美しきパラドックス。

ミシェル・ド・モンテーニュ（一五三三〜九二）『エセー』をつまみ読むとき、こんがり焼いたパイ皮を重ねたミルフィーユを思い出す。焼き菓子の古典だ。ミルフィーユとはフランス語で「千の葉」を意味する。リッチで軽い千の葉。

『エセー』はまさに千の葉そのものかもしれない。

## 高かった敷居

『エセー』は敷居が高いと誤解されやすい古典の筆頭ではなかろうか？誤解のもとはたぶん、文庫本で六分冊になる長大な量と、「モラリスト文学」というカタカナ分類のせいではないかという気がする。モラリストと聞くと、ついつい英語の moral モラルの連想から「道徳家」と解釈してしまう。仏語では本来、人間生活観察家というほどの意味で、教訓を垂れる道学家には別の言葉があるらしい。読み始めた途端、道徳の説教というイメージがとんでもない誤解であったことがわかって、遠ざけていたことを後悔する。食わず嫌いの後悔は大きい。なんで、もっと早く食べてみなかったのだろう。誰か言ってよ、と。

カタカナ分類の落とし穴だ。分類は一見効率がよさそうだが、専門外の人間の誤認と機会損失もまた大きい。自分もそうなのだが、なぜ人はジャンルに分類して安心しようとするのだろう。なぜ個体を個体として素顔のまま裸眼でうけとめられないのか。分類してしまえばレッテルだけ見て中身を調べずとも棚にしまえる。うっかり、読んだ気さえしてしまう。しかも、何とか系と分類する立場は無意識のうちに上から目線を人に与える。その見下ろす心地よさはジャンル分けに人をさそう。だが、生きる時間のなかには一対一で、素顔で付き合うことでしか豊かな内実を得られない体験がある。虚勢を捨て、分類整理を捨て、みずから裸になることでしか出会えないものがある。真の友情も恋愛も取り換えのきかない個体と個体が裸で出会う体験であり、標準化されたジャンルの型をなぞる体験ではない。

無知な門外漢のかなしさか、「モラリスト」という真面目そうなレッテルに怖気《おじけ》づいて、長らくしり込みしていた。むしろ敬遠していたといったほうがよい。なんだか説教されそうだな、と。四十歳を前にふと読んでみようか、という気になった。たしか、三十九歳のときだったと思う。奇しくも三十九歳は、すでにボルドー高等法院の公職を辞していたモンテーニュが『エセー』の執筆にとりかかった年齢だ。漱石が神経衰弱をいやすために、初の小説『吾輩は猫である』を書き始めたのも三十八から三十九歳。四十歳という区切りの数字は、それを迎えようとする者になにかささやきを与えるのかもしれない。モンテーニュも漱石も聞いたのだろうか。かすかにそよぐ秋の風がささやく声を。今のうちに書いておけ、と。筆者の場合、そろそろ読んでおけ、と風にささやかれて読み始めたのかもしれない。

読んだ。驚いた。友人を発見した。

そして、若い時に読まなくてよかったとも思った。たぶん十代、二十代で読んでも理解できず、下手をすると反発を感じて、ここに友人を発見できなかっただろうから。ああ、大人がいる。安心して上着を脱ぐ思いをした。

### 携帯できる居酒屋

『エセー』は携帯できる最高の居酒屋である。

碩学による解説書は多々あり、今更何をか言わんやという大古典。故ミッテラン仏大統領はわざわざ『エセー』を手にする姿を公式肖像写真として残した。そんな天下の名著を居酒屋とは何事、と叱られるかもしれない。だが、気取らない居酒屋での親友とのとりとめのない雑談が人生の最良の歓びの一つだとすれば、『エセー』は間違いなく最高の居酒屋だ。

文章は一人称のおしゃべりなのだが、なぜか作者と対話しているような感覚を覚える。こちらの相槌、受け答えが行間に埋め込まれているのだ。うんうん、なるほど、そう、そうなんだよな、それもあるかもね、ほんとに？　いやまさか、と。読んでいる最中の気分は、広々とした居酒屋で仲間とわいわいやりあい、身構えを解いて明るい解放感に身をゆだねているときの感じに限りなく近い。

実際に作者に会いたい、会って話してみたいと思わせる文学作品は多くはない。たいていは作品と作者への敬意のほうが勝ってしまって、敬して遠くから拍手を送るに終わる。だが、これまでに、会いたいと思った作者が二人だけいる。モンテーニュは筆者が会ってみたい、話したいと思った二人のうちの一人だ。もう一人はジョージ・オーウェルだった。

二人に共通した美質は正直さだ。飾らず、率直であろうとする精神的努力と言ったほうが正確かもしれない。正直と言っても、無邪気な無垢とは異なる。戦場の中であえて無防備が最良の防備と見定めた、覚悟の果ての正直さだ。

ミシェル・ド・モンテーニュは武装貴族であり、ボルドー市長を（本人が望んだわけではなく、しかたなしに）二期四年にわたって務めたモンテーニュ城の城主だった。モンテーニュは自身の無防備の成功体験として、自分を捕獲しに来た敵軍をあえて城内に招き入れ、丸腰と率直さで敵将を感動させ退散させた事件を記している。『エセー』は平和に倦んだ有閑老人の時間つぶしの手すさびではない。戦国期の胆のすわった武士の男が鎧を脱いで語る話、覚悟のある武士文学なのだ。

モンテーニュが『エセー』の執筆にとりかかった一五七二年がサン・バルテルミーの大虐殺のおこった年であることに注意を払いたい。旧教派、新教派の間で、血で血を洗う争いが四十年にわたってフランス全土に繰り広げられた戦時である。モンテーニュはあのフランス王妃カトリーヌ・ド・メディシス（一五一九〜八九）と同時代人なのだ。カトリーヌはフィレンツェ・ルネサンスの主導者ロレンツォ・イル・マニーフィコ・デ・メディチのひ孫にあたる。日本を見ると、ちょうど信長の比叡山焼き討ち（一五七一）のころだ。宗教と権力は分離していなかった。織田信長は一五三四年生まれであり、モンテーニュは一五三三年生まれ。ほぼ同い年である。

ミシェルは党派対立に巻き込まれ、武装勢力によって何度か命の危機に遭遇している。部下の兵士のミスによる事故で落馬し、重傷を負い死線をさまよった。彼が遭遇したのは武力だけではない。二期目の市長時代にボルドーはペストに襲われ、都市封鎖、全住民退避を行い、本人も家族を連れて長らく他州を転々と避難した。残念ながら戦争と感染症禍は一貫して人類の常態である。戦乱と疫病は人を熱狂という思考停止に追いやることもあれば、深い思索にいざなうこともある。

この居酒屋、おっさんワールドでちょっと女性は入りにくいかもしれない。あけっぴろげなセクハラトークも満載だ。ただ、セクハラトークといっても、女性を蔑視しているのではなく、逆にかなわないと畏れおののいているだけなのだが。限定版だったこの書物を、作者の死後広く出版の形で後世に残したのはグルネー嬢というパリの若い女性愛読者だった。だから女性読者を考慮していないという心配は杞憂かもしれない。

居酒屋ぶりは、モンテーニュの横に同席者が入れ替わり立ち代わり座ることでさらににぎやかになる。多士済々。ゲストは古代ギリシャ、ローマからやってくる。メインゲストはやはり、セネカとプルタルコス、ソクラテスだろう。古代のおっさんたちがわいわいやっている。

### 誠実としての脱線とユーモア

長く続く正統派の居酒屋の壁には、一面ずらりと日焼けした品書きの札がぶらさがっている。数えきれない。居酒屋ってどんなものが食べられるの？　と日本を訪れたことのない人に尋ねられたら、どう答えればよいだろうか。メニューは刺身からインターナショナルフードまで古今東西、要約できないほどたくさんある。小皿で少しずつ出てくる。統一感はないけど、すべて高品質で、安くてうまいよ。とりあえずそう答えるしかない。同様に『エセー』の多岐にわたるメニューを要約するのは不可能だ。

だいたい表題と中身が一致していないことが多い。延々と別の話が続く。話題は思いつきで脱線していき、唐突にギリシャ、ローマの古典の引用が挿入される。博覧な人文主義者《ユマニスト》としての雑談は引用だけではすまない。先人の見解はこっそり地の文へ混交されていたりする。話はするすると逸《そ》れていき、あれ、何の話だったっけ？　と聞き手が突っ込みを入れても、もう話している本人にも制御できなくなっている。『エセー』の内容と叙述スタイルは居酒屋の混沌としたフュージョンメニューと、ほろ酔い気分に通じる。豊かなる混沌。

いつの間にか話が逸れていく脱線が『エセー』の味わいなのだが、この脱線、いい加減さがもたらしたものではない。作者は結論ありきの論理誘導、つまり、こじつけの強弁を禁欲しているのだということが読むうちに理解されていく。誠実としての脱線。精神の自由としての脱線。だから脱線に付き合うほうも気持ちがいい。

人間とは何か。よく生き、よく死ぬにはどうすればよいのかという根源的な問いの記録。あえて『エセー』の内容を要約するとそうなるかもしれない。だが、読み始めればそんなしかつめらしい問いは吹き飛び、居酒屋の穏やかな談笑の気分に包まれる。話はあちこちに飛び、時に爆笑し、さて、次の酒肴は何を頼もうか、とわくわくしながらいっしょに壁の短冊を眺める時のように。

モンテーニュ自身は、第一巻の緒言「読者に」で、この文章は「自分観察」の試みにすぎない、と読者にことわっている。このことわりは『エセー』の中に何度も出てくる。

「読者よ、これは正直一途の書物である。(中略)私は単純な、自然の、平常の、気取りや技巧のない自分を見てもらいたい。というのは、私が描く対象は私自身だからだ」

マルクス・アウレリウスばりの深刻な自己省察かと思いきや、視線は内側だけではなく、直接的な名指しの他者批判、社会批判は避けながら、外の世界の人間観察にも軽やかに移動する。結局、自分をダシにして人間を語っているのだ。そして、語り口は深刻なテーマを語るときも、重さをやんわり遠ざけ、軽やかなユーモアをたたえる。

ユーモア精神の基本は、距離を置いて自分を眺めるクールさだといわれる。熱くならないこと。距離を置くことでがちがちの思い込みが客観視され、自他の滑稽な姿が浮かび上がる。誠実としての脱線に加え、『エセー』のもう一つの魅力は全体に漂うそこはかとないこのユーモア感覚だ。一歩引いて眺めることで生まれる、クスッとした大人の笑い。

緒言「読者に」のしめくくりにモンテーニュはいたずらっぽい笑顔でこう言う。「読者よ、このように私自身が私の書物の題材なのだ。あなたが、こんなつまらぬ、むなしい主題のためにあなたの時間を費やすのは道理に合わぬことだ。ではご機嫌よう」。うーん、冒頭からいきなりかまされました。

## 精神の自由

さて、なにか壁の短冊から選んでみましょう。

第一巻に五十七章、第二巻に三十七章、最終巻の第三巻に十三章ある。何を選んでもおいしいが、第三巻第十三章「経験について」と題された『エセー』の最終章を選ぶことにしよう（原二郎訳、岩波文庫）。作者の晩年に書かれ、老いと死の受容が通奏低音的なテーマとなっている章だ。

と言ってもそこはモンテーニュ。深刻に考え詰めたりしない。明るく軽やかに、そして率直に雑談があちこちに脱線していく。残る後味は、老いと死を語るときによくある寂しい諦念の味といったものではなく、どこまでも精神の自由を守ろうとする軽やかさと剛毅のキレ味だ。

楽しい脱線を追ってみよう。

冒頭、「法律ほど重大な、広い間違いを犯すものはない」と、法律とその解釈の細分化の愚かさと冤罪と腐敗を批判する話が数ページにわたって展開される。硬直した形式主義に対する辛辣な批判が続くかと思いきや、腐敗した判例よりも「われわれ自身の経験のほうがいっそう身近に（中略）

われわれに必要なことを教える力がある」とし、「私は他のどの主題よりも自分を研究する。これが私の形而上学であり、自然学である」と『エセー』の基本テーマに唐突に回帰する。

「要するに、ここに書き散らした寄せ集めは、私の生活の経験に過ぎない」と開き直り、「私は相当に長生きしたから、私をこんなに遠くまで連れてきた習慣について語る資格がある」と自らの健康習慣を誇り始める。習慣は「われわれの性質を好きなように変えるキルケの酒である」と称賛する。キルケはホメーロスの『オデュッセイア』に登場し、オデュッセウスの部下たちを酒で豚に変えてしまう美貌の妖女だ。一方で柔軟さの重要性も説く。「紳士たる者にもっとも不似合いな生き方は、やかましすぎること、ある特別な生き方に束縛されることである」。

自分の持病（結石）と、徹底した医術不信と自然に身をゆだねる自らの生活習慣の話は、飲食、睡眠、はては排泄習慣にまでおよぶ。当然、若いころからのおおらかな性生活も。いやはや、正直すぎる。その間も、プラトン、アリストテレス、セネカ、カエサルらの逸話がポンポン飛び出す。あれ？　いつの間にか話が脱線してませんか？　法律の話はどこへ？　気がつけば、法律批判の話題は完全に消え、生活習慣（毎日同じことを繰り返すルーティン）の話に全面的に移っている。それもつかの間、また話の帆の向きは変わる。

「私は病気に好きなようにさせるから、私のところにあまり長くとどまらないと思っている。（中略）少し自然のなすがままに任せておこうではないか。自然はわれわれよりもその仕事をよく知っている」

自然の法則に身をゆだねる生活習慣の流れから、話題はするすると老いと死の話に移行していく。

「われわれの境遇の法則に静かに堪えなければならない。われわれはあらゆる医学にもかかわらず、年をとるように衰弱するように、病気になるようにできている」「誰にでも起こりうることが、誰かの上に起こったからといって嘆くのは正しくない」。おや、今度は健康自慢から一転して死の覚悟だ。「おまえは病気だから死ぬのではない。生きているから死ぬのだ。死は病気の助けなど借りなくとも、立派におまえを殺す」。にっこり笑ってモンテーニュはのたまう。「ねえ、おじさん、もうおしまいなのだ」。もう、笑うしかない。

「死はいたるところでわれわれの生とまじり合っている」のが自然であり、「自然は、われわれの必要のために命じた行為を、われわれにとって快適なものにするという原則を慈母のように守ってくれた」のだから、自然の力に従った生活の快楽を味わうべしと、自然が提供する快楽を素直に求める自分自身の生活習慣に話が戻り、事細かな日常紹介が再び続く。あれ？　さっきまでの死の話は？　また自分の習慣自賛ですか？　そして、こう言う。少し長くなるが引用する。

「もしも彼ら（筆者注：カエサル、アレクサンドロス）が日常生活のほうを通常の天職と考え、偉業のほうを異常な天職と考えていたのだったら、賢者というべきだろう。われわれは大馬鹿者である。だからこんなことを言う。『あの人は生涯を無為のうちに過ごした。私は今日何もしなかった。』なんだと。あなたは生きたではないか。それが、あなた方の仕事の根本であるばかりではなく、もっとも輝かしいものではないか。（中略）われわれの務めは、自分の性格を作ることで書物を作ることではない。勝利と諸州をかちとることではなく、生き方に秩序と平静をかちとることである」なんだと。あなたは生きたではないか。『エセー』のエッセンスがこの言葉に凝縮されていると言っていいだろう。

「竹馬に乗っても何にもならない。なぜなら竹馬に乗っても所詮は自分の足で歩かなければならないし、世界でもっとも高い玉座に昇ってもやはり自分の尻の上に坐っているからである」「最も美しい生活とは（中略）普通の、人間らしい模範にあった、秩序ある、しかし奇跡も異常もない生活である」という言葉で二十年にわたって書き続けられた『エセー』は終わる。軽やかに脇道に脱線し、行ったり来たりする居酒屋トークの楽しさが少しはお伝えできただろうか。

ここで語られているのは何だろう？

これら「秩序ある、しかし奇跡も異常もない生活」を語らせているのは法曹界、政界という権力世界に身を置いた経験が教えた世俗的成功の虚しさへの洞察であり、戦乱のなかで涵養された死を恐れぬ剛毅と覚悟であることは間違いない。だが、それ以上に感じるのは個人の精神の自由を守ろうとする気概であり、現代的なホリスティックな世界観（全ての要素が相互に関連し、精密なエコシステムを形成しているという生態的世界観）だ。

生活ルーティンにとどまることをよしとし、過激な変革の浅薄さを警告し、権威で生活習慣を規制する医学を軽蔑する態度は一見、時代遅れの保守性とも受け取られやすい。だがそれは、部分の入れ替えは全体のバランスを損なうというホリスティックな直観によるものだ。そして、イデオロギーや権威的知識よりも自分の五感を尊重する自由な精神によるものだ。近代精神を飛び越えて、きわめて現代的な、持続可能性を洞察する感性と言っていい。

古典を友とする人文主義者《ユマニスト》が、中世と近代を飛び越して、古代思想と現代のホリスティック感覚を直接結びつけた。生活スタイルを語るうえで自然の賛美はあっても、神への言及はない。中世キリスト教の呪縛から完全に自由になった精神がある。神の権威ではなく、大きなエコシステムに従うことで得られる真の精神の自由をなによりも尊重する姿勢。そこには、やがて近代を支配する合理主義、還元主義への懐疑も芽生えている。現代人が読んでも違和感を覚えない理由はそこにあり、当時としては奇跡的な先見性と言えるのではないだろうか。

宗教を盾に取った政争と武闘の現場に立ち会い、モンテーニュが見たのは神学論争の空疎さとメンツの張り合いの愚劣さであり、権威によりかかった思考停止、その果ての不寛容の残酷さだった。権力の虚偽と虚栄のむなしさを肌で知った武人であったからこそ自由な精神を獲得できたのかもしれない。

## 読書を読書する

『エセー』は古典の中の古典だが、その中にさらに時代をさかのぼる古典が大量に織り込まれているのが最大の特徴だ。蓋を開けても、開けても、作者が読んだ古典が出てくるマトリョーシカ人形のような入れ子構造。『エセー』は長大な古典の読書録でもある。古典を世に紹介する額縁。モンテーニュは自分の書く『エセー』をそう謙虚にとらえていたのではなかろうか？

『エセー』を読まなければ、日本に暮らす一般人の身でセネカ、プルタルコス、キケロ、ウェルギリウスらの言葉にここまで触れることはなかっただろうと思う。ラテン語習熟者でなければなかなかアクセスできない世界だからだ。息子を一級のユマニストに育てようとした父親の特異な教育方針で、ミシェルは幼児期にドイツ人教師のもとラテン語のみの環境で育てられた。少年期に至るまでフランス語が話せなかった。ラテン語が母語なのである。

引用の幅広さは読書歴の長さと関心の幅広さを物語る。公職を辞した三十八歳のモンテーニュは自分の城内にある塔の最上階に書斎を作った。弧を描く壁一面の書棚に蔵書を積み上げ、領地の風景を眺めながら古代の古典読書の歓びにふけった。原典からの直接引用が多いが、断りなしの孫引きや地の文へのアレンジ援用も多いとモンテーニュ自身が悪びれずに告白している。モンテーニュの見解と読めたものが、じつは文体を変えた引用だったりする。剽窃《ひょうせつ》ではなく浸潤、堆積と見なすべきだろう。浸潤、堆積してはじめて知識はサンプリングではなく教養となる。古典は厳密な学術研究の対象ではなく、時空を超えた対話を遊ぶ楽しみの対象だとするモンテーニュの軽やかな姿勢が一般読者にはかえってありがたい。居酒屋トークで古代ギリシャ、ローマの賢人のエッセンスに触れられるのだ。

古典読みが古典を生んでいく。

古典は古典の中継地点。

古典が生まれる場所とはそういうものではなかろうか。

登山の途中で幾重にも地層が積み重なった断崖に遭遇することがある。地層は太古の海に降り積もった堆積物が押しつぶされたものだ。数億年にわたる地殻変動で運ばれ隆起して高山になった。ここはかつて海底だったのかと、数千メートルの高山で思う不思議。高山の頂上に立つとき、自分は長大な時間の積み重ねの突端に爪先立っているだけなのだと気づかされる。

『エセー』を読むと、地層を横から眺めるような感慨を持つ。数千年の読者の堆積物が地層をなしている。積み重なり隆起するもの。古典に触れれば、自分が長い人類の歴史の波がしらの上のサーファーにすぎないことがよくわかる。振り返れば大海が輝いている。

## 友情と人柄

それにしても長大な著作だ。なぜ、モンテーニュは二十年にわたり延々と書き続けたのだろうか。自己顕示欲のためとは思えない。

ミシェル・ド・モンテーニュは自ら「体が二つある心」と呼んだ分身のような親友、エティエンヌ・ド・ラ・ボエシーを疫病で失っている。一五六三年、ミシェル三十歳のときだった。ミシェルはその後一年ほど茫然自失の状態で過ごしたと伝わる。もともとはラ・ボエシーの遺稿の出版化を計画し（十八歳で「自発的隷従論」を残した）、その中で友を顕彰する額縁の役割を果たす文章として『エセー』は構想されたらしい。

友の死後、その魂の空白を埋めるように、砕けたアイデンティティを再建築すべく書かれたのが『エセー』だったのかもしれない。生前、どれほど肝胆相照らす対話が親友同士の間で交わされたことだろう。読む側が語りかけられているような感覚を覚えるのも当然なのだ。筆は亡き友に向いていた。友、つまり己を理解し、知識と感性を分かち合う者を求めて書かれた文章。無防備なまでの自分の開示はそのためだったとも思える。だが、ラ・ボエシー亡きあと、モンテーニュは真の友を得ることの難しさを噛み締めながら書き続けたに違いない。理解し共感しあえる友が欲しい。明るい文体に触れるとき、筆者は明るさのなかに孤独と魂の飢えを見る。その飢えにこそ読者は共感するのかもしれない。

モンテーニュに長々と書かせ続けたのが友情への飢えだったとすれば、われわれにモンテーニュの長大な文章を読ませ続けるのは何だろう。折り重なった古代ギリシャ、ローマの古典の質量、著者が自家薬籠中のものとした知識の圧倒的な充実感だろうか。むろんそれもある。だが結局、ミシェル本人の人柄ではないか、という気がする。剛毅、正直、明朗、そして教養と思慮の果ての軽さと諧謔センス。気取らない居酒屋で一緒に飲みたくなる相手かどうかが問題なのだ。

性能より性格。

ばかばかしいようだが、それって、実は人生の最重要事項ではなかろうか。

行き着けば人柄かなあ、と思いつつ巻を置くと、うーん、やはり甘いものが食べたくなってきました。

## 横倒しにして楽しむ

ミルフィーユの切り口を横から見ると地層に似ている。

『エセー』を横から見るとミルフィーユと同じような地層の風景が見える。一見、重厚。が、ナイフを入れてみるとサクッと軽い。ミルフィーユと『エセー』は、風景だけではなくその食感も似ている。

パイ皮の作り方は、やったことのある方はご存じと思うが、折り紙に近い。冷えたバターの塊を小麦粉を練った皮で包み、麺棒で広げ延ばす。それを三つ折りに折りたたみ、また延ばす。延ばしたものをまた三つ折りする。これを繰り返していく。一度折るたびに乗数的に層が増えていく。あっという間に何十という薄い皮の層が形成される。オーヴンで焼くと層の間のバターが空洞を作り、半透明の薄紙が重なったような香ばしいパイ皮が焼きあがる。

誰が思いついたんだろう。魔法だ。

こんがり焼けたパイ皮を割り崩さないように切りわけ、カスタードクリームに生クリームを混ぜたものを挟んでサンドウィッチのように組み上げる。化粧に粉砂糖をふりかけるとミルフィーユが出来上がる。パイ皮作りから数えると工程数は多く、作業も繊細で工芸的に思えるが、けっして奇術ではない。淡々と海底に降り積もった古代の地層のように、構造は自然の摂理に忠実で素直だ。

生真面目に上面からフォークを入れると、ぐしゃぐしゃに崩れて、うまく食べられない。地層調査も地表からは困難だ。食べるときは横倒しにして縞状の地層面を上にしてナイフやフォークを入れると崩れない。横倒しにすると、積み重なったパイとクリームの層の姿を愛でながら楽しめるメリットもある。

古典の楽しみ方もかくあるべし。古典は横倒しにしてカジュアルに楽しむに限る、と思いつつコーヒーを淹れた。

リッチなのにではなく、リッチだから軽い。
美しきパラドックス。

# あとがき

## ケーキさんと古典の旦那

古典の旦那「やあ、遠いところをよく訪ねてくれたね。まあ、お上がり」
ケーキさん「旦那、お久しゅうございます。久しぶりの外出で、さてどこに、と思ったとき真っ先に旦那のことが思い浮かびました」
古典の旦那「そうかい、こんなご時世、若い娘に訪ねられるだけで冥加《みょうが》ってもんだ。ありがとよ」
ケーキさん「新しい庵《いおり》も、素敵なしつらえでございますね」
古典の旦那「庭の木も前の庵から移し替えた。今度も杉風《さんぷう》さんがここの主にいろいろ世話してくだすったそうだ」
ケーキさん「まあ、ご人徳でございますね。ところで、旦那。最近、わたくし、人に言われたんですよ」
古典の旦那「また器量よしをほめられたかい」
ケーキさん「とんでもございません。あなたって、存在自体が不要不急だねって」

古典の旦那「人様をつかまえて、いきなり無礼なやつもあったもんだな」
ケーキさん「続きがあるんです。でもあんたは勝ち組だって」
古典の旦那「それもちょぃと気に食わない言い方だねえ。どこのどいつだ」
ケーキさん「うふふ、旦那も、どこから見ても押しも押されもせぬ不要不急ですものね」
古典の旦那「(笑って)おやおや、わしもとうとう流行り男に出世かい」
ケーキさん「まあまあ、怒らないで。世界中の町という町から人影が消えたことが何度もありましたよね、近年。不要不急の外出はご法度《はっと》だって」
古典の旦那「ああ、人っ子一人いなかった。わしも結構長い間生きてるが、世界同時ってのは、ちょぃと見たこたあなかったな」
ケーキさん「旅に出られない旦那は旦那じゃありませんからね。わたくしを欠かさず焼いてくれていたロンドンのティールームも長いあいだ休業に追い込まれました。さすがに今度ばかりは、わたくしもついにこの世と永久《とわ》の別れかなと覚悟いたしました」
古典の旦那「めずらしく、弱気になったもんだな」
ケーキさん「ええ。少し長生きしすぎたかなという思いもありましたし。ところがね」
古典の旦那「何だい」
ケーキさん「お別れどころか、わたくしを作る材料が突然バカ売れしだしたんです」
古典の旦那「ほう」
ケーキさん「スーパーマーケットの棚から消えてしまうほど。小麦粉も無塩バターも重曹もすっからかん。これは歴史的事件です」
古典の旦那「うーん。わしにはもっと古株の仲間がたくさんいるが、書店の棚から同輩たちが消えたという話は、とんと聞いたことがないぞ」
ケーキさん「負け組？」
古典の旦那「雑な言葉は使わぬが徳だ」
ケーキさん「そうでした。ごめんなさい。でもね、旦那、旦那のお仲間を本棚の奥から何年ぶりかに引っ張り出したって人、結構多いかもしれませんよ」
古典の旦那「ほう。そうかい？」
ケーキさん「うふふ、今、笑いましたね。みなさん、外出を控えて家で過ごす時間が増えましたからね」
古典の旦那「アメリカの動画配信会社の株価がバカ上がりしおっただけだろう」
ケーキさん「いえいえ、それだけではすみません。おうちで、ご自分でケーキを焼く方が急に増えたというのは、とりもなおさず旦那たちのことを思い出して読み直す人が増えたってことでもあると思うんですよ」
古典の旦那「そいつは、いったいどういうことだい」
ケーキさん「それは、やはり、旦那もわたくしも究極の不要不急だからです」
古典の旦那「喜んでいいのか、悲しんでいいのか、わしにはようわからんようになってきた」
ケーキさん「不要不急の行動を控えるように、って言われて初めて、みなさん気づいちゃったんです。不要不急と指さされた、すぐには役に立たないものやことこそが、じつは人間のこころがいちばん求めていることだったんだって」

古典の旦那「ほほう、うがったこと言うじゃないか」

ケーキさん「もちろん、安全や必須栄養がないと人は生きていけません。だけど、必ずしも必要でもなければ急ぎでもない、そういうものがないと、こころが死ぬんです」

古典の旦那「いいこと言うねえ、姐《ねえ》さん」

ケーキさん「だてに百五十年も生きていませんわ」

古典の旦那「おっと、小娘にしか見えないが、あんた、もうそんな歳か。うーむ。たしか、生まれは……」

ケーキさん「ロンドンです。バッキンガム宮殿のなか」

古典の旦那「城育ちかい！　やんごとなき筋のお姫様だったとは。これは、おみそれいたしました」

ケーキさん「宮殿っていっても、厨房《ちゅうぼう》のなかですから。旦那に比べれば、まだまだ若輩ものです」

古典の旦那「考えれば、わしもこの深川の庵に生まれて、もうすぐ三百三十年だ（遠くを見る）。長かったんだか、短かったんだか……」

ケーキさん「御心配なさらずとも、まだまだ長生きなさいますよ。ところで旦那、そろそろ、お茶にしませんか？」

古典の旦那「うむ。そうさな。それはいいんだが……」

ケーキさん「どうしました?」
古典の旦那「お茶となると、あんたを食べねばならんことになるが」
ケーキさん「……あっ」

ケーキさん：「ヴィクトリア・サンドウィッチ」　最愛の亡夫アルバート（一八六一没）の喪に服するヴィクトリア女王（一八一九〜一九〇一）を慰めるために担当シェフが創作したと伝わる。
古典の旦那：『奥の細道（おくのほそ道）』　松尾芭蕉（一六四四?〜九四）著。

## 再会は風まかせ

古典との再会の日々を記録してきた。
それぞれの本との再会は偶然に過ぎない。
それも、ケーキの誘惑につられた散歩の途中の出来事。
風まかせ。無目的。だから続いた。
長く会わなかった古い知人に、通りすがりに小さな声で、やあ、と呼びかけられる。
偶然の、構えない再会。

胸に小さな灯がともる。

それがなんとも心地よかった。

再会の散歩はまだ続いている。


再会ついでに、古典のおすすめブックリストを整えるのが自然な流れなのかもしれない。

そういえばあの作品も取り上げられなかった、あれもこれも、と考えているうちに、やはりリストアップはやめておこうと思った。

まず、絞り切れない。

あれが入って、なぜこちらが入らぬ、と自分の中で「炎上」してしまう。

それより心配なのは、リスト化すると、お勉強のカリキュラムになってしまうことだ。

古典と言ったとたん、権威と教養の衣装がまとわりついてくるのが世の習い。

自己研鑽モードがどうしても忍び込んでくる。


初めてでも、再会でも、偶然の出会いほど心震えるものはない。

そして心に残るものもない。

ガイドブックのコースを消化するだけの旅は、忘却の彼方に消えがちだ。

古典の森は広く、深い。

ただ、あてもなく散歩するのがやはり気持ちいい。

分け入れば、心地よい風が吹き、良いにおいがする。

青葉が輝き、名もなき花、果実、小鳥、鹿がささやきかける。

いにしえの人々が木々の間を散策している。

そして、枝の上には、きっと爪を研いだ本棚のチェシャーキャットがにやにや笑って身を横たえている。

思わぬ出会い、予期せぬ再会が待っている。

そうそう、森に出かけるときは、ポットに詰めた温かいお茶とケーキをバスケットに入れるのも忘れずに。

二〇二一年　霜月

梶村啓二

[著者] 梶村啓二 (かじむら けいじ)
1958年生まれ。作家。
著書に『野いばら』(第3回日経小説大賞)のほか、
『惑星の岸辺』『ボッティチェッリの裏庭』など。
評論に『「東京物語」と小津安二郎』(平凡社新書)がある。

[初出]
1〜10章 『こころ』Vol. 48〜57 (2019年4月〜2020年10月)
11・12章 書き下ろし

古典《こてん》とケーキ
甘《あま》い再読《さいどく》 愉悦《ゆえつ》の読書案内《どくしよあんない》

発行日――2021年12月16日 初版第1刷

著者――梶村啓二
発行者――下中美都
発行所――株式会社平凡社
〒101-0051 東京都千代田区神田神保町3-29
電話 03-3230-6579[編集]
03-3230-6573[営業]
振替 00180-0-29639
印刷――株式会社東京印書館
製本――大口製本印刷株式会社
DTP――平凡社制作


ISBN978-4-582-83890-9
NDC分類番号019.04 四六判(18.8cm) 総ページ296
平凡社ホームページ https://www.heibonsha.co.jp/